D1828838

Helen Griffiths

Gefährtin des Windes

Ueberreuter

Die Deutsche Bibliothek – CIP-Einheitsaufnahme

Griffiths, Helen:
Gefährtin des Windes / Helen Griffiths. Aus dem Engl. von
Eugen von Beulwitz. – Wien: Ueberreuter, 1996
Einheitssacht.: The wild heart <dt.>
ISBN 3-8000-2472-1

J 2259/1
Alle Urheberrechte, insbesondere das Recht der Vervielfältigung,
Verbreitung und öffentlichen Wiedergabe in jeder Form,
einschließlich einer Verwertung in elektronischen Medien,
der reprografischen Vervielfältigung, einer digitalen Verbreitung
und der Aufnahme in Datenbanken, ausdrücklich vorbehalten.
Aus dem Englischen von Eugen von Beulwitz
Copyright © 1963 by Helen Griffiths
Originaltitel »The wild heart«, verlegt by Hutchinson
Children's Books
Illustrationen: Victor G. Ambrus
Umschlag von Klaus Steffens
Copyright © der deutschsprachigen Ausgabe
1963 und 1996 by Verlag Carl Ueberreuter, Wien
Printed in Austria
1 3 5 7 6 4 2

Das hässliche Fohlen

»Es gibt einen Himmel der Pferde«, sagen die Gauchos, und sie nennen ihn Trapalanda. Das ist ein herrliches Land mit angenehm kühler Luft und immergrünen Wiesen, ein Land, wo die Bäche jahraus, jahrein Wasser führen, wo die Bäume Schatten spenden und die Sonne warm vom blauen Himmel herabscheint. Dort gibt es keine lästigen Stechfliegen und vor allem keine Menschen. Auch Pumas und wilde Hunde kommen niemals dorthin. Nie fällt in Trapalanda der Winter ein, nichts stört den Frieden jener seligen Gefilde.

Auch Angel, den man zuweilen Ranito nannte, glaubte an den

Pferdehimmel Trapalanda, vor allem wenn er an La Bruja, die Stute, dachte, der ein so hartes Schicksal beschieden war, bis sie wie durch ein Wunder in seine Obhut kam.

Sicher weilte sie jetzt dort, fraß saftiges Gras, labte sich an köstlich frischem Wasser und hieb wie einst als Füllen voll Übermut mit den Hufen aus. Dann, zur Abwechslung, rieb sie sich wohl fröhlich schnaubend die Nüstern mit Pegasus, dem weißen geflügelten Hengst, der der König aller Pferde war. Nein, das Leben konnte nicht so grausam sein, daß es nicht einmal nach seinem Ende ein Ausruhen schenkte.

Angel dachte oft an La Bruja. Sie war eine wilde Bestie, als sie bei ihm Zuflucht fand, stets bereit, mit ihren gelben Zähnen zuzubeißen und mit den Hufen um sich zu schlagen. Darum hatte man ihr den Namen La Bruja – die Hexe – gegeben. Erst Angel sollte sie von einer besseren Seite kennenlernen. Dennoch blieb sie für die Menschen weiterhin die Hexe, weil sie von Anfang an so geheißen hatte.

La Brujas Leben hatte nämlich lange vor dem Tag begonnen, an dem sie in Angels Obhut gekommen war, ja schon geraume Zeit, ehe die Menschen überhaupt auf sie aufmerksam geworden waren.

Es begann inmitten der unendlichen Weite der Pampa, als die Mittagssonne senkrecht vom azurblauen Himmel auf die einsame Stute herunterbrannte, die sich schweißgebadet in immer neuen Wehen quälte. Stunde um Stunde hatte sie die Anfälle schon ausgehalten, aber das Fohlen kam noch immer nicht zur Welt. Man mochte meinen, es habe einfach keine Lust, die dunkle Höhle zu verlassen, in der es bis jetzt wohlgeborgen geruht hatte.

Die Stute war durstig, aber es gab weit und breit nirgends Wasser, Gras wuchs überall in Fülle, hohes, dichtes Gras, das ihr bis an die Knie reichte, doch das stöhnende Tier fühlte keinen Hunger. Stunde um Stunde ertrug es geduldig seine Schmerzen, sein Blick war unverwandt auf den Horizont gerichtet. Dabei schritt es immerzu langsam im Kreis herum und legte sich nur hie und da zu kurzer Rast nieder. Doch diese Ruhepausen waren selten, denn die Stute hatte sich in ihrem hilflosen Zustand doppelt vor allen Gefahren in acht zu nehmen.

Am Horizont war nichts zu sehen. Endlos erstreckte sich die Grasfläche nach allen Richtungen, bis sie in der Ferne den Himmel berührte. Sie sah keine verdächtige Bewegung, hörte keinen verdächtigen Laut; der leise Wind, der in den Halmen spielte, trug ihren weitgeöffneten Nüstern keine Witterung zu, die Gefahr bedeutet hätte. Für den Augenblick konnte ihr also nichts Schlimmes geschehen.

Plötzlich fühlte die Stute, wie in ihrem Leib heftige Bewegungen einsetzten. Das sagte ihr, daß nun ihre Stunde gekommen war. Ein Paar winziger Hufe kamen zuerst zum Vorschein, es folgte die zitternde Schnauze, ein großer, nasser Kopf mit angelegten Ohren, der Hals, die Schultern, die Flanken und zuletzt die Hinterhand mit einem schäbigen Schwänzchen. Das lang erwartete neugeborene Fohlen stürzte hilflos auf den weichen Grasboden der Pampa.

La Bruja, die winzige junge Stute, war geboren. Bis ihre Augen sehen lernten, war alles um sie her schwarze Finsternis, außer Schreck und Verwirrung gab es nichts, gar nichts in dieser entsetzlichen, fremden Welt.

Endlich überkam sie eine angenehme Wärme, als ihr die Mutter mit rauher Zunge liebevoll das Fell beleckte.

Sie schnaubte, schlug um sich und zitterte an allen Gliedern, immer kräftiger regte sich das Leben in ihrem jungen Leib, die Lungen dehnten sich, das Blut pulste immer rascher durch ihre Adern. Das kleine Mäulchen tat sich zum erstenmal auf und gab ein leises Blöken von sich, die angelegten Ohren richteten sich auf, der kümmerliche Schweif begann zu schlagen, und die lose am Leib baumelnden Beine zuckten.

La Bruja schlug und stieß wie toll um sich, als sie nun eine nützliche Verwendung für ihre vier Beine zu entdecken suchte. Die Mutter sah ihrem Treiben zu und beleckte sie nur ein paar-

mal mit der Zunge, während das Fohlen minutenlang hilflos zappelnd auf der Seite lag. Aber bald schon ahnte das Stutenkind etwas vom Geheimnis des Gleichgewichts und ging nun mit aller Kraft daran, sich hochzustemmen.

Die ersten Versuche gingen jämmerlich daneben. Immer wieder stemmte La Bruja die Beine ins Gras und schob sich mit ihrem ganzen Gewicht nach vorne. Zuweilen vergaß sie, die Glieder zu strecken, dann bekam sie das Übergewicht, noch ehe sie richtig stand. Als sie endlich daran dachte, zuerst die Hufe auf den Boden zu setzen, und soweit war, daß sie steifbeinig auf allen vieren stand, da wußte sie wieder nicht, wie es nun weitergehen sollte.

La Bruja wankte unsicher vor und zurück, wenn sie ein Bein heben und vorsetzen wollte. Das Ganze kostete eine Menge Zeit und Geduld, denn meist schlugen ihre Versuche fehl, und sie fiel immer wieder hilflos ins Gras.

Während sich La Bruja auf diese Weise um die Anfangsgründe ihres Pferdedaseins bemühte, richtete die Mutterstute ihren scharfen Blick gleich wieder forschend auf den Horizont. Ihr

Durst war jetzt noch ärger als zuvor, außerdem wollte sie so bald wie möglich die Stelle verlassen, wo das Fohlen zur Welt gekommen war, denn seine warme Witterung wurde vom Wind nur zu leicht an die schnuppernden Nüstern irgendeines hungrigen Jägers getragen. Eine solche Flucht in die Sicherheit war jedoch unmöglich, ehe sich das Fohlen darauf verstand, seine Beine zu gebrauchen.

Die Sonne wanderte schon gen Westen, aber im Osten, wo die Nacht heraufsteigt, war der Himmel noch hell. Dort im Osten lag das Ziel, dem die Stute zustreben wollte, denn dort waren viele andere ihrer Art versammelt. Wenn ihr Junges erst laufen konnte, wollte sie wieder zur Herde stoßen, aber fürs erste hieß es noch warten. Sie starrte nur immer wieder sehnsüchtig nach dem östlichen Horizont, während sie sich um ihr Neugeborenes bemühte.

La Bruja lernte voll Eifer. Mehrmals fiel sie dabei noch hin, aber der Schreck war jedesmal größer als der Schmerz. Ehe viel Zeit vergangen war, trippelte sie schon unsicher schwankend um ihre Mutter herum und stupste sie mit ihrem großen rauhbehaarten Kopf recht unsanft in die Flanken. Hunger war jetzt der stärkste Instinkt, der sie beherrschte.

Die Stute hielt geduldig still; sie wußte, daß sie mit dem Fohlen Geduld haben mußte. La Bruja versuchte dies und jenes, sie beknabberte den Schweif der Mutter, sie saugte an ihren Knien, ihren Flechsen, ihrem Bauch. Endlich hatte sie die richtige Stelle gefunden. Mit weitgespreizten Beinen, verdrehtem Hals und aufgeregt schlagendem Schwänzchen trank sie gierig die süße, warme Milch, bis ihr mageres Bäuchlein so angeschwollen war, daß ihr das Atmen Mühe machte.

Jetzt wurde die Stute unruhig, denn schon krochen die Schatten des Abends über die östliche Pampa, und bis zur Geborgenheit bei der wartenden Herde war noch ein weiter Weg. Sie stieß La Bruja jedesmal von sich, wenn sie wieder saugen wollte, und bewegte sich nun langsam in die Richtung, wo sich die Herde aufhielt.

La Bruja begriff nicht, was ihre Mutter wollte, und rührte sich nicht von der Stelle. Die Stute sah sich nach ihr um und forderte sie leise wiehernd auf, ihr zu folgen. Aber La Bruja blieb taub. Sie stampfte mit den Hufen, stieß zornige Schreie aus und schlug mit ihrem Schweif, während ihr die Milch noch von den rosa Lefzen troff.

Jetzt kehrte die Stute um und stieß sie sacht mit der Schnauze an, aber La Bruja verstand noch immer nicht. Mit Kopf und Brust versuchte die Mutter nun, sie voranzuschieben, bald mit Milde, bald mit Ungeduld. Endlich brachte sie das Fohlen soweit, daß es mitkam.

So bewegten sich die beiden in zunehmendem Tempo auf die Herde zu. La Bruja stürmte voraus, blieb dann wieder weit zurück und starrte sehnsüchtig der Mutter nach, die sich immer weiter entfernte. Vor ihnen dunkelte die Nacht, in ihrem Rükken schimmerte das letzte Licht des scheidenden Tages.

Dies waren La Brujas erste Lebensstunden in der Weite der Pampa.

Nie machte La Bruja durch ihr Aussehen Eindruck auf die Menschen, denn sie war alles andere als schön. Schon als Fohlen war sie ausgesprochen häßlich, obwohl die natürliche Anmut der Jugend selbst der Mißgestalt ihren Reiz verleiht.

La Brujas Vater war ein einheimischer Criollohengst. Von ihm hatte sie wohl die römische Nase geerbt, aber keine Spur der stolzen Haltung, die er zur Schau trug. Ihr Kopf war viel zu groß, und sie trug ihn immer so hoch, als ob sie ständig nach Gefahren Ausschau hielte. Im Vergleich dazu waren ihre Ohren zu klein und überdies kaum zu sehen, weil sie nur zur Hälfte aus dem krausen Stirnhaar und der wirren Mähne lugten. Ihr Rumpf war lang und immer spindeldürr. Obwohl sie sich an Muttermilch kräftig satt trank, setzte sie kein bißchen Fleisch an und glich mit ihrem gequollenen Bauch und den eingefallenen Flanken eher einer Vogelscheuche als einem Stutenfohlen.

Ihre Beine waren erstaunlich lang, länger als die irgendeines anderen Fohlens in der Herde. Darum war sie größer als alle ihre Brüder und Schwestern. Aber diese langen Beine und der lange Rumpf verrieten auch, daß sie nicht reinblütig war. Offenbar hatte sie mehr vom Vater ihrer Mutter geerbt als von ihrem eigenen.

Die Mutter La Brujas war nur zur Hälfte Criollorasse. Ihr Vater war ein erst kurz zuvor eingeführter Vollbluthengst gewesen, der seinem Herrn durchgegangen war, weil er dem Ruf der Freiheit nicht widerstehen konnte, den er im Wehen des Windes und im leisen Rauschen des Grases ständig zu hören glaubte. Dieser Hengst nahm sich die nächstbeste Stute zu eigen, die ihm nach seiner Flucht in den Weg lief.

Bei der Nachkommenschaft, die sich aus dieser Paarung ergab, erwies es sich, daß das Criolloblut das stärkere war. La Brujas Mutter schien nichts von dem alten Blut ihres Vaters geerbt zu haben, aber in La Bruja, der Enkelin des Vollblüters, hatte sich die Natur überraschend wieder auf diesen besonnen: Sie glich zu drei Vierteln ihm und nur zu einem Viertel einem Fohlen der heimischen Rasse.

Ihre Farbe war unbestimmt, eine Art Leberbraun, das an den Flanken gesprenkelt war. Augen und Nüstern hatten rosa Ränder; das gab ihr einen gefährlichen Ausdruck, lange bevor sich ihre natürliche Bösartigkeit zeigte. Ihr kümmerlicher Schweif und ihre borstige Mähne waren rotbraun getönt. Alles in allem sah sie aus, als hätte ihr Schöpfer sie aufs Geratewohl zusammengefügt, ohne darauf zu achten, ob auch ein Stück zum anderen paßte.

Aber bei aller Häßlichkeit war La Bruja stark und gesund, und darauf kommt es bei einem Tier der Wildnis vor allem an. Das Wildpferd kennt keine Listen, darum tun ihm Kraft und Ausdauer doppelt not.

La Bruja spielte mit den anderen Fohlen der Herde. So kräftigten sich die Muskeln ihrer Beine, und obwohl alles nur Spiel war, lernte sie dabei allerlei blitzschnelle Wendungen und Seitensprünge; vor allem wurde sie inne, wie man sich gegen unvermutete Angriffe zur Wehr setzt. Allmählich entwickelte sie sich zum kraftvollsten Fohlen der ganzen Herde, sie wurde nie müde umherzurennen, zu spielen und ihre Altersgenossen zu necken. Selbst die heiße Sommersonne konnte ihr wenig anhaben. Wenn alle anderen schlapp und teilnahmslos im Gras lagen, umkreiste sie La Bruja unermüdlich auf ihren schlaksigen Beinen und versuchte sie mit Stupsen zum Weiterspielen zu bewegen.

Die Herde, der La Bruja angehörte, war im Vergleich mit anderen Herden jener Tage klein zu nennen; denn diese zählten vielfach sechzig, siebzig oder gar hundert Pferde, während La Brujas Herde, die Fohlen eingerechnet, nur einundzwanzig Tiere stark war, weil sich der Hengst, der sie führte, damit zufriedengab.

Dieser Hengst war noch sehr jung, kaum mehr als ein Jährling, und die Herde war seine erste. Acht Fohlen zählte bis jetzt seine Nachkommenschaft, und außer La Bruja hatten sie alle seine Schönheit geerbt. Er war nicht allzu groß, doch auffallend breitbrüstig. Mit drahtigen Beinen und kraftstrotzendem Rumpf stolzierte er unter seinen Stuten umher und verriet durch seine stete Wachsamkeit, aber auch durch seinen Zorn über jeden kleinen Ungehorsam einer Stute, daß er zum erstenmal Führer einer Herde war.

Wie herrlich wußte er seinen Nacken zu biegen, daß die Muskeln schlank und kräftig hervortraten, wie hell und wach funkelten seine Augen, wie lustig wehte sein langer Schweif, wenn er voll stolzer Freude über die Pampa jagte und seine Stuten in weitem Bogen umkreiste, ohne den Blick auch nur für eine Sekunde von ihnen abzuwenden. Sein khakifarbenes Fell war nur auf der Stirn mit einem auffallenden weißen Stern gezeichnet, Mähne, Schweif und Fesseln waren schwarz. Ja, er war mächtig stolz auf seine Jugend und auf seine Kraft, jene Kraft, die sich in der Zahl seiner Stuten kundgab.

Seine Söhne und Töchter fürchteten ihn – alle außer La Bruja. Dieses häßliche, mischblütige Stutenfohlen kannte nämlich überhaupt keine Furcht. Schon seit frühester Jugend war sie unbändig stolz; das wenigstens hatte sie von ihrem Vater geerbt, das und seine Freiheitsliebe. Sie lauschte auf die stampfenden Hufe des ruhlosen Hengstes, sie starrte ihm nach, wenn er um die Schar seiner Stuten kreiste, und während sie so lauschte und starrte, begannen ihre eigenen Beine zu zittern, beschleunigte ihr Herz seinen Schlag, denn schon als Fohlen war es ihre höchste Lust, über die Pampa dahinzujagen.

Eines Tages hielt sie es nicht mehr aus, nur zu lauschen und zuzuschauen. Kühn setzte sie plötzlich hinter dem jagenden Hengste her und folgte ihm in weitem Abstand. Sie bockte nicht, sie feuerte nicht hinten aus, wie er es tat; sie rannte nur mit aller Kraft, die ihr junger Leib hergab. Die Stuten und ihre Fohlen blickten ihr erschrocken nach, wußten sie doch, wie böse ihr Gebieter werden konnte, wenn etwas sein Mißfallen erregte.

La Brujas Mutter wieherte schrill, um ihre Tochter zurückzurufen, aber La Bruja flog mit heißem Kopf und jagenden Pulsen weiter, der Ruf der Mutter blieb ungehört.

Jetzt wurde der Hengst auf das kleine Fohlen aufmerksam, das ihm so unermüdlich nachlief. Er wirbelte plötzlich herum, um sich La Bruja entgegenzustellen. Diese machte überrascht halt. Sie zitterte am ganzen Körper, aber nicht aus Angst, sondern nur infolge der atemlosen, wilden Jagd. Den häßlichen Kopf hocherhoben, ließ sie den Hengst auf sich zukommen. Sie rührte kein Glied, während er sie langsam und neugierig schnuppernd, aber keineswegs zornig umschritt.

In der Regel ließ der Hengst seine Söhne und Töchter völlig unbeachtet. Sie waren noch so jung, daß er nichts für sie empfand; und umgekehrt machten sie ihm auch nie durch Ungehorsam zu schaffen. Nur La Bruja blickte ihm jetzt furchtlos entgegen und weckte dadurch seine Neugier. Sacht berührte er mit seiner weichen Schnauze ihren keuchenden Leib und bekundete damit, daß er ihr freundlich gesinnt war. Dann wandte er sich mit kurzem Ruck von ihr ab und stürmte mitten durch die bestürzte Schar seiner Stuten, die nach allen Richtungen auseinanderstoben. Genau das hatte er gewollt, denn so war es ihm möglich, sie aufs neue zusammenzutreiben.

La Bruja folgte ihm von nun an wie sein eigener Schatten. Außer ihr war kein Hengst- oder Stutenfohlen imstande, mit ihm Schritt zu halten, und nur diesen einen häßlichen Sprößling ließ er dabei gewähren.

Die junge La Bruja fühlte sich in der neugewonnenen Gunst ihres Gebieters unendlich gehoben. Fortan forderte sie die älteren Fohlen unerschrocken zum Kampf heraus, die jüngeren ließ sie unbeachtet. Dabei war sie im Vorteil, denn wenn sie schon einmal gezwungen war, vor dem vereinten Zorn ihrer Widersacher zu fliehen, dann war keiner von ihnen imstande, sie einzuholen. So wurde sie immer selbständiger; bald bot ihr die Mutter nur noch nährende Milch und nächtlichen Schutz. Kam es einmal vor, daß sie untertags einschlief, weil sie der satte Bauch schläfrig machte, dann hielt die Mutter stets die Wacht und stellte sich so, daß ihr Schatten auf La Bruja fiel und sie vor der Sonnenhitze bewahrte.

La Bruja ahnte nichts von all der Liebe, die sie von ihrer Mutter empfing. Für sie, das Fohlen, gehörte die Mutter einfach zum

Leben wie tagsüber die Sonne, bei Nacht der Mond und die Sterne, so wie das Gras und der Wind und die Erde. Die Mutter war für sie Nahrung und Schutz, nicht mehr. Aber dann, als La Bruja eines Tages ihre Mutter verlor, änderte sich ihr Leben plötzlich von Grund auf, und die Freude entschwand aus ihrem Dasein.

Der Pampero kommt auf

La Bruja wuchs heran, Sonne und Mond gingen auf und unter und schieden die rinnende Zeit in Tage und Wochen. Allmählich senkte sich drückende Sommerhitze auf das Land, das die Herde durchstreifte. Das frische Grün des Frühlings schwand langsam dahin, das Gras verdorrte in der heißen Sonne und verfärbte sich zu bräunlichem Gelb, die riesigen Distelstauden starben, ihre Stengel wurden hohl, ihre Wurzeln vertrockneten zu Staub; aber sie standen so dicht, daß sie auch ohne Wurzeln nicht fallen konnten, weil sie sich in gewaltigen rostbraunen Massen gegenseitig stützten. Wie hohe Barrikaden schlossen diese toten Disteln die wilde Herde von allen Seiten ein. Sogar die lammfrommen Stuten packte darüber die Ungeduld; der stolze Hengst aber raste förmlich vor ohnmächtiger Wut, und La Bruja tat es ihm auch darin gleich.

Tage, Wochen, Monate standen die Distelmauern. Zuweilen flammte das zunderdürre Gestrüpp unter der brennenden Sonne prasselnd auf, dann bildete sich rasch eine meilenlange Feuerfront, die über die Pampa dahinkroch und im Fortschreiten den Wühlmäusen und allen anderen Nagern Verderben brachte. Nur ein Flußufer gebot einem solchen Brande Einhalt, nur ein Sturm war imstande, ihn zu löschen. Manchmal gelang es auch den Männern der Pampa, den Gauchos, das gierige Feuer auszutreten.

Zum Glück wurde La Brujas Herde diesmal nicht vom Feuer bedroht. Die Gewalt, die den Brand erstickte, die die dürren Disteln niederbrach und La Brujas Mutter ins Verderben riß, war ein Sommersturm, der über die Herde hereinbrach, als La Bruja eben erst vier Monate zählte.

Der Sturm – die Menschen nennen ihn Pampero – zog von Südwesten her auf. Der Nachmittag war lang, heiß und still gewesen. Tagelang hatte der Wind aus Norden geweht, sein Atem war so heiß, als käme er aus einem glühenden Ofen. Dann, urplötzlich, schlief er ein, eine lautlose, unheimliche Stille lag jetzt über der Pampa. Erschöpft von der stickigen Hitze lagen die Stuten und ihre Fohlen hingestreckt auf der dürren Erde.

Auf einmal verdüsterte sich der Himmel, ohne daß ihn Wolken überzogen hätten. Kaum waren die Pferde dieser Erscheinung gewahr geworden, verwandelte sich die Düsternis in ein drohendes schwarzes Gebirge. Wolken gelben Staubes wirbelten darunter her, Scharen verschreckter Vögel suchten wild flatternd dem aufziehenden Unheil zu entrinnen. Im Tiefflug sausten sie über die Pferde hin, die zitternd auf alle viere sprangen und ängstliche Schreie ausstießen.

Die Möwen kreisten, stießen nieder und schrien dazu wie verletzte junge Pumas, Regenpfeifer mischten sich unter sie und ließen ebenfalls ihre Warnrufe ertönen, und als sie verschwunden waren, zog eine Wolke riesiger Libellen über den schwarzen Himmel.

Die Stuten mit ihren Fohlen drängten sich bebend vor Angst so eng wie möglich zusammen, und der Leithengst hielt sich dicht neben ihnen, denn auch er war gegen die entfesselte Gewalt des Himmels machtlos.

Kaum waren die Vögel und die Insekten verschwunden, fielen schon die ersten riesigen Regentropfen. Sie waren flüssiger Schmutz, denn hoch oben, wo sie entstanden, jagte der Wind gewaltige Staubmassen vor sich her. Schutzsuchend drückten sich die Pferde aneinander, als plötzlich ein Blitz über den schwarzen Himmel zuckte, dem sofort ein furchtbarer Donnerschlag folgte. Jetzt klatschte der Regen in Strömen auf die armen Pferde nieder. Sie schrien vor Schreck auf, sooft ein leuchtender Blitz niederfuhr, und bäumten sich, wenn der Donner in ihren empfindlichen Ohren dröhnte.

Der Hengst geriet durch das Gewitter in höchste Erregung. Der Lärm, der die Luft erfüllte, und die aus dem Dunkel plötzlich aufzuckenden Blitze schienen ihm von unbekannter Gefahr zu künden. Darum wachte er doppelt streng und rücksichtslos über seine Stuten. In dieser tobenden Schlacht des Himmels machte er sich um sie ernstliche Sorgen. Wenn es einer von ihnen einfiel, auszubrechen und dann blindlings auf und davon zu rennen, jagte er sofort hinter ihr her, um sie zurückzutreiben. Dabei war er furchtbar in seinem Zorn, er biß und schlug nach den armen Tieren, um seinen Willen durchzusetzen. Und die Stuten gehorchten ihm, weil sie seine Wut nicht weniger fürchteten als das Unwetter.

Jetzt lichtete sich das Dunkel, dann war die Luft plötzlich weiß von niederprasselndem Hagel. Die Körner waren riesig, groß wie Eier, nur platt und kantig. Tosend stürzten sie zur Erde, bis die ganze Pampa schneeweiß war.

Die Pferde schrien und verloren nun völlig die Fassung. Selbst der Hengst bekam die Stuten jetzt nicht mehr in seine Gewalt. Von Wind und Regen gepeitscht, von den eisigen Schloßen hart getroffen, wollten sie sich verzweifelt da- und dorthin flüchten, aber vor dem Unwetter gab es nirgendwo Schutz. Eine der Stuten wurde durch einen Blitz geblendet, der sie in dem Augenblick traf, als sie sich, von Entsetzen gepackt, gerade hoch aufgebäumt hatte.

Der Sturm flaute ab, es hörte auf zu hageln, der Donner schwieg, und als der Abend sank, war die Pampa wieder still und angenehm kühl. Die Pferde schliefen, wo sie gerade standen, und als der neue Tag anbrach, goß die Sonne wieder ihre Strahlen über das Land. Die Luft war köstlich frisch, Dunst und Feuchtigkeit hatten sich restlos verflüchtigt.

Aber welches Unheil hatte der Pampero angerichtet! Flach wie ein Brett dehnte sich die Pampa jetzt bis an den fernen Horizont, denn der Sturmwind hatte alle die dürren Disteln zu Boden gedrückt und davongetragen. Regenpfeifer lagen in Scharen tot auf der Erde, die Urgewalt des Windes hatte sie zerschmettert, ehe sie ihm entkommen konnten. Andere versuchten trotz gebrochener Schwingen aufzuflattern, oder sie humpelten hilflos zwischen ihren toten Artgenossen umher, weil sie nicht mehr fliegen konnten.

Alles erdenkliche kleine Getier, das die Pampa bevölkert, lag jetzt kalt und tot auf der kahlen Erde. Unter den Pferden war La Brujas Mutter das einzige Opfer des Sturmes. Eine schwere Hagelschloße hatte sie genau zwischen den Augen auf die Stirn getroffen, so daß sie augenblicklich tot zu Boden stürzte. Von dieser Stunde an nahm das Schicksal ihres Fohlens einen anderen Verlauf.

Die Stuten irrten zuerst ganz benommen umher. Schnitte und Quetschungen schmerzten, einige zogen lahmend ein verletztes Bein nach, und alle waren von dem Erlebten so mitgenommen, daß sie tagelang wie in einem wüsten Traum dahinvegetierten. Selbst der Hengst ließ müde den Kopf hängen und spürte kein Verlangen, seine kräftigen Beine im Galopp zu strecken.

Aber die Stimmung der Herde sollte sich bald wieder heben. Der Sturm hatte sich ausgetobt, das Wetter war herrlich, die Sonne schien nicht allzu heiß, und die Winde waren nicht feucht und drückend, sondern angenehm kühl.

Die Disteln waren verschwunden, und der Hengst hatte endlich wieder freie Bahn; kein Hindernis störte ihn nun bei seiner wilden Jagd. Aber La Brujas flüchtiger Schatten heftete sich fortan nicht mehr an seine Fersen, sie war ja nun eine arme Waise, für die niemand sorgte. Jetzt brauchte sie ihre ganze Kraft für den harten Kampf ums Dasein, den ihr ein tückisches Schicksal viel zu früh aufgebürdet hatte. Für die Freuden des Pferdelebens, für Spiel und lustiges Jagen blieb ihr keine Zeit mehr. Kampf war nun die Losung ihrer Tage, immer wieder galt es, schnell beiseite zu springen, wenn eines der anderen Pferde böse nach ihr aushieb; sie hatte ja keine Mutter mehr, die sie in Schutz nahm und die ihr Nahrung gab.

Wenn La Bruja dennoch hoffen durfte, diese Prüfung zu bestehen, dann verdankte sie das ihrer zähen Willenskraft und vor allem ihrer Schnelligkeit. Ihr tägliches Futter mußte sie heimlich einer fremden stillenden Stute wegstehlen, indem sie deren eigenes Stuten- oder Hengstfohlen beiseite stieß und gierig nach ihrem Euter schnappte. Einen Schluck oder zwei Schlucke gewann sie dabei, mehr nicht, dann wurde sie wieder feindselig weggeschubst. Eine Stute nach der anderen suchte sie auf diese Art heim, keine wollte sie dulden, alle nahmen sie böse auf; und dabei wurden auch die Fohlen zu ihren Feinden, denen sie die Milch wegnahm.

Ihr blieb einfach kein anderer Weg, sich durchzubringen. Daß sie der Hengst allen anderen Fohlen vorzog, war dabei ganz ohne Belang. Er konnte sie nicht ernähren, und seine Stuten wollten es nicht tun. Sie schlugen nach ihr, sie bissen sie, jagten sie weg. Nur ihre Schnelligkeit bewahrte sie vor mancher grausamen Mißhandlung. Hunger allein bestimmte ihr Tun. Daß sie dabei Schmerzen in Kauf nehmen mußte, kümmerte sie nur wenig; für die lebenspendende Milch nahm sie viel Übles in Kauf. Von früh bis abends bestahl sie unermüdlich die grausamen Stuten, ohne Rücksicht auf die bösen Folgen, die sie dadurch zu erleiden hatte.

La Bruja sah sich von ihnen ausgestoßen, sie war ein Störenfried, man wollte nichts von ihr wissen. Aber das machte ihr wenig aus. Sie nahm von der feindlichen Haltung der Stuten keine Notiz, weil ihr Leben von ihnen abhing.

Zu Anfang, in den ersten Tagen nach dem Unwetter, vermißte La Bruja ihre Mutter am meisten, da sie noch nicht gelernt hatte, selbst um ihr Dasein zu ringen, die Hiebe und die Bisse hinzunehmen, die sie als Preis für jeden Schluck Milch einstecken mußte. Vor allem hatte sie sich noch nicht daran gewöhnt, allein zu schlafen.

Als der Sturm vorüber war, suchte sie unter den erschöpften Stuten vergeblich nach ihrer Mutter. Sie beschnupperte jede von ihnen, ob es nicht doch die richtige sei, und wandte sich immer wieder ratlos ab, wenn sie merkte, daß sie eine Fremde vor sich hatte. Einsam, hungrig und verzweifelt, wie sie war, stieß sie dann endlich auf die eigene Mutter, die tot und schon halb erstarrt in den niedergebrochenen Disteln lag. Da fuhr sie zurück, zog voller Ekel die Lefzen hoch und legte erschrocken die Ohren zurück. Allem Anschein nach war das ihre Mutter, und doch war sie es nicht wirklich. Zuletzt kehrte La Bruja dem kalten Kadaver den Rücken und wurde dabei inne, daß sie nicht mehr nach der verlorenen Mutter zu suchen brauchte.

Aber was nun? Wie sollte ein vier Monate alter Säugling bestehen, wenn er keine Nährmutter mehr besaß?

La Bruja sah, wie sich die anderen Fohlen eng an die schützenden Flanken ihrer Mütter schmiegten. Sie schaute ihnen zu, wie sie stampfend und mit den Schweifen schlagend ihre Milch saugten, um schließlich satt ins Gras zu sinken und zu schlafen, bis sie abermals hungrig waren. Ganz von fern verfolgte sie dieses Tun, denn es gab keine Stute, die sie durch ein freundliches Aufwerfen des Kopfes zu sich rief.

Während sie so stand und schaute, wurde sie gewahr, daß sie mächtigen Hunger hatte. Als sich dann alle anderen Fohlen satt getrunken hatten und schliefen, wagte sie es endlich, sich den Müttern zu nähern, weil sie sich so sehr nach einem bißchen Liebe, nach einer Spur Wärme sehnte. Aber sie fand nichts dergleichen. Die Stuten wiesen ihre Annäherungsversuche grob zurück und stießen sie erbarmungslos von sich. Ihre Milch reichte nur für ein Fohlen. Wer keine Mutter besaß, den traf eben die Natur mit ihrer ganzen Härte.

La Bruja litt den ganzen Tag über unter nagendem Hunger. Eine Weile lag sie in einiger Entfernung von der Herde im Gras und schlief. Die Sonne, die ihr den Rücken wärmte, tat ihr besonders wohl, weil ihr fortan das köstliche Gefühl der mütterlichen Nähe versagt war.

Die Einsamkeit schmerzte La Bruja nicht weniger als der Hunger. Noch nie hatte sie bis jetzt allein geschlafen, immer war das Muttertier dagewesen und hatte über sie gewacht, während sie schlief. Jetzt hatte sie keinen geduldigen Wächter mehr zur Seite, der achtgab, daß sich kein Puma heranschlich, während sie schlief, oder daß es nicht plötzlich einem Hengstfohlen oder einer eifersüchtigen Stute einfiel, über sie herzufallen.

Als der zweite Tag nach dem Sturm dämmerte, war La Bruja vor Hunger halb von Sinnen und begann nun, den Stuten einfach die Milch zu rauben, die sie ihr nicht freiwillig spenden wollten, mochte es kosten, was es wollte. Als der Tag zu Ende ging, war sie zerschlagen und zerschunden, aber ihr Hunger war fast gestillt, und sie fand endlich wieder ruhigen, erholsamen Schlaf.

So vergingen nun die Tage, und La Bruja wuchs heran, mager und struppig wie eh und je, aber doch voller Kraft und Leben. Wenn sie die Mutter auch noch wochenlang schwer vermißte, lernte sie doch, immer besser ohne sie durchzukommen. Solange die Mutter lebte, war sie für La Bruja selbstverständlich dagewesen. Erst jetzt, da sie tot war, wurde das Fohlen gewahr, was es an ihr gehabt hatte.

Nun stand es einsam und ohne Freund in der Welt, ohne Zuflucht in den täglichen Ängsten und nach all den kleinen Unfällen, die Tiere wie Menschen als Kinder zu bestehen haben. Es empfand keine Trauer um seine tote Mutter, aber es spürte doch stark, daß ihm etwas fehlte, was es notwendig gebraucht hätte. Es gab für La Bruja keinen Trost und keine Zuflucht, darum war ihr Leben bitter und hart. Aber von der Mutter wußte La Bruja nichts mehr, sie war aus ihrem Gedächtnis entschwunden.

Dem Hengst entging es nicht, daß La Bruja tagtäglich seine Stuten belästigte. Er ärgerte sich über den frechen Wildling, der schuld daran war, daß seine Herde immer wieder zuchtlos auseinander lief. Seine frühere Langmut mit La Bruja war vergessen, und eines Tages wandte er sich gegen sie und trieb sie fort. Aber La Bruja kannte keine Angst vor dem Hengst, der ihr doch nicht ärger weh tun konnte als die Stuten. Wenn er auf sie losging, sprang sie blitzschnell zur Seite, und manchmal ergriff sie auch die Flucht. Aber sobald die Lage es erlaubte, kehrte sie, vom

Hunger und wohl auch von ihrem Trotz getrieben, vorsichtig wieder zurück.

Jetzt galoppierte sie nie mehr hinter ihrem Gebieter her wie früher, ja, sie wandte nicht einmal den Kopf, um ihn anzublikken. Sie wollte nur bestehen, durchkommen, leben, alles andere war ihr gleichgültig. Solange sie die Not dazu zwang, raubte sie den Stuten weiter ihre eifersüchtig gehütete Milch, sie holte sich diesen Tribut, bis sie ihn nicht mehr brauchte.

Indem sie heranwuchs, rückte dieser Tag ganz allmählich, Woche um Woche näher. Schon begann sie auf das Gras unter ihren Hufen zu achten, und als der sechste Monat ihres Lebens anbrach, fand sie zum erstenmal an seinen Halmen Geschmack. Erst beschnupperte sie sie prüfend mit ihren rosa Nüstern und schnaubte leise, wenn sie die kühle Berührung kitzelte; dann leckte sie vorsichtig mit der Zunge danach und entschloß sich endlich, die ersten Bissen davon zu zerkauen. Sie schmeckten absonderlich, aber doch irgendwie angenehm.

Bald weidete sie nun ihren täglichen Futterbedarf ab und fand dabei Stellen voll süßen Klees, der ihr so köstlich schmeckte, daß sie davon nie genug bekommen konnte. Allmählich betrachtete sie die Milch nur noch als Zukost, und eines Tages verzichtete sie endlich ganz darauf. Das Gras der Pampa war fortan ihre einzige Nahrung.

Als La Bruja auf diese Weise unabhängig geworden war, achtete sie überhaupt nicht mehr auf die Stuten. Ihre Beulen schwanden, ihre Hautrisse heilten, ihr Fell, das rauh und stumpf gewesen war, wurde glatt und glänzend.

Wenn sie graste, hielt sie sich stets in einiger Entfernung von der Herde. Sie hatte das Bedürfnis, allein zu bleiben, allen anderen galt nur ihre Verachtung, so wie jeder Verstoßene jene verachtet, die ihn aus ihrer Gemeinschaft ausgeschlossen haben. Nur ihr instinktives Bedürfnis nach Sicherheit gebot ihr, in Sichtweite der Stuten zu bleiben. Noch brauchte sie ihren Schutz, denn allein war sie gegen ihre Feinde so gut wie hilflos, vor allem, solange sie noch so jung war. Der Hengst wachte aus einiger Entfernung über sie. Ab und zu umkreiste er sie und versuchte, sie näher zur Herde zu treiben. Aber sie sträubte sich standhaft gegen seine Absicht, sie der Stutenherde einzugliedern. Nach einer Weile ließ er sie gewähren, zumal er sah, daß sie nicht die Absicht hatte, wegzulaufen. So wurde sie zum Trabanten der Herde, lebte mehr neben ihr als mit ihr, aber sie war eine Stute und gehörte daher dem Hengst. Er wollte sichergehen, daß er sie nicht verlor. Die männlichen Fohlen jagte er davon, wenn sie die Reife erlangten; die jungen Stuten aber hielt er eisern fest und ließ sie um keinen Preis aus seiner Nähe.

Der zweite Frühling

Während La Bruja in dieser Zeit fast ohne Gesellschaft dahinlebte, erfuhr sie eine Menge über die Pampa, die ihre Heimat war. Jetzt, da sie nur noch von Gras und Klee lebte, quälte sie nie mehr der Hunger, und wenn sie sich satt gefressen hatte, blieb ihr noch Zeit genug, auf Entdeckungen auszugehen und lustige Spiele zu treiben.

So lernte sie, daß es außer den Tieren der Herde auch noch andere Lebewesen gab. Da waren zum Beispiel solche, die sich ängstlich von den Pferden fernhielten. Sie rochen stark und ekelhaft, La Bruja schnaubte angewidert mit hochgezogenen Nüstern, wenn sie unversehens in ihre Nähe kam.

Dann gab es die Guanacos, die Lamas der Pampa. Sie waren kleiner als ihre Brüder aus den Bergen, glichen ihnen aber sonst in jeder Hinsicht aufs Haar. Sie trugen den Kopf auf einem langen Hals, hatten große Ohren und sahen dumm und eingebildet drein. La Bruja fand sie seltsam und entdeckte bald, daß man sie nicht zu fürchten brauchte.

Da waren ferner die Rheas, gewaltig große Vögel, die nicht fliegen konnten. Sie lebten unter den Guanacos, zuweilen sogar in Gesellschaft der Pferde, und zeichneten sich durch erstaunliche Kraft und Schnelligkeit aus. Wenn man sie reizte, konnten sie sehr böse werden. La Bruja ging ihnen ängstlich aus dem Wege, weil sie ihr oft genug einen argen Schreck einjagten.

Aber noch viel mehr Leben wimmelte unter ihren Hufen. Da gab es Nagetiere aller Art, die unter dem Gras der Pampa ihre Gänge wühlten. Sie alle waren Nachtgeschöpfe, und La Bruja bekam sie darum nur selten zu Gesicht. Aber die Vizcachas, eine Art Kaninchen, bauten in der Erde verschlungene Labyrinthe und schafften dabei mächtige Erdhaufen zutage, die von der Sonne hartgebacken wurden. Sie lagen weithin über die Pampa verstreut und waren schon von ferne zu sehen. Als La Bruja noch klein war, erschienen sie ihr so groß, daß es ein aufregendes Spiel für sie war, über die Haufen hinwegzusetzen. Als sie größer wurde, war ihr, als sänken sie immer mehr in sich zusammen, und es dauerte nicht lange, bis sie jedes Interesse daran verlor.

Tagtäglich machte La Bruja neue Entdeckungen. Sie wuchs heran und verlor allmählich alle Merkmale der Kindheit. Das buschige Schwänzchen verschwand, dafür fiel ihr nun ein glatter, schwarzhaariger Schweif bis zu den Hufen nieder. Aus den Haarbüscheln an ihrem Hals bildeten sich Mähne und Stirnhaar, die ihr glatt und lose um Kopf und Nacken hingen, ohne daß ihre Erscheinung dadurch merklich gewonnen hätte.

La Bruja wuchs und wuchs. Ihre langen Beine wurden noch länger, und mit ihrem langgestreckten Rumpf verhielt es sich genauso. Ihre leuchtenden Augen verrieten wache Bereitschaft, aber auch einen unbändigen Trotz, der sogar noch auffallender war als ihr schöner Glanz. Die leberbraune Farbe ihres Felles war geblieben, nur etwas dunkler geworden. Nicht die kleinste Blesse auf der Stirn verlieh ihrer römischen Nase und ihrer mageren häßlichen Gestalt einen bescheidenen Reiz. Sie war viel größer als alle ihre gleichaltrigen Geschwister und begann sogar bereits ihrem Vater über den Kopf zu wachsen, der für ein »Vierzehn-Hand-Pony« wirklich nicht klein geraten war.

Der Winter hielt in der Pampa seinen Einzug, es gab Kälte,

Regen, trübe, sonnenlose Tage, die für La Bruja etwas ganz Neues waren. Die Sommervögel ergriffen die Flucht, und dem Hengst schien es nun an der Zeit, die Herde nordwärts zu treiben, dorthin, wo es wärmer war.

Langsam zogen die Pferde ihres Weges. Oft verweilten sie, um in Ruhe zu weiden; viele Stuten waren schon wieder trächtig, obwohl ihnen ihr jüngstes Fohlen noch immer schutzsuchend nachlief. Die Weide war hier noch fett und üppig, denn je weiter sie nach Norden gelangten, desto wärmer wehten die Winde, desto freundlicher schien die Sonne.

La Bruja zog hinter den anderen her, sie folgte ihnen, aber sie gehörte nicht zu ihrer Gemeinschaft. Ohne Widerstreben hatte sie sich in ihr einsames Leben gefügt und war mit ihrem ungewöhnlichen Los ganz einverstanden. Sie sehnte sich nicht nach Gemeinschaft. Diese war ihr so lange verweigert worden, daß alles Verlangen danach in ihr erstorben war. Jetzt war sie es zufrieden, daß sie allein weiden durfte.

Den ganzen Winter hindurch ging es langsam nordwärts. Erst als sich in der Pampa die Vorboten des Frühlings zeigten, schwenkte der Hengst herum, dem Süden, der richtigen Heimat zu, und kehrte dem felsigen, von fernen Wäldern umsäumten Buschland den Rücken.

Überall sprießte frisches Grün; der Winter hatte das Unkraut vernichtet, das in den Sommermonaten wie ein dichter Teppich aufgeschossen war, so daß das Gras wieder Raum und Luft zum Wachsen fand. Die Stimmen des Frühlings jubelten in den Lüften, die Schwalben strebten ihren alten Nistplätzen zu und zogen auf ihrem Heimflug blitzschnell über die Köpfe der Pferde hinweg. Die Morgenstunden waren dunstig und kühl. Die Kiebitze schrien und wirbelten mit den Flügeln, die Lerchen stiegen hoch in den Himmel und zwitscherten ihre Frühlingslieder, während sie langsam wieder zur Erde glitten. Die Stuten brachten nun ihre Fohlen zur Welt, und die Jährlinge begriffen nicht, warum sich ihre Mütter nicht mehr um sie kümmerten.

Jetzt schossen auch die Disteln wieder auf, und La Bruja fand ihre riesigen, rhabarberähnlichen Blätter besonders schmackhaft. Sie ließ das Gras stehen und fraß sich nur noch an diesen ungewohnt schmeckenden Pflanzen satt, die sie in der kurzen Spanne ihres Lebens noch nicht kennengelernt hatte. Bei dieser nahrhaften Kost nahm sie rasch zu, und bald überdeckte festes Fleisch ihre Rippen.

So verging die Zeit. Die Disteln wurden hart und trocken, sie wollten nicht mehr schmecken. Ihre Blüten brachen zu schneeweißen Ballen auf und streuten silbern glänzende Sporen aus, die im Hauch der leichten Brise hoch in den Lüften schwammen. Der ganze Himmel schien von Milliarden dieser silbern glänzenden Bällchen bedeckt zu sein, die mit der Brise bald hierhin, bald dorthin trieben. Die Pferde warfen aufgeregt ihre Köpfe auf und niesten, aber gierig leckten sie sogleich alle Samen auf, die zur Erde herabgesunken waren und nun weithin den Boden bedeckten. Sie schmeckten ihnen so köstlich, daß sie in lautes Gewieher ausbrachen.

La Bruja hielt die Augen offen und nahm alles freudig auf, was ihr der zweite Frühling ihres Lebens darbot. In frohem Überschwang genoß sie die Tage, da sich die Pampa mit neuem Leben erfüllte. Bockend schlug sie nach allen Richtungen aus, oder sie jagte, die langen, schlanken Beine streckend, im Kreis herum. Mit erstaunten Blicken folgten die Stuten diesem Treiben, sie hatten keine Zeit, ihre Kraft mit solch nutzlosem Spiel zu vergeuden. Die Herde hatte neuen Zuwachs bekommen, da waren sie mit der Sorge um ihre jungen Fohlen voll beschäftigt. Fressend, zwischendurch leise schlummern und auf ihren Nachwuchs achten – das füllte sie vollständig aus, zu anderem hatten sie nicht die geringste Lust.

Als La Bruja zum Jährling gereift war, machte der Hengst sein Recht auf sie geltend und holte sie zur Herde. Sie, die es gewohnt war, allein und für sich zu sein, hatte keine Lust, zwischen den Stuten zu hausen, aber der Herr der Herde zwang ihr mit so manchem Biß und Schlag seinen Willen auf.

Der Hengst war jetzt reizbarer denn je, er duldete nicht den kleinsten Ungehorsam, den sich eine seiner Stuten erlauben mochte. Um diese Zeit, da herdenlose Hengste die Pampa unsicher machten, wachte er eifersüchtig über jedem Glied seiner Schar und hätte keiner Stute erlaubt, sich von den anderen zu entfernen, weil er ständig in der Furcht lebte, daß sie entführt werden könnte.

Eines Tages ging er auf die männlichen Jährlinge los, seine eigenen drei wohlgestalteten Söhne, die die Trennung von ihren Müttern noch kaum überwunden hatten. Hoch aufgebäumt, mit zornigem Gewieher und blitzenden Augen jagte er sie davon, immer bereit, die wirbelnden Hufe auf sie niedersausen zu lassen, wenn sie seinem Willen nicht gehorchten. Verstört und zu Tode erschrocken stoben die drei nach verschiedenen Richtungen in die Pampa hinaus, der Hengst jagte sie noch eine Strecke weiter und versetzte ihnen schmerzhafte Bisse in den Leib, um sie seine Macht fühlen zu lassen.

Die vertriebenen Fohlen fanden sich wieder zusammen. Eine Weile blieben sie noch in der Nähe der Herde, weil sie die Sehnsucht nach ihren Müttern und Gefährten quälte; die plötzliche Feindschaft ihres Gebieters war ihnen ganz und gar unfaßbar. Allmählich entfernten sie sich dann immer weiter, stolz und unabhängig durchstreiften sie die Pampa, und eines Tages waren sie Hengste, die ihren eigenen Söhnen ebenso mitspielten, wie es ihnen von ihrem Vater widerfahren war.

Auch dieser hatte jetzt manchen Kampf zu bestehen. Wohl war seine Herde nicht groß, aber auch die wenigen Stuten waren begehrt, und umgekehrt stellte er selbst den Stuten anderer Hengste nach. Den härtesten Zweikampf hatte er mit einem kleinen Schecken zu bestehen, der zweimal so alt war wie er und die doppelte Zahl Stuten sein eigen nannte.

Sie kämpften hart und verbissen, trommelten hoch aufgebäumt mit den Vorderhufen aufeinander los, um den Gegner möglichst schwer zu treffen, und stießen dabei ununterbrochen haßerfüllte Schreie aus. So ging es eine ganze Weile, keiner gewann die Oberhand. Dann ließen sie wie verwandelt plötzlich voneinander ab und kehrten müde und mit Wunden bedeckt zu ihren Herden zurück. Dem Vater La Brujas war das ganze linke Ohr ausgerissen worden, den anderen hatte ein Hufschlag des Gegners auf einem Auge geblendet.

Andere, weniger harte Kämpfe trugen dem Hengst acht neue Stuten ein, er selbst zog sich dabei nur ein paar harmlose Schrammen zu. Seine jugendliche Schönheit hatte wohl etwas gelitten, aber sein Glück und sein Stolz kannten keine Grenzen, wenn er jetzt den Blick über seine wachsende Herde wandern ließ. Als die Kampfzeit zu Ende war, gab er sich ganz der Aufgabe hin, seine Stuten tagaus, tagein vor Feinden zu schützen, die sehr oft gar nicht vorhanden waren. Seine Wunden heilten. Mehr und mehr entwickelte sich der Stolz zum beherrschenden Zug seines Wesens.

La Bruja durfte sich jetzt wieder allein von der Herde entfernen, er brauchte nicht mehr um sie besorgt zu sein. Keinem Hengst wäre es eingefallen, sie zu belästigen oder gar zu entführen. Sie trug ein wachsendes Fohlen im Leib und war darum sicher.

La Bruja wußte nichts von dem Fohlen. Sie war froh, daß sie der herrische Hengst endlich in Ruhe ließ, und weidete wieder abseits von den anderen, wie sie es gewohnt war, zumal sie bei den Stuten noch immer unbeliebt war. Sie galt ihnen nach wie vor als Fremdling und wurde daher um keine Spur besser behandelt als früher. Die acht neuen Stuten hatten anfangs auch einiges auszustehen, aber sie fügten sich sehr bald der neuen Gemeinschaft ein. Nur die unabhängige La Bruja brachte das nicht fertig. Solange sie bei den anderen bleiben mußte, sehnte sie sich nach ihrer geliebten Einsamkeit. Als der Frühling vorüber war und der Sommer kam, machte sie sich sofort zunutze, daß der Hengst nicht mehr so streng über jeden ihrer Schritte wachte, und sonderte sich wieder von der Schar der anderen ab.

In den Sommermonaten trocknete das Gras und welkte gelb

und bleich unter der brennenden Sonne. Als auch die Disteln und ihre schmackhaften Samen verdorrt waren, schmolz das Fett wieder dahin, das die Stuten eben erst angesetzt hatten. In diesem Sommer gab es nicht so viele Disteln wie im Jahr zuvor, der Hengst konnte daher stolz um seine Herde galoppieren, die nun fünfundzwanzig Stuten und fünfzehn Fohlen zählte.

Mit der Zeit fühlte sich La Bruja immer weniger dazu aufgelegt, in der Pampa herumzurennen. Das wachsende Fohlen machte sich bemerkbar. Sie wußte nicht, was das alles zu bedeuten hatte, aber sie fühlte sich auf einmal schlapp und träge, sie, für die es doch stets das Höchste gewesen war, auf ihren schlanken, schnellen Beinen mit dem Wind um die Wette zu jagen. Wohlige Zufriedenheit erfüllte ihr ganzes Wesen, es genügte ihr, zu fressen und vor sich hin zu dösen wie die anderen Stuten.

Die brennende Sonne trocknete alle Gewässer aus. Die goldenen Regenpfeifer, die zu Hunderten aus kälteren Regionen erschienen waren, flogen wieder davon, um nach Wasser zu suchen. Auch die Pferde wanderten von einem Bereich zum anderen, auch ihnen ging es um das kostbare Naß. Oft genug blieb es ihnen versagt, ihren Durst zu löschen, weil kein Regen fiel. Der Schlick an den Ufern der Teiche war rissig und hart, die Stuten warfen enttäuschte Blicke in die grauen, trockenen Löcher. Der Dürre folgte eine Zeit heftiger Stürme und Unwetter, die Hitze wich, und die Gewässer füllten sich wieder. Aber keiner der Pamperos war in diesem Jahr so heftig wie jener, dem La Brujas Mutter zum Opfer gefallen war.

Es kam der Herbst und schenkte frisches, saftiges Gras. Die Stuten waren wild darauf versessen, sie fraßen den ganzen Tag und unterbrachen ihre Mahlzeit nur, um auch ihren Fohlen das Grasfressen beizubringen. Scharen schreiender Vögel, die in Eile nordwärts zogen, kündigten den Stuten die bevorstehende Kälte an. Auch der Hengst strebte wieder dorthin, er beachtete wohl, was ihm die Vögel zu verheißen hatten, weil er wußte, daß sie gute, sichere Vorboten waren.

Der Winter kam und ging, La Bruja erlebte ihren dritten

Frühling. Damit nahte die Zeit, da sie, wie zuvor ihre Mutter, einem Hengst- oder Stutenfohlen das Leben schenken sollte. In ihrer ungefügten Größe war sie jetzt häßlicher denn je, es sah nicht so aus, als würde sich ihr Aussehen jemals bessern. Sie war nun einmal mager von Natur und konnte darum nie so rund werden wie die Criollos. Das verdankte sie ihrem Großvater, dem hohen, schlanken Vollblüter, der ihr nur seine Schlankheit, nicht aber seine Schönheit vererbt hatte.

Der Instinkt verriet La Bruja einiges über das neue Lebewesen, das in ihr wuchs. So wurde ihr denn auch eines Tages bewußt, daß sie ein sicheres Versteck suchen müsse. Im Augenblick war sie bestimmt noch zu nahe bei der Herde. Womöglich fiel es

den anderen ein, aus Neugier auszuforschen, wie es um sie stand, und dann aus blanker Eifersucht das junge Wesen umzubringen, das sie so lange in ihrem Leib getragen hatte. Ihre Ahnung sagte ihr, daß sie dieses Wagnis nicht auf sich nehmen durfte, darum erwählte sie sich ein Dickicht hochgewachsener Gräser als Versteck und untersuchte es mit aller Sorgfalt. Die Stelle bot ein weiches, warmes, geschütztes Lager. In ein paar Tagen hatte die langsam ziehende Herde einigen Abstand von diesem Schlupfwinkel gewonnen; sie war noch nahe genug, daß sie La Bruja bei plötzlich drohender Gefahr erreichen konnte, aber doch schon so weit weg, daß sie vor den anderen Stuten sicher war.

La Bruja hatte sehr klug gewählt. Nie zuvor hatte sie etwas dieser Art unternommen; aber der Instinkt kam ihr dabei zu Hilfe, ohne daß sie darum wußte, und sie tat, was ihr die unbekannte Stimme riet, als wäre es ihr eigener Wunsch. Als die anderen Stuten weiterzogen, blieb sie in der Nähe des erwählten Verstecks zurück. Der Hengst hinderte sie diesmal noch weniger als sonst daran, daß sie sich abseits hielt. Er wußte, daß sie nach ein paar Tagen der Einsamkeit bestimmt wieder zur Herde stoßen würde; er wußte auch, daß sie dann ein Fohlen, neuen Zuwachs für seine Herde, bei sich haben würde.

La Bruja – die Mutter

La Brujas Stunde war gekommen. Sie lag in ihrem Grasdickicht und war glücklich, allein zu sein. Dabei lauschte sie angestrengt auf jedes ungewohnte Geräusch und beobachtete vor allem das Verhalten der Vögel, denn daran erkannte man am sichersten, ob alles in Ordnung war. Sie zwitscherten, kreisten und spielten in den Lüften, solange sich nichts rührte; drohte jedoch Gefahr, dann suchten sie sofort kreischend und flügelschlagend das Weite. Jetzt trieben sie noch ihr fröhliches Spiel, ihr Gezwitscher und ihr Gesang gaben La Bruja auf ihrem Schmerzenslager das wohltuende Gefühl der Sicherheit.

Die ersten Frühlingstage waren noch kurz, die Sonne nahm schon zu früher Stunde Abschied und überließ den weiten Spielplatz der Pampa dem Mond und seinen funkelnden Gefährten. Im Dunkeln war La Bruja voll Unruhe, sie fürchtete sich ein bißchen, hatte sie doch erst wenige Nächte durchwacht, vor allem keine in so völliger Einsamkeit.

Sie erhob sich, streckte die Glieder und fraß ein wenig. Als ein närrischer Witwenvogel plötzlich zu schluchzen begann, fuhr sie zitternd zusammen und suchte rasch wieder ihr Dickicht auf, wo das zerdrückte Gras noch die Wärme ihres Körpers hielt.

Das Fohlen kam zur Welt, La Bruja mußte in dunkler Nacht zum erstenmal Mutterpflichten erfüllen. Der Mond war plötzlich hinter einer Wolkenbank verschwunden; da half ihr der Geruchssinn allein, daß sie ihr Junges fand und es säubern konnte. Sie hörte seinen schwachen Atem, sie fühlte seine Wärme. Und nun überkam sie das unwiderstehliche Verlangen, dieses hilflose, vor ihr im Gras liegende Geschöpf zu lieben und zu pflegen.

So kam es, daß sie das Neugeborene voll Eifer sauber leckte und daß sie mit glücklichen Gefühlen lauschte, wie es die ersten Versuche machte, auf die Beine zu kommen, und dieser Absicht durch ein leises, zitterndes Blöken Ausdruck gab. Sie konnte ihr Fohlen in der pechschwarzen Dunkelheit überhaupt nicht erkennen. Der Mond hatte sie im Stich gelassen, als sie ihn am nötigsten gebraucht hätte.

Endlich, als die Wolken weitergezogen waren, kam er wieder zum Vorschein und ergoß sein Licht von neuem über die Pampa. In seinem hellen Schein erblickte La Bruja nun endlich das Fohlen, das sie bisher nur gehört und gefühlt hatte. Es stand bereits unsicher schwankend auf seinen winzigen Hufen, seine Spindelbeine zitterten unter der Kraft, die sie plötzlich durchströmte.

Das Neugeborene war ein Stutenfohlen und zeigte äußerlich alle Merkmale eines guten Criollopferdes. Offenbar hatte es alles von seinem schönen Vater, nichts von der häßlichen Mutter mitbekommen. Es war klein, zierlich und von jener rostgelben Farbe, die mit den Jahren zu einem weichen Bronzebraun zu dunkeln pflegt. Ihm war es bestimmt, den Menschen in die Hände zu fallen; das winzige Geschöpf, das jetzt La Brujas Herz von Liebe und Freude überströmen ließ, sollte eines Tages das ganze Glück eines Gaucho-Dichters, eines Payadors, sein, der ihm den Namen Thamár gab, nach einer Königstochter, der es an Schönheit nichts nachgab.

Wie seinerzeit La Bruja, so lernte auch Thamár in aller Eile ihre Beine gebrauchen. Das verlangte die Natur von allen jenen Geschöpfen, die in der Pampa zur Welt kommen, weil dort weit und breit kein sicheres Versteck zu finden ist. Auch der Hunger meldete sich sogleich. La Bruja spürte, wie das weiche Mäulchen gierig an ihr herumsuchte, und fühlte sich darüber so glücklich wie noch nie.

Jetzt hatte sie endlich die lange entbehrte Gemeinschaft, ein Wesen, das ihr ganz und gar gehörte, das sie bestimmt nie ablehnen oder gar wegjagen würde und das sie so wenig entbehren konnte wie sie dereinst ihre eigene Mutter. Glücklich, wie sie war, gab sie sich Thamár hin und hielt geduldig still, solange das Fohlen ihre Milch saugte.

In rotgoldener Glut zog die Dämmerung herauf. Unter dem farbenprächtigen Himmel brütete dicker weißer Nebel über der Pampa, der sich nur langsam verzog und einen erfrischenden Niederschlag zurückließ. Die funkelnden Perlen des Taus stillten den Durst der Mutter, als sie, geleitet von dem aufgeregt tanzenden Fohlen, aus ihrem Dickicht trat und zu weiden begann. Geisterhaft wogten noch die Nebelschwaden um ihre warmen Leiber. Sooft La Bruja den Kopf senkte, um zu fressen, verschwand er in der weißen Dunstschicht. Auch ihre Beine waren unsichtbar, und von Thamár, die fröstelnd neben ihr stand, war nicht viel zu sehen.

La Bruja unterschied sich insofern von ihrer eigenen Mutter, als sie nicht die geringste Neigung empfand, zur Herde und in den Schutz des Hengstes zurückzukehren. Was hätte sie auch dorthin ziehen sollen, da sie doch stets eine Einzelgängerin gewesen war. Bei den anderen hatte sie nie eine Spur von Zuneigung und Gemeinschaft gefunden, und umgekehrt hatte ihr die Pampa noch keine Angst eingejagt. Wozu hätte sie also Schutz gebraucht? Und warum sollte sie sich fürchten? Der Hengst hatte sie wider ihren Willen festgehalten, jetzt war sie endlich frei. Thamár an ihrer Seite war ihr die liebste Gefährtin, eine andere brauchte sie nicht. Sie verspürte nicht die geringste Lust, ihr Fohlen zur Herde zu bringen. Dort hatten sie bestimmt kein frohes Willkomm-Gewieher, kein freundliches Beschnuppern zu erwarten, wohl aber harte Hufe und grausame Zähne. La Bruja war sich dieses Triebes wohl kaum bewußt, als sie sich jetzt langsam weiter und weiter von der Herde entfernte. Sie wußte sehr wohl, wo diese zu suchen war, aber es zog sie immer wieder in die entgegengesetzte Richtung. Wie die Stunden verrannen und die Sonne wärmer schien, so prägte sich auch La Brujas Entschluß immer deutlicher aus.

Das Fohlen trank sich satt und räkelte sich neben ihr im Gras. Da stellte sich La Bruja so, daß ihr Schatten auf das Kleine fiel, denn in der Pampa gibt es ja keine Bäume, die Schutz vor der Sonne bieten. Während Thamár schlief, hielt La Bruja Wache. Was immer sie auch tat, erfüllte sie mit Glück und Zufriedenheit. Nirgends drohte Gefahr, die Vögel sangen und spielten lustig in den Lüften. Nichts hätte La Bruja bewegen können, dorthin zurückzukehren, wo ihr Zuhause war. Sie fürchtete nichts, denn ihre Beine waren schnell, und ihr Herz war stark.

Als das Fohlen erfrischt und lustig aufgewacht war, sah ihm La Bruja beim Spielen zu. Es jagte nach den bunten Schmetterlingen, es bäumte sich auf, um nach den Regenpfeifern zu schnappen, die dicht über seinem Kopf hinflitzten. Es schnappte nach dem wedelnden Schweif der Mutter, immer von dem Wunsche beseelt, die eigene Kraft zu erproben und die eben erst entdeckten Beine zu gebrauchen. Schließlich machte La Bruja dem Spiel ein Ende, denn nun, da sie einmal entschlossen war, kam es ihr darauf an, den Abstand von der Herde und auch von der Stelle, an der sie Thamár geboren hatte, möglichst rasch zu vergrößern.

Sie setzte sich also in Trab, und Thamár folgte ihr willig, denn anscheinend sah sie darin ein neues lustiges Spiel, das ihre Mutter mit ihr trieb. Sie jagte voraus, dann machte sie wieder kehrt und hielt nach ihrer Mutter Ausschau, die langsamer nachkam. Bei diesem Treiben meldeten sich rasch Hunger und Müdigkeit, so daß La Bruja haltmachen mußte, damit das Fohlen trinken konnte.

So vergingen die Stunden, und bald war die Pampa wieder in nächtliches Dunkel gehüllt. Das Fohlen schlief, La Bruja hielt wie immer Wache. Ihre Unruhe hatte sich etwas gelegt, denn sie und Thamár waren nun doch schon ein ganzes Stück Wegs von der Herde entfernt. Es stand so gut wie fest, daß sie fortan frei und ungebunden durchs Leben gehen würden.

La Brujas Entschluß, sich mit Thamár abzusondern, war alles andere als klug. Sie hatte bis jetzt nur dreimal den Frühling erlebt und ahnte daher noch nicht, welche Gefahren auf eine einsame Stute lauerten. Der Pampa-Löwe zum Beispiel, der sich von einer durch den wachsamen Hengst behüteten Herde wohlweislich zurückzog, hatte keine Angst vor verirrten oder einzeln umherstreifenden Tieren.

Und dann gab es den Menschen, jenes mächtige, gefährliche Geschöpf, von dem La Bruja überhaupt keine Ahnung hatte. Wie hätte sie auch wissen können, daß dieses Menschenwesen ein schlimmerer Feind war als jeder Puma, weil er diesen vor allem an List weit übertraf? Der Mensch machte sich Pferde zu Sklaven, und diese verrieten ihre eigenen Artgenossen. Aber La Bruja fürchtete kein Pferd; sie konnte ja nicht wissen, daß das Geschöpf auf seinem Rücken so gefährlich war.

Diese beiden Gefahren waren die schlimmsten für La Bruja, denn außer dem Puma und dem Menschen gab es nicht viele Lebewesen, die ihr etwas anhaben konnten.

La Bruja kannte keine Furcht. In ihrer Unwissenheit genoß sie die fette Weide und hütete sie ihren Sprößling. Nur der Instinkt befahl ihr, prüfend die Luft einzuziehen und die Ohren zu spitzen. Aber was erwartete sie, wonach lauschte sie? Wie hätte sie bei ihrer geringen Erfahrung wittern können, wann eine Gefahr im Anzuge war?

Aber La Bruja war nicht nur darum ohne Furcht, weil sie noch so unerfahren war. Sie wußte um ihre Schnelligkeit und hatte sich bereits davon überzeugt, daß schnelle Beine das wertvollste Geschenk des Lebens waren. War es ihr nicht sogar gelungen, ihren eigenen Vater hinter sich zu lassen, wenn sie im wilden Galopp ihre Kräfte maßen? Das wußte sie, und dieses Wissen nahm ihr die Angst.

In diesen Tagen kam es allerdings selten vor, daß sie einmal übermütig dahingaloppierte. Thamár konnte nicht mit ihr Schritt halten, und La Bruja widerstrebte es, sich mehr als ein paar Körperlängen von ihrem Fohlen zu trennen. Sie wachte voll Eifersucht über dieses kleine Geschöpf, das ganz ihr eigen war. La Brujas Leben gehörte Thamár.

Voll Freude sah sie zu, wie ihr Kleines spielte und tollte. Zuweilen zeigte sie ihm selbst dieses oder jenes Spiel, denn auch La Bruja war ja noch ein verspieltes Fohlen. Wenn Thamár müde wurde, leckte sie zärtlich ihren Hals und wetzte liebevoll ihren Kopf an ihrem Körper. So schenkte sie ihrem Jungen alles, was es sich wünschen konnte, und in dieser Obhut ihrer Mutter entwickelte sich Thamár zu einem starken, kühnen und schönen Pferd. Ihre Schönheit war neben La Brujas Häßlichkeit besonders eindrucksvoll.

Der Alltag von Mutter und Fohlen verlief in ruhigem Gleichmaß. Die beiden brachten Stunde um Stunde mit Fressen, Spielen und Schlafen hin. Außerdem erwarteten sie in der Pampa täglich kleine Erlebnisse. Andere Pferde bekamen sie nicht zu sehen, und darüber war La Bruja glücklich. Außer Thamár wünschte sie sich keine Gesellschaft; sie fühlte sich zufrieden, denn das Leben meinte es gut mit ihr. Aber eines Tages mußte La Bruja doch erfahren, daß es närrisch von ihr gewesen war, so einsam dahinleben zu wollen, denn ihrer Art war es nun einmal bestimmt, sich zu Herden zusammenzuschließen und so den Feinden die Stirn zu bieten.

Die Sommertage waren dahin, herbstliche Kühle lag in der Luft. Saftig und grün schoß das Gras in die Höhe. La Bruja hatte soviel Freude an diesem köstlichen Geschenk der Natur und fraß mit solcher Lust, daß darunter ihre Wachsamkeit litt. Ein halbes Jahr lebten sie nun schon einsam und ungestört; was sollte, was konnte ihnen also geschehen?

Als La Bruja auf die Gefahr aufmerksam wurde, war es bereits zu spät. Verborgen in Gras und verdorrtem Unkraut lauerte ein junger Puma. Dieser sprang sie plötzlich an, hieb seine Krallen in ihren Rist und schlug die Zähne tief in ihren Hals, so daß sie vor Angst und Schmerz gellend hinausschrie.

Dann gewann ihr Instinkt trotz aller Verwirrung die Oberhand. Mit Gewalt warf sie den Kopf zurück stieg auf die Hinterbeine und schleuderte so den Puma von sich. Als er auf der Erde landete, jagte La Bruja davon. Ihr Herz klopfte hart, ihre Hufe trommelten über die Pampa hin. Die Furcht ließ etwas nach, als sie gewahr wurde, welche Macht ihr aus ihrer Schnelligkeit erwuchs. Sie nahm sich nicht einmal die Zeit, umzuschauen, sie raste einfach davon; in ihrer entsetzlichen Angst vor dem Puma hatte sie alles, sogar die Schmerzen, die sie litt, völlig vergessen.

Da, plötzlich drang ein Angstschrei mit schneidender Schärfe an ihr Ohr, und sie wußte im Nu, er rührte von Thamár her. Im Augenblick, als sie dessen gewahr wurde, unterbrach sie sofort ihren rasenden Lauf. Sie wirbelte herum und sah, wie der geschmeidige, hungrige Puma hinter ihrem Fohlen herjagte. Ums Haar hätte er es gepackt, aber es entging gerade noch seinen Fängen. Thamár war nicht so schnell wie ihre Mutter, aber die Angst verlieh ihr ungeahnte Kräfte.

Endlich kam ihr die Mutter zu Hilfe. Wenige Sekunden zuvor hatte der Puma La Bruja tödliche Angst eingejagt, jetzt fühlte sie nur noch rasende Wut gegen das Untier, das Thamár bedrohte. Ihre Schnelligkeit hatte sie gerade erst vor dem furchtbaren

Feind gerettet, da stürzte sie sich ebenso schnell, mit der Wildheit eines wirbelnden Orkans, wieder in die Gefahr.

Mit offenem Maul, gefletschten Zähnen und rollenden Augen griff sie den Puma an und stieß dabei wütende Schreie aus. Der Puma ließ augenblicklich von seinem Opfer ab und wandte sich unter Knurren und Fauchen gegen den Angreifer. Fliehen konnte er nicht mehr, dazu war er nicht schnell genug. Also duckte er sich tief zur Erde nieder und hieb mit seinen Pranken nach La Bruja, die ihn mit ihren schweren Hufen zu zertrampeln drohte. Mit unglaublicher Gewandtheit wich er ihren Tritten aus und sprang sie an, ehe sie aufs neue nach ihm schlagen konnte. Jetzt hockte er auf ihrem Rücken und klammerte sich an ihr fest, so daß sie nicht imstande war, ihn abzuschütteln.

Da warf sich La Bruja zu Boden und wälzte sich herum, daß der Puma beiseite springen mußte, um nicht zerdrückt zu werden. Das Raubtier war dabei schneller als La Bruja. Ehe sie noch auf die Beine springen konnte, schlug er seine scharfen Zähne in ihren Hals und glaubte seines Sieges sicher zu sein. Aber er ahnte wohl nicht, was Mutterliebe vermag. Irgendwie gelangt es der verzweifelten Stute, dem Räuber, der sich in sie verbissen hatte, einen Schlag zu versetzen, der ihn zu Boden schleuderte.

Diesmal war der Puma von dem Hieb so benommen, daß er nicht mehr entkam. Wieder und wieder ließ La Bruja ihre Hufe auf ihn niedersausen, weißer Schaum flog ihr um die Lefzen, Blut strömte aus vielen Wunden an ihr herab. Der Puma fauchte und heulte, aber La Bruja kannte kein Mitleid mit dem geschlagenen Feind, da ihr der Schreckensschrei ihres geliebten Kindes immer noch in den Ohren klang. Sie zertrampelte seinen weichen Leib noch weiter, als der Puma schon längst verendet war. Als sie endlich innehielt, war auch ihre Wut verraucht und Thamárs Schreckensschrei vergessen. Jetzt erst wurde sie gewahr, daß sie verwundet und völlig erschöpft war, vor allem meldete sich plötzlich brennender Durst. Sie zitterte am ganzen Leib, alle Glieder schmerzten von den Anstrengungen des Kampfes. Aber ihre erste Sorge galt Thamár.

Mit leisem Gewieher lockte sie ihr verängstigtes Fohlen herbei und beschnupperte besorgt seinen schlanken Körper, um festzustellen, ob es eine Verletzung erlitten habe. Thamár war heil geblieben. Als La Bruja dessen gewiß war, beruhigte sich endlich ihr fiebernder Herzschlag.

Zusammen strebten sie zur nächsten Wasserstelle, und als die Nacht herabsank, war die am Nachmittag ausgestandene Angst bei Mutter und Tochter geschwunden. Dennoch verlor La Bruja dieses Erlebnis lange Zeit nicht aus der Erinnerung, und der Löwe der Pampa war von nun an ihr erbittertster Feind.

Das Kesseltreiben

La Brujas Wunden heilten. Ihr Hals und ihr Widerrist blieben von Narben gezeichnet, die ihr Leben lang von dem Kampf mit dem Puma zeugen sollten; aber keine dieser Verletzungen war so schwer, daß sie einen dauernden Schaden verursacht oder ihre Schnelligkeit beeinträchtigt hätte. Gewiß, die Narben machten sie noch häßlicher, als sie ohnedies war, aber davon wußte sie nichts. Thamár war heil geblieben, und darauf allein kam es ihr an. Sie war fortan sorgfältiger darauf bedacht, sich selbst und ihr Fohlen keiner Gefahr auszusetzen, und ließ sich darum auch nie mehr von einem räuberischen Puma überraschen.

In diesem Herbst sah La Bruja zum erstenmal in ihrem Leben einen Menschen. Eines Tages stand sie wie immer wachsam auf der Weide, unweit von ihr schnupperte Thamár am Klee und versuchte zögernd, wie er schmeckte. Da vernahm La Bruja plötzlich ganz in der Nähe rasches Hufgetrappel. Sie hob erschrocken den Kopf und starrte mit gespitzten Ohren nach dem Pferd, dessen Hufe sie hörte. Dabei entdeckte sie, daß auf dem Rücken des Tieres eine merkwürdige Gestalt hockte.

Das Pferd jagte wie wahnsinnig dahin. Es kam nicht auf La

Bruja zu, sondern entfernte sich mehr und mehr, darum rührte sie sich auch nicht von der Stelle. Ihre Neugier war stärker als die leise Mahnung ihres Instinkts, die ihr drohende Gefahr verkünden wollte. Das Pferd bot ihr kein Geheimnis, aber welche Bewandtnis mochte es mit der Gestalt haben, die es rittlings auf seinem Rücken trug? Es war ohne Zweifel ein Lebewesen, da es sich bewegte und sogar Laute von sich gab.

Der Gaucho auf dem Rücken des fremden Pferdes trug einen Poncho um die Schultern, der wie eine Fahne hinter ihm herflatterte, als er gegen den Wind dahinjagte, was ihn erst recht absonderlich erscheinen ließ. Vielleicht sah der Mann La Bruja überhaupt nicht, vielleicht überzeugte er sich schon aus der Ferne von ihrer Häßlichkeit und hielt sie darum für wertlos. Jedenfalls ritt er nicht auf sie zu, sondern ließ sie einfach stehen, wo sie stand und mit ihrem Blick der Erscheinung folgte, die so neu für sie war.

Pferd und Reiter jagten vorüber; aber die Pampa ist so eben wie ein Brett, darum sah sie La Bruja noch eine ganze Weile kleiner und kleiner werden, als längst kein Hufschlag mehr zu hören war. Schließlich erlosch ihr Interesse an der seltsamen Erscheinung, und sie wandte sich wieder ihrer Weide zu.

So verlief La Brujas erste Begegnung mit einem Menschen, und niemand kann behaupten, daß sie aufregend gewesen sei. La Bruja hatte das Ereignis bald ganz vergessen, und als der Mensch dann wieder in ihr Leben trat, fürchtete sie sich nicht vor ihm, weil keine dunkle Erinnerung dazu Anlaß gab.

Und doch wäre es besser gewesen, wenn sich La Bruja bei jenem zweiten Zusammentreffen gefürchtet hätte. Die Gauchos bereiteten nämlich ein großes Kesseltreiben auf wilde Pferde vor, von dem sie sich doppelten Gewinn erhofften: Einmal wollten sie ihr Fett und ihre Felle an Händler verkaufen, und außerdem hatten sie auch die Absicht, jene Ponys zu behalten und zu brechen, die ihnen für ein so trauriges Ende zu wertvoll zu sein schienen.

Die Männer hatten das Kesseltreiben mit aller erdenklichen

Sorgfalt geplant. Sie errichteten einen riesigen Corral, eine Umzäunung, die dem mächtigsten Ansturm standhalten konnte, und sandten zugleich Kundschafter aus, um zu erfahren, wo sich die wilden Pferde aufhielten. Dadurch stellten sie fest, wie weit sie den Bogen schlagen mußten, um alle Tiere zu fangen. Der erste Mensch, den La Bruja erblickt hatte, war einer von diesen Kundschaftern gewesen. Er meldete, daß sich in dem von ihm abgesuchten Gebiet zwei große Herden und ein paar Einzelgänger befänden. Andere Meldungen lauteten ähnlich, so daß die Gauchos mit ihren primitiven Rechenkünsten zu dem Schluß kamen, daß ihnen bei einigem Glück binnen Wochenfrist an die zweihundert Pferde ins Garn gehen würden.

Der Gaucho jener Zeit hatte mehr indianisches als europäisches Blut in den Adern. Er besaß eine dunkle Haut, seine Augen und seine Haare waren schwarz, sein Körper geschmeidig und stark. Sein Erbe waren die einfachen Künste des Indianers und der Stolz des Spaniers, die sich zwanglos mit der natürlichen Einfachheit des armen, ungebildeten Menschen vereinten. Ein solcher Mann mochte hart und grausam sein, ja, er konnte mit der ungezügelten Wildheit eines Tieres handeln; dennoch wußte er echte Freundschaft zu schätzen und stand vor allem fest zu dem von den Spaniern übernommenen religiösen Glauben. Das Pferd der Pampa war sein bester, über alles geschätzter Freund, und doch hatte es oft genug furchtbar unter seiner harten Hand zu leiden.

Dreißig Männer solcher Art sollten an dem Treiben teilnehmen, sechs weitere hatten die Aufgabe, die vorbereitete Umzäunung zu bewachen und dort den ersten Ansturm einer verzweifelten Herde abzufangen. Die dreißig Gauchos hatten die Absicht, in V-Formation über die Pampa zu reiten und dabei die Boleadoras, mit schweren Wurfkugeln versehene Fangleinen, bereitzuhalten, um damit jedes Pferd zu stellen, das ausbrechen wollte. Hunde waren abgerichtet, zu helfen, wo man sie brauchte.

Die Gauchos sahen dieser Treibjagd voll gespannter Erwartung entgegen. Gewiß würde es einen langen, anstrengenden Ritt geben, aber auch so manchen wilden Kampf mit ungebrochenen Pferden. Was konnte sich ein echter Gaucho Schöneres denken?

La Bruja wußte nichts von der Gefahr, die ihr drohte. Tagaus, tagein weidete sie sorglos an der Seite Thamárs, es ereignete sich ja auch nichts, was ihr hätte Angst einflößen können. Hätte sie mehr von den Menschen gewußt und gelernt, sie zu fürchten, dann wäre ihr das Auftauchen des Gauchos vielleicht eine Warnung gewesen; so aber hatte sie ihn schon nach wenigen Stunden völlig vergessen.

Andere Pferde in dieser Gegend waren bereits ängstlich geworden. Die meisten von ihnen hatten schon mehr Erfahrung mit Menschen, gerade genug, daß sie zu zittern begannen, sobald sie einen erblickten. In den letzten Tagen hatte es fern und nah immer wieder Hufgetrappel gegeben, und dann waren mehrere Männer in ihrer Nähe aufgetaucht. Gewiß, sie taten ihnen nichts, aber sie weckten doch ein beunruhigendes Gefühl, das sich nur schwer beschwichtigen ließ. Die Hengste hielten ihre Stuten dicht zusammen und ließen nicht mehr zu, daß diese oder jene ihre eigenen Wege ging.

Das erste Warnzeichen gaben ihnen die Vögel. Sie strichen in immer größeren Scharen über den Himmel und schrien den Pferden unter sich zu, was sie erlebt hatten. Die Treiber, die langsam, aber sicher über die Pampa vordrangen, hatten sie aus ihren Bodennestern aufgescheucht.

Hengste, Stuten und Fohlen blickten zu der lärmenden Gesellschaft auf und begannen, zunächst noch zögernd und unentschlossen, den Vögeln nachzuziehen. Sie selbst hatten ja die eigentliche Gefahr noch gar nicht entdeckt, aber als ihnen bald auch noch andere Tiere der Pampa folgten, wurde sie ihnen rasch zur Gewißheit. Ein Dutzend verschreckter Hirsche, eine ganze Herde flüchtiger Guanacos, dazwischen ein paar aufgeregte Rheas oder Straußvögel hielten schon mit ihnen Schritt. Da gab es für die Pferde keinen Zweifel mehr, aus welcher Richtung das Unheil auf sie zukam.

Sie hielten sich nicht mehr lange mit Fressen auf, sondern folgten blindlings den Hengsten, die sie bisher stets einen sicheren Weg geführt hatten. Wie es die sorgfältige Planung der Gauchos vorgesehen hatte, trafen die anfänglich getrennten Herden nach einiger Zeit zusammen. Da gab es zunächst einmal Gezänk unter den Stuten und Kämpfe zwischen den Hengsten, bald aber besannen sich die Pferde auf die ihnen allen drohende Gefahr und schlossen sich zu gemeinsamer Abwehr zusammen. Fünf verschiedene Herden hatten sich zu einer einzigen riesigen Schar von Stuten, Fohlen und Hengsten vereinigt. So gut es möglich war, hielten sie auch jetzt noch voneinander Abstand und strebten dabei ahnungslos der festen Barrikade zu, denn dies war der einzige Weg, der ihnen noch offenstand. Sie meinten immer noch, er führe sie in die Freiheit.

La Bruja und Thamár zogen mit ihnen, sie hatten sich unbemerkt unter die anderen Pferde gemischt. Nur widerwillig hatte La Bruja ihr einsames Dasein aufgegeben, weil sie sich in der Masse sicherer fühlte. Da gab es übrigens auch noch andere Einzelgänger – Hengstfohlen, die noch keine zwei Jahre alt waren, und ein paar einsame Hengste –, denn die Gauchos hatten sich weit verstreut, um möglichst viele Tiere zu erfassen.

Angst und Verwirrung der Pferde steigerten sich, immer schneller jagten sie drauflos, ohne zu wissen, wovor sie flohen. Ihr unsichtbarer Feind ließ ihnen ja keine Zeit, anzuhalten und sein Geheimnis zu enträtseln. Einstweilen wußten sie nur, daß irgendeine unbekannte Macht sie gegen ihren Willen zusammengetrieben hatte und die Vögel immer deutlicher zu erkennen gaben, wie furchtbar das Unheil sein mußte, das von Tag zu Tag näher rückte.

An einem sonnigen, kühlen Morgen, der einen schönen Tag versprach, gab sich der Feind zu erkennen. Aus allen Richtungen außer von vorn kamen unter wildem Gebrüll und Peitschengeknall die Gauchos herbeigestürmt, jeder begleitet von einem bellenden Hund. Die Herde hielt entsetzt in ihrem Lauf inne und starrte wie gelähmt auf die anstürmenden Reiter. Verängstigtes Gewieher stieg ringsum auf, wilde Panik hatte alle erfaßt.

Plötzlich, wie auf Kommando, jagten sie los. Es gab ein wirres Durcheinander, bis sich die Pferde auf eine gemeinsame Richtung geeinigt hatten, dann rasten sie blindlings drauflos, wohin sie die Gauchos trieben. Als sich die erste Panik legte und die Pferde die Falle zu wittern begannen, der sie zustrebten, kämpften sie sich bald einzeln, bald zu zweien oder zu dreien aus dem allgemeinen Gedränge heraus und versuchten in anderer Richtung zu entkommen.

Umsonst – Peitschen und wilde Hunde trieben sie wieder zurück, meisterhaft geworfene Boleadoras schlangen sich um ihre Beine und rissen sie zu Boden.

Kein einziges Pferd entkam, auch La Bruja und Thamár nicht. Zurück blieben nur ein paar Tote, jene zwei oder drei, die in der allgemeinen Panik gestürzt und unter die Hufe der anderen geraten waren. Die Masse hatte sie zu Tode getrampelt, weil sie nicht rasch genug auszuweichen vermochten.

Alle anderen jagten ahnungslos in die riesige hölzerne Barrikade hinein, die zu ihrem Empfang vorbereitet war. Dort wirbelten sie jäh herum, krachten aufeinander und stürzten unter die Hufe anderer, als ihnen ein zu beiden Seiten hoch aufragendes Holzgatter plötzlich Halt gebot. Die Gauchos beobachteten das wilde, unbarmherzige Getümmel lachend und mit strahlenden Augen und suchten unter den verschreckten Tieren bereits jene aus, die ihnen am besten gefielen; alle übrigen verurteilten sie kurzerhand zum Tode.

Nach einer Weile gingen die wilden Kämpfe zu Ende. Die Pferde waren zu Tode erschöpft, ihre verzweifelte Auflehnung verwandelte sich in dumpfe Niedergeschlagenheit. Mit hängenden Köpfen drängten sie sich keuchend aneinander, die Zunge hing ihnen weit aus dem trockenen Maul, die müden Beine brachen fast unter ihrem Gewicht zusammen.

So verließen sie die Gauchos, sie waren froh, daß sie rasten durften. Mit der Massenschlachtung hatte es keine Eile, an den bevorstehenden Tagen war dazu ja noch Zeit genug.

Gefangen!

La Bruja und Thamár standen nebeneinander in einer Ecke. Die vielen zitternden, schwitzenden Pferdeleiber rings um sie her drängten sie hart gegen die kräftig gebaute Wand des Corrals.

Wie alle anderen waren sie viel zu elend und erschöpft, um davon Notiz zu nehmen, daß sie gefangen waren. Erst als die brennende Sonne hinter dem Horizont verschwand und milde Dunkelheit den Himmel überzog, begann La Brujas Angst langsam zu schwinden. Was war ihr denn schon geschehen? Ihr Junges stand unverletzt und friedlich neben ihr. Gewiß, da war die Erinnerung an das panische Getümmel, da waren der Abscheu des freien Geschöpfes vor der Gefangenschaft und das Gedränge all der Eingesperrten um sie her, aber abgesehen von dieser bösen Erfahrung schien ihr keine Gefahr zu drohen.

La Bruja ahnte noch nichts von der Macht und Brutalität des Menschen, nichts von der harten, gefühllosen Wesensart der Gauchos; darum machte ihr ihre Lage nicht allzuviel zu schaffen, darum trauerte sie im Grunde nur um die verlorene Freiheit. Bis auf die kurzen, eben verstrichenen Stunden war sie ja immer frei gewesen und kannte daher auch keine andere Art zu leben.

Dann dämmerte der nächste Morgen, und nun lernte La Bruja wahrhaft zu fürchten und zu hassen; sie lernte sogar, gegen den Menschen Gewalt zu gebrauchen, denn erst an diesem Morgen bekam sie von der wahren Natur ihrer Zwingherren den rechten Begriff. Der junge Tag brachte den Eingeschlossenen Tod und Verderben, es begann ein langsames, gewalttätiges Hinschlachten, das alle Pferde mit Grauen und Angst erfüllte, da sie mit ansehen mußten, wie ihre Gefährten elend zugrunde gingen.

Die Stuten, die nach Ansicht der Gauchos keine guten Reitpferde abgaben, wurden nacheinander eingefangen und getötet. Während die zweite verendete, wurde der ersten schon das Fell abgezogen. So ging es den ganzen Vormittag weiter, bis die Luft von Leichengeruch geschwängert war und das vergossene Blut die Erde rot färbte. Aasgeier hockten auf der Umzäunung und verfolgten mit gierigen Augen den Fortgang des Hinschlachtens. Sobald eines der getöteten Pferde beiseite geworfen wurde, stürzten sie kreischend darüber her.

La Bruja, die in der Ecke zwischen verängstigten Stuten und Hengsten eingekeilt war und deren Fell eine so unscheinbare Farbe hatte, wurde seltsamerweise ganz übersehen. Rings um sie herum wurden alle jene Pferde ausgewählt, die wegen ihrer Schönheit oder irgendwelcher anderer Qualitäten, die man ihnen zuschrieb, verschont bleiben sollten. Meist waren es Fohlen und Hengste, denn Stuten waren nicht »fein« genug und wurden selten von Gauchos geritten. Die wenigen Stuten, die von dem Morden verschont blieben, waren junge, besonders schöne Tiere. La Bruja gehörte nicht zu ihnen, ihr war also jedenfalls der Tod bestimmt.

Die grausame Vernichtung nahm erst ein Ende, als die Dunkelheit hereinbrach. Alle Pferde, die noch am Leben waren, standen, von panischer Angst geschüttelt, umher und lauschten auf das zänkische Geschrei der Geier, die mit gesträubtem Gefieder und vollgefressenen Bäuchen rund um den Corral hockten und ab und zu mit gehässigen Schnabelhieben aufeinander losgingen.

Die Nacht war ruhig, auch über die Pampa, deren freie Bewohner die Pferde noch vor wenigen Stunden gewesen waren, senkte sich friedliche Stille. Derselbe Mond, der das junge, frische Gras beschien, blickte gleichmütig auf die Spuren des grausamen Schlachtens herab und warf seinen Schein auf die schlafenden Gauchos und auf die zitternden Pferde, tauchte Schönheit und Grauen in das gleiche silberne Licht.

Als der nächste Tag dämmerte und die Sonne heraufstieg, stürzten sich die Geier sofort wieder auf die Kadaver, die noch umherlagen. Der junge Morgen vertrieb die letzten Schatten von der Pampa, die Schlächter erwachten aus dem Schlaf und genossen die Schönheit dieser Stunde. Dann machten sie sich wieder an das blutige Werk, das sie am Tag zuvor begonnen hatten.

Die Gauchos schlachteten alle jene Pferde, die sie für wertlos hielten. Die übrigen sollten gebrochen werden und fernerhin als Reit- oder Arbeitspferde dienen. Hengste und Hengstfohlen mußten beschnitten werden, einige mit aller Sorgfalt ausgewählte Stuten wurden für die Zucht bestimmt. Diese wollten die Gauchos, die sie brachen, entweder selbst behalten oder an zahlungskräftige Interessenten verkaufen.

Auf den Tag des Todes folgte also ein Tag heißer Kämpfe, denn die Gauchos, die so gewandt und herzlos im Schlachten waren, zeigten sich ebenso geschickt und unerbittlich beim Brechen der wilden Pferde.

Der erste Hengst wurde ausgewählt, und zwei Berittene suchten ihn von der Schar der anderen abzusondern. Das war alles andere als einfach, denn der Hengst hatte ihre Absichten bald durchschaut und drängte sich in die Mitte der Herde. Dadurch entstand unter den anderen Pferden größte Verwirrung, sie rasten wie von Sinnen im Kreis herum, und das Freudengeschrei der Gauchos trieb ihre Angst vollends auf die Spitze. Geschickte Lassowürfe rissen schließlich den Hengst, einen prachtvollen kleinen Rotschimmel, zu Boden. Während er sich zappelnd bemühte, wieder auf die Beine zu kommen, wurde eines der Lassos blitzschnell um einen Pfahl in der Mitte des Corrals geschlungen; eine anderes, das ihn am Hinterbein hielt, wurde ihm so über den Rücken geholt, daß es den Huf, der in die Schlinge geraten war, hochhielt und das arme Tier auf drei Beinen stehen mußte.

Natürlich brach er bald von neuem zusammen und zog sich dabei schmerzhafte Quetschungen zu. Jetzt wurde ihm ein Sattel aus Lammfell übergeworfen und so fest um den Leib geschnürt, daß er ihn trotz aller Bemühungen nicht abwerfen konnte. Sein Kopf, mit dem er wie verrückt um sich schlug, wurde in ein ledernes Halfter geschnallt, an dem ein Zügel befestigt war. Jetzt endlich wurden die Lassos gelöst, so daß sich der Hengst zur Wehr setzen konnte. Da schwang sich einer der Gauchos mit einem Satz auf seinen Rücken, und der Kampf begann.

Es war ein verbissenes Ringen. Der Hengst hatte nur seine Kraft und seine verzweifelte Wut einzusetzen, der Gaucho verfügte über Gewandtheit, List und ein Paar scharfe Sporen, die an seinen nackten Füßen festgeschnallt waren. Der Hengst stieg und schlug nach allen Richtungen aus, keuchend und mit rollenden Augen suchte er seinen Reiter abzuwerfen, aber der Gaucho jagte ihm bei jedem solchen Versuch die Sporen in den Leib und brüllte dazu wie ein wildes Tier. Dabei klammerte er sich mit beiden Händen an dem Rotschimmel fest, als wäre er angewachsen. Jetzt versuchte der Hengst, nach einem seiner Beine zu schnappen, die ihn so schmerzhaft in die Flanken stießen. Aber kaum wandte er den Kopf, um zuzubeißen, versetzte ihm der Gaucho einen so harten Peitschenhieb übers Ohr, daß er keuchend und halb betäubt innehielt.

Der Gaucho gewann die Schlacht, der Hengst gehörte ihm. Wohl war er geschlagen und zu Tode erschöpft, aber immer noch schön und begehrenswert. Nun kamen ein anderer Mann und ein anderes Pferd an die Reihe, und schon entbrannte der zweite Kampf.

So ging es den ganzen Tag. Oft gewannen die Gauchos, viel seltener die Pferde, weil sofort der nächste Mann einsprang, wenn sich sein Vorgänger geschlagen geben mußte. Zuweilen kam es überhaupt zu keiner Entscheidung, denn ein stolzer, freiheitsdurstiger Hengst kämpfte lieber, bis er vor Erschöpfung tot zusammenbrach, als daß er sich dem Menschen unterworfen hätte. Dann gab es wieder einen Kadaver abzuhäuten und ein neues Festmahl für die Geier – aber keine Spur von Mitgefühl für die armen Opfer.

Zu diesen gehörte auch La Brujas einstiger Gebieter, der schöne khakifarbene Hengst mit dem weißen Stern auf der Stirn, der so leidenschaftlich gern mit dem Wind um die Wette gejagt war. Auch er war mit allen seinen Stuten in die Falle geraten. Einen Tag nur hatte er sie überlebt, weil er den Tod der Sklaverei vorzog.

Von seiner ganzen Herde lebten jetzt nur noch La Bruja und das Fohlen, das er mit ihr gezeugt hatte; aber früher oder später mußte sich auch ihr weiteres Schicksal entscheiden. Alle Jährlinge und Stuten, die jetzt noch übrig waren, wurden nacheinander gebrochen; die wenigen, die bis zum Abend verschont geblieben waren, sollten tags darauf an die Reihe kommen.

Unter ihnen war auch La Bruja.

Nur wenige Pferde waren es, die lebend und ungebrochen die zweite Nacht im Corral durchwachten, weil sich die Männer erst am nächsten Morgen mit ihnen messen wollten. Jetzt, da die Arbeit so ziemlich getan war, beschlossen die Gauchos, eine Fiesta zu feiern, um ihrer Lust an Spaß und Gelächter freien Lauf zu lassen. Wer eine Frau in der Nähe hatte, ritt eilends hin, um sie festlich gekleidet aus ihrer winzigen, fensterlosen Pampahütte herbeizuholen. Zufällig kam ein Payador, ein Gaucho-Sänger, des Weges, er trug seine Gitarre am Riemen über der Schulter und wurde aufgefordert, die Nacht am Lagerfeuer zu verbringen und tags darauf zur Feier aufzuspielen.

Außer Thamár waren jetzt nur noch vier Pferde ungebrochen, und diese vier waren rasend vor Hunger und halb wahnsinnig vor Durst, denn niemand hatte daran gedacht, ihnen Futter und Wasser zu geben. Das Gras war ja von den vielen Hufen zertrampelt, so daß es den gequälten Tieren trotz ihres Hungers nicht schmecken wollte. Nur Thamár, das einzige Fohlen, war besser daran als seine Mutter und die anderen drei. Wohl hatte es schon seit Wochen gelernt, Gras zu fressen, aber die süße Milch der Mutter gab ihm doch noch immer die Hauptnahrung ab; sie stillte sowohl seinen Hunger als seinen Durst. Aber La Brujas magere Flanken fielen von Tag zu Tag mehr ein, und die Milch für Thamár floß entsprechend spärlicher. Drei Tage war sie nun schon gefangen und hatte in dieser ganzen Zeit keinen Bissen Gras und keinen Schluck Wasser gekostet.

Der Hunger machte sie wütend. Der Leichengeruch hatte ihr Angst eingejagt, und die Angst verwandelte sich nun in unbändigen Haß gegen jene, die diese grausame Schlächterei begonnen hatten.

Da jetzt nur noch so wenige Pferde in dem Corral übrig waren, konnten die Gauchos La Bruja nicht länger übersehen und nahmen sie kopfschüttelnd in Augenschein. Sie war so häßlich, so farblos, daß sie bestimmt nur versehentlich am Leben geblieben war, denn von den Gauchos hatte sie gewiß keiner haben wollen. Dann besichtigten sie ihr Fohlen, dieses wunderschöne junge Tier mit dem goldglänzenden Fell und den schwarzen Tupfen, die ihm von seinem Vater überkommen waren. Die Männer bewunderten Thamár mit überschwenglichen Worten, ihre makellose Schönheit begeisterte sie alle.

Um Thamárs willen wurde La Bruja eine Gnadenfrist gewährt. So kam es, daß Mutter und Tochter noch eine Nacht gemeinsam in dem Corral verbrachten, die letzte, ehe das Schicksal sie für immer voneinander trennte.

Am Morgen des folgenden Tages schlachteten die Gauchos zwei langgehörnte Kühe und ein Schaf. Als diese zusammensackten, jagte ihr letztes Aufstöhnen den Pferden von neuem Furcht und Schrecken ein. Die Tiere wurden in aller Eile abgehäutet und zerteilt, dann röstete man das Fleisch langsam über brennendem Pferdedung, so daß die Luft vom frühen Morgen an mit dem Duft schmelzenden Fettes und brutzelnden Fleisches erfüllt war. Die Hunde strichen kläffend und winselnd um das Feuer, ihre Lefzen trieften vor Gier.

Der ungewohnte, merkwürdige Geruch beunruhigte die wilden Pferde, Angst vor dem Feuer lag ihnen im Blut. Aber niemand nahm von ihnen Notiz. Der Payador setzte sich abseits auf einen Baumstumpf und nahm das Geschehen als Unbeteiligter in sich auf. Sein Pferd, ein alter Fuchswallach, stand mit gesenktem Kopf und zuckenden Ohren hinter ihm und bot ihm Schatten gegen die stechende Morgensonne. Der Sänger blickte mit seinen dunklen Augen nicht so wild und zügellos in die Welt wie die Gauchos, seine Züge drückten Güte und Verständnis aus. Das Haar fiel ihm bis auf die Schultern, er verbarg es unter einem Tuch, das er unter seinem hohen Sombrero um den Kopf geschlungen hatte. Mit seinem grauen Bart und dem Gesicht voller Runzeln machte er den Eindruck eines weisen Mannes.

Der Payador war in der Tat so etwas wie ein Weiser, denn er hatte lange gelebt, vieles gesehen, gehört und gelesen und daraus Erkenntnisse und tiefe Einsichten gewonnen. Er verstand sich auf die Kunst des Lesens, und was er gelesen hatte, das gab er den Gauchos in Versen und Melodien weiter. Oft riß ihn die Begeisterung zu einer wunderbaren Sprache hin, seine Zuhörer waren trotz ihrer Unbildung stets begeistert und voll Verständnis für das, was er ihnen bot. Aus seinen Liedern sang ja die Pampa, er erzählte von Frühling und Winter, Geburt und Tod, kurz, von allem, was diesen Gauchos vertraut war.

Jeder, der den Payador kannte, achtete und liebte ihn, denn er war sanft und gütig. Dabei übte er in seiner stillen, bescheidenen Art große Macht auf die Menschen aus. Er erzählte den Gauchos viele Geschichten, solche, mit denen er die Männer zum Lachen brachte, und andere, bei denen sie stumm und sinnend ums Feuer saßen. Das Wort und die Gitarre waren die Mittel, die dem Payador Macht über die Menschen verliehen.

Jetzt waren die Gauchos eifrig dabei, ihre Fiesta vorzubereiten. Jeder war auf seine Weise beschäftigt. Einige trödelten nur herum und plauderten mit den Frauen, andere luden die halbtrokkenen Häute auf die riesigen Ochsenwagen, die in der Nähe des Corrals aufgefahren waren; die Mehrzahl der Leute aber kümmerte sich um die Bratenspieße über den Feuern. Unterdessen überlegte der Payador, was er ihnen zum besten geben sollte. Sie erwarteten ja nicht nur ihre Lieblingsgeschichten, sondern wie immer auch etwas Neues. Der Payador dachte an die armen Pferde, die hier erst vor kurzem ihr Ende gefunden hatten, und beschloß, ihnen sein erstes Lied zu widmen. Während er den Worten nachhing, zupfte er leise die Saiten seiner Gitarre, seine Gedanken und seine Finger arbeiteten zusammen, als wären sie eins.

Die Gauchos hörten die Akkorde, drängten sich heran und begehrten zu hören, was ihm eben durch den Kopf ging. Die Weise klang traurig, aber der Payador ließ sich mit seinem Lied Zeit, bis alle um ihn versammelt waren. Die dumpfen Akkorde der Gitarre sollten sie auf das traurige Lied einstimmen, das er ihnen singen wollte.

Allmählich wurde es unter den Gauchos still. Jetzt begann der Payador zu singen, aus seiner Stimme klang alle Weisheit, die ihm zu Gebote stand, alles Wissen um Kummer und Leid. Da er unter einfachen Menschen weilte, waren auch seine Worte einfach. Er sang:

Pferd der Pampa, du jagst in den Tod,
denn das Herz des Gauchos ist hart
und kennt keine Gnade.
Zum letztenmal schaust du des Himmels Blau,
schmeckst du das grüne Gras,
ehe du stirbst.

Pferd der Pampa, du jagst in den Tod,
hörst den Warnruf der Vögel nicht,
ahnst nicht das Unheil, das dich bedroht.
Die Freiheit, für die du geboren bist,
kehrt nie mehr zu dir zurück,
ehe du stirbst.

Alles schwieg, als der Payador mit seinem Lied zu Ende war. Die Gauchos dachten an die Pferde, die sie getötet hatten. Sie selbst liebten ja ihre Freiheit nicht minder als jene Tiere, sie lebten in demselben Land, unter demselben Himmel, und sie schliefen auf dem gleichen Lager aus Gras. Die Pferde der Pampa waren ihnen in Wahrheit Brüder und Freunde.

Die Gauchos waren eine Weile still und traurig, der Gedanke, daß sie ihre Freunde schmählich verraten hatten, wollte ihnen nicht aus dem Sinn. Doch die Zeit verrann, und die trüben Gedanken verflogen. Bald schnitten sie sich saftige Stücke Fleisch von den rauchenden Spießen und benutzten zum Essen dieselben langen Messer, mit denen sie zuvor die Pferde getötet hatten. Sie löschten ihren Durst mit saurem Wein, und ihr Treiben wurde von Stunde zu Stunde lauter und lustiger.

Auf einmal fielen ihnen die fünf Pferde ein, die im Corral zurückgeblieben waren, und alle stürzten dorthin, um eines nach dem anderen herauszulassen. In fröhlicher Stimmung drängten sich die Gauchos um das Tor, und man beschloß, La Bruja als letzte loszulassen, weil sie in ihrer Häßlichkeit am besten geeignet war, den Hanswurst des Tages abzugeben.

Das erste Pferd, das in die Freiheit hinausrasen wollte, war ein dreijähriger Scheckhengst. Sogleich schlangen sich Boleadoras um seine Hufe, brachten ihn zum Stehen und rissen ihn zu Boden. Als er blitzschnell wieder auf die Beine sprang, fiel ihm die Schlinge eines Lassos über den Kopf. Inmitten dieses Trubels wurde er obendrein gewahr, daß plötzlich ein Mann auf seinem Rücken saß. Da schrie er in blinder Wut und bot alle Kraft auf, den Burschen abzuwerfen. Es war umsonst. Der Kampf nahm keinen anderen Verlauf als die Kämpfe am Tag zuvor, nur daß dieser Hengst einen größeren Auslauf hatte.

Er raste durch die Schar der schreienden Gauchos, mit einem gewaltigen Satz flog er über die flammenden Feuer und strebte der offenen Pampa zu; aber ein berittener Gaucho zwang ihn zur Umkehr. Da jagte er halb von Sinnen wieder zurück, und immer spürte er auf seinem Rücken jenen unheimlichen Kerl, der ihm lachend und schreiend die Sporen in die Flanken hieb. Die wahnwitzige Jagd nahm erst ein Ende, als der junge Hengst erschöpft, geschlagen, mit Schaum vor dem Maul zusammenbrach.

Schon kam das zweite Pferd angestürmt und jagte, so schnell es nur konnte, der Freiheit entgegen. Es war eine schwarzbraune Stute, die in der Pampa schon acht Fohlen zur Welt gebracht hatte. Als ein Gaucho auf ihren Rücken sprang, lieferte sie ihm nur ein Scheingefecht, denn sie trug ihr neuntes Fohlen und war überdies schwach vor Hunger und Durst.

Als auch sie geschlagen war, öffneten die Gauchos das Tor aufs neue und gaben dem dritten Pferd den Weg frei. Diesmal war es ein zweijähriges Stutenfohlen, das nicht viel mehr Kampfgeist zeigte als die Stute vor ihm. Es war ein wunderschönes Tier, ein Fuchs mit einem weißen Schweif und schwarzen Tupfen auf der Stirn. Der Mann, der sie ritt, ging sehr behutsam mit ihr um, weil er sie auf keinen Fall verderben wollte.

Nun blieben nur noch La Bruja und Thamár. La Bruja schoß mit so unglaublicher Schnelligkeit aus dem Corral heraus, daß die Gauchos den Atem anhielten und ganz vergaßen, sie mit dem Lasso niederzureißen. Thamár galoppierte aus Leibeskräften hinter ihr her, und die Gauchos lachten, als sie sahen, wie die schöne Tochter vergebens bemüht war, mit ihrer häßlichen Mutter Schritt zu halten.

Thamár stürzte, als sich die Boleadoras um ihre Beine schlangen. Als sie sich wieder aufgerichtet hatte, war La Bruja schon außer Reichweite, ein Schatten, der mit Windeseile dem fernen Horizont zuflog. Die Gauchos brachten das zappelnde Fohlen zum Payador und fragten ihn, ob er es als Bezahlung für sein Lied über das Pferd der Pampa annehmen wolle.

Der alte Dichter betrachtete ernst das zitternde, goldbraune Geschöpf. Das Stutenkind war so verschreckt, daß es nicht einmal versuchte, auszubrechen.

»Sie ist sehr schön«, meinte der Dichter schließich, »schön wie eine Prinzessin. Ich werde sie um ihrer Schönheit willen Thamár nennen.«

Die Gauchos legten ihr einen Strick um den Hals und banden ihr ein Vorderbein hoch bis unter das Kinn, so daß sie unmöglich weglaufen konnte. Zitternd stand sie nun auf drei Beinen, von Angst, Schmerz und Hunger gequält. Als die Nacht sank, löste der Payador endlich ihre Beinfessel und band sie an das Rad eines Wagens. Dabei nannte er sie immer und immer wieder bei ihrem Namen. Noch als sie einschlief, klang es in ihren Ohren . . . »Thamár«.

Wieder in Freiheit

La Bruja wurde sehr bald gewahr, daß sie ihr Fohlen verloren hatte; aber ihre Angst vor den Menschen war so groß, daß sie es nicht wagte, zurückzukehren, um ihr Junges zu suchen. Nur ein kleines Stück Wegs trabte sie zurück und rief mit leiser Stimme nach dem Vermißten. Es war ein kläglich schwaches Gewieher, das sie dabei von sich gab, denn sie fürchtete jeden Augenblick, daß plötzlich ein Mann aus dem Gras aufspringen und sie wieder gefangennehmen könnte. Sie konnte nicht daran zweifeln, daß Thamár ihr nicht gefolgt war, denn in diesem tellerflachen Land gab es keinen Hügel und keinen Baum, der ihr Kommen verborgen hätte, nicht einmal Riesendisteln wuchsen in dieser Gegend.

La Bruja war todtraurig über den Verlust ihres Fohlens. Noch nie war sie so einsam gewesen wie jetzt. Rastlos kreiste sie um den Ort, an dem sie in Gefangenschaft gewesen war, immer so weit entfernt, daß sie sich sicher fühlen durfte, und doch – wie sie meinte – nahe genug, daß sie eine Antwort auf ihre Rufe vernommen hätte. Aber Thamár war fort, denn der Payador war nur eine Nacht geblieben. La Bruja rief also vergebens nach ihr.

Die Gauchos hörten und sahen sie. Sie erkannten die einsame Mutter, die von weitem nach ihrer Tochter rief. Sie staunten über ihre Kühnheit, aber sie ließen sie in Ruhe, weil sie so häßlich war, daß sie weder als Reittier noch als Zuchtstute zu taugen schien. Jetzt rüsteten sie zum Aufbruch, sie spannten Ochsen vor ihre Wagen, sattelten ihre Pferde und stampften die Feuer aus, die sie angezündet hatten. Die einsame Stute würde bald neue Gefährten finden und Thamár vergessen. Die Männer hatten für eine Weile das Töten satt, darum ließen sie sie jetzt in Frieden.

Die Gauchos, ewige Nomaden, kehrten dem Schauplatz ihrer Grausamkeiten den Rücken, und als La Bruja schließlich in ihrer Verzweiflung näher herankam, entdeckte sie, daß der Ort verlassen war. Thamárs Witterung war natürlich längst verweht, der Wind hatte sie davongetragen, und die verlassene Mutter fand keine Spur mehr, die ihr von ihrem Kind erzählte.

Eine lange Weile stand sie an dem Platz, wo sich das Unheil begeben hatte, wieder und wieder rief sie nach Thamár und lauschte mit bebenden Ohren auf Antwort; aber es gab keinen Laut, der sie über den Verlust getröstet hätte, ihr half nur die verrinnende Zeit, die allen Kummer heilt.

So vergaß auch La Bruja allmählich ihr Fohlen, wenngleich sie den warmen, für jede Liebkosung dankbaren jungen Leib noch lange vermißte. Aber auch als sie endlich das Gewesene ganz vergessen lernte, blieb ihr Dasein leer und freudlos.

Es kam der Winter, La Brujas Fell wurde dicht und bekam rotbraune Flecken. Sie weidete das Pampagras und entdeckte eine Wasserstelle zum Trinken, aber sie war beim Grasen immer allein, nahe der Stelle des großen Mordens, denn dort hielten sich keine anderen Pferde auf.

Das Wintergras wuchs über die blutgetränkte Erde, und die Geier ließen wenig Überreste jener schrecklichen Tage zurück. Schädel und Rippen der toten Pferde bleichten in Sonne, Wind und Regen, aber La Bruja ahnte nicht, was sie zu bedeuten hatten, darum hatte sie keine Angst davor. Sie graste um die Knochen herum, als ob es Steine wären, nie hätte sie vermutet, daß dies die Überreste ihrer einstigen Gefährten waren. Auch die Erde roch nicht mehr nach Blut, sie duftete wieder nach jungem Gras und frischem Tau.

La Bruja erblickte in dieser Zeit keinen Menschen mehr, und

sie hütete sich auch, einem dieser Geschöpfe wieder zu begegnen. Thamár konnte sie vergessen, aber die Grausamkeit der Menschen blieb ihr unauslöschlich in Erinnerung.

Wäre La Bruja nur häßlich gewesen, hätten sie die Gauchos sehr bald ganz und gar aus dem Gedächtnis verloren; aber sie hatte von ihrem Großvater die Schnelligkeit geerbt, und diese Gabe war zum mindesten einem Mann aufgefallen. Er hieß Gregorio und hatte La Brujas Flucht aus dem Corral wortlos beobachtet. Nur seine scharfen, schwarzen Augen verrieten seine Begeisterung, während er gleichmütig weiter an seinem Stück Fleisch kaute, als ob nichts gewesen wäre.

Seine Kameraden lachten und scherzten über La Bruja, er hörte aus ihren Reden, daß ihnen nur die Häßlichkeit der Stute aufgefallen war; es schien, als erklärten sie sich ihre Schnelligkeit allein aus der panischen Angst, die sie dazu trieb. Die Länge ihrer Beine, die Form ihres Rumpfes war ihnen nicht aufgefallen; gerade sie aber verrieten Gregorio das Geheimnis ihres Blutes, und er beschloß, daß La Bruja sein eigen werden müsse, denn was bedeutet das häßliche Aussehen eines Pferdes, wenn es fähig ist, jedem anderen davonzujagen?

Gregorio hatte Arbeit auf einer weit entfernten Estanzia in Aussicht. Er war zusammen mit einigen Gefährten beauftragt worden, eine Viehherde an die brasilianische Grenze zu treiben. Darum war es ihm für den Augenblick versagt, auf La Bruja Jagd zu machen. Aber das berührte ihn nicht weiter. Er war überzeugt, daß die Stute nicht weit fortziehen werde, bis er zurückkam, um sie zu fangen. Außerdem war er darauf vorbereitet, zu warten, bis sie sich wieder zeigte.

Gregorio war ein großer, schlanker Mann in mittleren Jahren. Geduld war ihm nicht fremd, er wußte sehr wohl, daß die wenigsten Wünsche im Leben sofort in Erfüllung gehen. Das Geld, das er bei dem Viehtreiben verdiente, würde ausreichen, um ein gutes Pferd zu kaufen, denn er brauchte einen schnellen Gaul, wenn er La Bruja fangen wollte. Über seinen Plan ließ er kein

Wort verlauten, damit ihm nicht ein anderer zuvorkam und La Bruja für sich begehrte.

Während Gregorio über die Pampa in Richtung Brasilien zog und mageres, halb wildes Landvieh vor sich hertrieb, stand ihm immerfort das Bild jener häßlichen Stute vor Augen, und er freute sich bei dem Gedanken, daß sie eines Tages sein eigen sein sollte.

Wieder kam der Frühling, der vierte, den La Bruja erlebte. Diesmal hatte sie kein Fohlen an ihrer Seite, das hungrig nach Milch verlangte, denn sie war dieses ganze Jahr hindurch allein geblieben. Dennoch fühlte sie die Seligkeit der erwachenden Natur, empfand sie etwas wie Freude, als die Scharen der Sommervögel mit fröhlichem Gezwitscher angeschwirrt kamen und die nördliche Halbkugel dem harten Regiment des Winters überließen.

Jeden Morgen bedeckte dicker Nebel das Land, die Sonne schimmerte hindurch wie ein rotgolden leuchtender Ball. La Bruja hatte ihre helle Freude an diesen reinen, erfrischenden Morgenstunden. Zum ersten Male seit dem Verlust Thamárs war sie wieder glücklich, mit allen Sinnen wurde sie gewahr, wie mit dem Frühling auch die Hoffnung allüberall Einkehr hielt.

Sie tobte ihre neuentdeckte Lebenskraft aus, indem sie in wilden Sätzen über die Pampa raste, den Kopf in die Luft warf und voll Übermut nach allen Seiten ausschlug. Es war, als habe der Überschwang der Lebensfreude wieder ein lustiges Fohlen aus ihr gemacht. Wenn sie dahinjagte, blies ihr der Wind entgegen, daß Mähne und Schweif flogen. Sie fühlte, wie die Luft an ihrem Körper entlangstrich, wie ihre Hufe blitzschnell über die Erde donnerten, und geriet dabei in einen Rausch seliger Verzückung.

Sie verlor ihr zottiges Winterkleid und erhielt dafür ein glattes neues Fell, dessen Glanz sogar seine stumpfe, unscheinbare Färbung vergessen ließ. Ihre Augen wurden hell und leuchtend, ihr zorniges Gemüt beruhigte sich. Dafür war sie jetzt voll bebender Unruhe, rastlos durchstreifte sie in ihrer Einsamkeit die Pampa;

von dem dicken Blut, das zur Winterszeit in ihren Adern kreiste, war keine Spur geblieben. Gierig saugte sie den Wind durch die Nüstern ein, suchend, ohne zu wissen, wonach. Eines Tages endlich trug ihr der Wind die Witterung eines Artgenossen zu.

Das war es, was sie suchte. Nach den langen Monaten der Einsamkeit sehnte sie sich endlich wieder nach Gemeinschaft. Aufs höchste gespannt, mit erhobenem Kopf galoppierte sie in die Richtung, aus der die Witterung kam; eine unwiderstehliche Gewalt, die sie nicht verstand, bestimmte ihr Verhalten. Ihre Suche führte sie in Gegenden, die sie nie zuvor betreten hatte, aber sie merkte nichts von der fremden Umgebung. Ihr ging es einzig darum, die Spannung zu lösen, die sie beherrschte, und das Pferd zu finden, dessen Witterung sie nun schon seit Tagen folgte.

Sie fraß von den schnell wachsenden Disteln und gewann aus ihren saftigen Blättern Kraft und Nahrung. Selten nur legte sie eine Rast ein, denn sie fühlte nicht die geringste Müdigkeit. Ganz unerwartet stieß sie endlich auf das Pferd, dem sie so lange nachgespürt hatte. Erschrocken fuhr sie zurück, als sie plötzlich mitten in einem Dickicht von Disteln einen Hengst vor sich stehen sah. Dieser ließ sie nicht aus den Augen, denn er erwartete sie, er wußte schon, daß sie zu ihm unterwegs war.

Der Hengst war noch jung, er hatte wohl kaum mehr als sechs Lenze erlebt. Immer noch musterte er La Bruja voll Neugier, seine Augen funkelten, seine kleinen spitzen Lauscher horchten in höchster Spannung nach ihr. Ein Schecke, aber fast weiß wie ein Schimmel; nur die Hinterhand zeigte einen braunen Fleck, und auch der Kopf war braun, mit einer dreieckigen weißen Zeichnung über dem Maul. Noch besaß er keine eigene Herde, er hatte erst wenige Kämpfe ausgefochten, um eigene Stuten zu erobern. Er weidete ganz allein und ohne Gefährten. Zuweilen, wenn ihm die Einsamkeit unerträglich wurde, folgte er wohl auch einer Schar von Guanacos oder Rheas.

Um so heftiger war seine Erregung, als er nun die erschrockene Stute beobachtete. Er wieherte ein leises Willkommen, La

Bruja zuckte nur mit den Ohren, um ihm zu zeigen, daß sie verstanden hatte.

Als er bei ihr war und sie mit seiner weichen, feuchten Schnauze berührte, zitterte sie am ganzen Leib und erwiderte seine Begrüßung.

Ein Mann ohne Mitleid

La Bruja und der Hengst blieben zusammen. Beide hatten lange Zeit in der Einsamkeit gelebt, aber allmählich gewöhnten sie sich daran, einen Gefährten zu haben. Sie weideten täglich Seite an Seite, der Hengst behütete La Bruja mit Eifer und Zärtlichkeit. Manchmal schoß er in seiner eifrigen Wachsamkeit über das Ziel hinaus, dann war er La Bruja zuwider. Sie zeigte ihm wütend die Zähne und legte die Ohren zurück, wenn er ihr gegen ihren Willen nachstellen wollte. Mit der Zeit lernte er, ihre Unabhängigkeit zu achten, und fortan verliefen ihre Tage in Frieden und Eintracht.

Zuweilen ging jeder für sich allein auf Nahrungssuche, aber sie trennten sich nie weit voneinander. Neugierig sahen sie eines Tages dem Kampf eines alten und eines jungen Hirsches zu, die sich gegenseitig ihre Kühe abjagen wollten. Erschrocken fuhren die Pferde zusammen, wenn die Geweihe der beiden Gegner ein um das andere Mal aufeinanderkrachten. Die Kämpfenden suchten einander mit aller Kraft zurückzudrängen und gruben dabei ihre schlanken Hufe tief in die Erde, um dem Druck des Widersachers standzuhalten. Am Ende siegte dann doch die Kraft des älteren Tieres, der junge Hirsch hinkte geschlagen davon und überließ seine Kühe dem anderen.

Hübsche Vogelmännchen spreizten ihr Gefieder vor ihren entzückten Weibchen, schossen aber sofort erschrocken davon, wenn sie die schweren Tritte La Brujas und ihres Hengstes näher kommen hörten. Junge Guanacos liefen neben ihren Müttern her, sie hatten schon die gleichen langen Hälse und blickten genauso hochmütig wie die alten, nur ihr Fell war noch weich und gekräuselt wie die Wolle junger Lämmer.

La Bruja und der Hengst fraßen gierig die Disteln, das Gras und den Klee. Der Sommer rückte immer näher, die Luft wurde heiß und drückend; mit der Frische der Frühlingsmonate war es vorbei, Dürre breitete sich allmählich über das Land. Der Saft der Disteln verdunstete, ihre Blüten taten sich weit auf und ließen Millionen von Samenkörnern entschweben, als wäre dies ihr letzter verzweifelter Versuch, sich am Leben zu erhalten. Die Samen senkten sich langsam zur Erde nieder, und die beiden Pferde verzehrten sie als köstliche Leckerbissen. Sie schnaubten heftig, wenn sie ihnen in die Nüstern gerieten; was ihnen davon in Mähne und Schweif hängenblieb, fiel ihnen nicht weiter auf. An den Stellen aber, die sie bei ihrer Suche übersehen hatten, wuchsen im Jahr darauf wieder junge Disteln.

Das Gras welkte und färbte sich braun. Hoch aufgeschossen, rostfarben und tot standen die Disteln. La Bruja und der Hengst fanden jetzt nicht mehr so reichlich Nahrung. Es gab Tage, an denen die Sonne ohne Unterbrechung vom Himmel brannte,

Wochen, in denen sich kein Lüftchen rührte. Zwischendurch gab es wohl auch Perioden schlechten Wetters, dann wurde der steinhart getrocknete Boden endlich wieder weich, und die Pampa überzog sich mit frischem Grün.

Während dieser ganzen Zeit weideten La Bruja und der Hengst, ohne auch nur einem einzigen Artgenossen zu begegnen. Dieses Gebiet der Pampa beherbergte nämlich so gut wie keine Pferde mehr, seit die Gauchos im Jahr zuvor so grausam unter ihnen aufgeräumt hatten. Eines Tages geschah es dann doch, daß ihre scharfen Ohren das Getrappel von Hufen vernahmen. Sie warfen beide die Köpfe hoch, La Bruja von plötzlicher Angst gepackt, der Hengst dagegen aus bloßer Neugier.

Fern am Horizont entdeckten sie zwei Pferde, von denen das eine einen Reiter trug. Das sagte La Bruja genug. Sie wandte sich blitzschnell ab und jagte davon, fort von dem Reiter, der immer näher kam. Der Hengst folgte ihr nicht, er begriff nicht, was ihr solche Angst einjagte.

Statt dessen spähte er nochmals nach den Pferden und dem Reiter aus, aber ihr Anblick gab ihm nur Rätsel auf, weil er ebenso wenig Ahnung von den Menschen hatte wie La Bruja vor ihrem schrecklichen Erlebnis. Dann wandte er sich ab, um zu sehen, wo La Bruja geblieben sei. Er entdeckte sie weit draußen, eine ganze Strecke von sich entfernt, und sie antwortete ihm nicht einmal auf den klagenden Ruf, den er ihr nachsandte. Für eine kurze Weile blieb er noch, wo er war, seine Neugier und der Wunsch, bei La Bruja zu sein, hielten einander die Waage. Am Ende entschied er sich aber doch für La Bruja und galoppierte hinter ihr her. Die Verfolger vergaß er, weil sie für ihn keine Bedeutung hatten.

Der Mann, der ihre Fährte verfolgte, war Gregorio. Auf der Suche nach La Bruja war er den ganzen Frühling und Sommer kreuz und quer durch die Pampa gestreift. Jetzt endlich hatte er sie gefunden. Er hetzte sein Pferd aber nicht etwa hinter ihr her, denn er war überzeugt, daß sich La Bruja in ihrer panischen Angst völlig verausgaben würde. War es erst soweit, dann konnte er sie mühelos fangen, weil seine eigenen Pferde noch frisch waren.

Schmunzelnd beobachtete Gregorio, wie La Bruja auf und davon raste; sogar aus dieser Entfernung bekam er einen Eindruck von ihrem Leistungsvermögen, denn sie ließ ihn in ihrer Angst bald weit hinter sich zurück. Die Pferde, die er gekauft hatte, waren gewiß alles andere als langsam, aber La Bruja war eben doch unvergleichlich schneller. Gregorio war sich durchaus im klaren, daß er sie überlisten mußte, wenn er ihrer habhaft werden wollte, und dazu waren vor allem Zeit und Geduld nötig.

Während der folgenden Tage lebte La Bruja in ständiger Angst, denn fern am Horizont war immer der Mann mit den zwei Pferden zu sehen. Sie war gereizt und wollte nicht fressen. Sie kam nicht zur Ruhe, solange der Mann in Sichtweite war, Meilen und Meilen wollte sie rennen, nur um seinen Anblick loszuwerden.

Der Hengst konnte sich ihre Angst nicht erklären und bekam ihr seltsames Gehaben allmählich satt. La Bruja war schneller als er, und als sie eines Tages wieder ausbrach, jagte er nicht mehr hinterher, sondern starrte ihr nur noch eine Weile sehnsüchtig nach. Es verdroß ihn, diese Unrast einen Tag um den anderen mitzumachen. Auch ihm lag wohl ein Mißtrauen gegen die Menschen im Blut, darum blieb er jetzt nicht etwa stehen, bis der Gaucho herankam, sondern machte sich nach einer anderen Richtung aus dem Staube. Tagelang streifte er noch verstört und verloren umher, bis er La Bruja vergessen hatte.

Diese war nun allein und fürchtete sich daher um so mehr. Die Nähe des Hengstes hatte sie beruhigt, sie fühlte sich sicherer, solange er bei ihr war. Jetzt hatte er sie verlassen. Ihre Angst steigerte sich zur Panik, als sie feststellen mußte, daß sie den Verfolger nicht abzuschütteln vermochte. Sie floh immer weiter nach Süden, Gregorio kam ruhig und seines Erfolges gewiß hinter ihr her. Die ersehnte Sicherheit war für La Bruja nur zu erreichen, wenn es ihr gelang, einen weiteren Abstand von dem Mann zu gewinnen; darum galoppierte sie jeden Tag ohne Unterbrechung

vom Morgen bis spät in die Nacht hinein, bis ihr das stechende Herz und die wankenden Beine Einhalt geboten.

Aber Gregorio folgte ihr unentwegt, er kannte kein Mitleid mit der einsamen wilden Stute. Es konnte nicht mehr lange dauern, dann war sie sein. Er hatte aus der Ferne gesehen, daß sie zuweilen stolperte; außerdem war ihm nicht entgangen, daß sie schon langsamer geworden war. Wie stolz durfte er sein, wenn sie eines Tages sein eigen war. Wer fragte schon nach dem Aussehen dieses Pferdes, wenn er sah, wie es lief. Es war natürlich schade, daß La Bruja nicht so schön war wie ihr Fohlen, aber man konnte eben in diesem Leben nicht alles haben, was man sich wünschte, und Tiere wie Menschen haben bei allen ihren Vorzügen stets irgendeinen Fehler.

La Bruja wußte, daß sie geschlagen war. Wochenlang, in Hitze und Sturm, war ihr der Mann gefolgt, ohne daß es ihr gelungen war, ihm zu entwischen. Ihr Herz war überanstrengt, ihre Beine waren müde, und das wachsende Fohlen in ihrem Leib wog schwer wie Blei. Mit flatterndem Blick und angelegten Ohren starrte sie dem Verfolger entgegen, ihre Flanken bebten, als sie ihn immer näher rücken sah. Alle Hoffnung erstarb in ihr, Angst und Haß beherrschten sie ganz und gar.

Wieder wandte sie sich zur Flucht, aber die stampfenden Hufe waren nun schon ganz nahe zu hören. Alle ihre Muskeln spannten sich, die Angst verlieh ihr Kräfte, die nicht ihrem Körper allein entstammten. So wäre es ihr trotz allem noch gelungen, dem Gaucho zu entrinnen, hätte dieser nicht seine Boleadoras geschleudert, die sich mit tödlicher Sicherheit um ihre Beine schlangen. Vor Schreck wie von Sinnen stürzte sie zu Boden und wurde in ihrer Verwirrung nicht einmal gewahr, daß die heimtückischen Schlingen von menschlicher Bosheit erdacht waren. Kaum strebte sie wieder auf die Beine zu kommen, legte sich die Schlinge eines Lassos um ihren Hals, und sie war gefangen.

Aber auch jetzt ergab sie sich noch nicht in ihr Schicksal. Mit aller Wut, die ihr müder, zerschlagener Leib hergab, tobte sie gegen die Leine, die sie festhielt. Schreiend und um sich schlagend, bäumte sie sich auf, aber das Lasso zog sich nur um so fester um ihren Hals zusammen und drohte sie zu ersticken. Atemnot und Erschöpfung überwältigten sie, La Bruja ließ sich plötzlich auf alle viere fallen und gab den Kampf auf. Mit gesenktem Kopf stand sie regungslos da, die Zunge hing ihr trocken und geschwollen aus dem Maul.

Gregorio hatte sie nun in seiner Gewalt und war überzeugt, daß es ihm bald gelingen würde, ein zahmes, gelehriges Tier aus ihr zu machen. Jetzt konnte er sich dazu herablassen, freundlich zu ihr zu sein, also führte er sie mit sanfter Hand zu einem nahe gelegenen Teich, der einem einsamen Ombubaum das Wasser zum Leben schenkte. Dort stillte La Bruja glücklich ihren Durst – in ihrem Verlangen nach Wasser schenkte sie dem Mann keine Beachtung mehr.

Aber nicht länger als für einen Augenblick konnte sie ihn vergessen, denn er hielt ja die lederne Fessel in der Hand, die um ihren Hals lag und ihr jede Bewegung vorschrieb. Sein Schatten fiel auf sie wie der Schatten des Ombubaums, und dieser Schatten verdunkelte auch ihr Herz, weil sie nun seine Gefangene war.

La Bruja wachte die ganze Nacht. Sie stand am Ufer des Teiches und nahm ab und zu einen Schluck Wasser; aber der Druck auf ihrem Herzen wollte nicht leichter werden, denn ganz in ihrer Nähe schlief der Mann, der sie der Freiheit beraubt hatte. Er hatte ihr die Hinterhand gefesselt, so daß sie nur ungeschickt humpeln konnte, wenn sie sich bewegte. Seine beiden Fuchswallache dösten unweit von ihr vor sich hin. Solange sie schliefen, war ihnen ihre neue Gefährtin ganz aus dem Gedächtnis entschwunden.

Die Nacht war dunkel, der Mond hatte sich hinter einer bleichschimmernden Wolkenbank versteckt. In der finsteren Pampa herrschte reges Leben unter all den kleinen Tieren, die sie bevölkerten. La Bruja lauschte auf ihre Geräusche, sie stand mit gespitzten Ohren am Ufer des Teiches und nahm unfreiwillig alle diese Lebensäußerungen in sich auf. Die Nacht schien der wartenden Stute kein Ende zu nehmen. Sooft sich der Gaucho im Schlaf bewegte, schauderte sie zusammen, und panische Angst stieg in ihr auf. Nachtinsekten und Zikaden trieben ihr Wesen unter den Ästen des Ombubaumes, wo der Gaucho schlief. La Bruja nahm auch von ihnen Notiz, so wie sie alles aufmerksam verfolgte, was sich in dieser endlosen Nacht um sie her begab.

Sie war ja so einsam und hatte so schreckliche Angst. Die beiden Wallache schienen in der Nähe des Mannes ganz zufrieden zu sein und gehorchten ihm sogar. Mit ihnen hatte La Bruja nichts gemein. Damals, hinter den Palisaden des Todes, hatte sie zum erstenmal den Haß und die Furcht kennengelernt. Beide Gefühle hatten sich in ihr Gedächtnis eingefressen und meldeten sich jetzt wieder mit ihrer ganzen Qual. Die Stunden schlichen, La Bruja fand aus Furcht vor dem Ungewissen, das ihr bevorstand, keinen Schlaf.

Endlich ging die Sonne auf, aber sie hatte keine Kraft; vom frühen Morgen an war der Himmel grau bedeckt, ein kalter Wind blies über die Pampa, zauste La Brujas Schweif und rauschte im dichten Laub des einsamen Baumes. La Bruja rupfte lustlos ein paar Bissen Gras und achtete dabei überhaupt nicht auf das Begrüßungsgewieher der beiden Wallache. Mußte sie nicht auch sie fürchten, da sie doch willenlose Werkzeuge des Menschen waren?

Gregorio wachte auf und zeigte La Bruja, wie er seine Pferde tätschelte und freundliche Worte zu ihnen sprach. Die Stute zitterte, sooft er seine Tiere mit den Händen berührte, aber die beiden Pferde schien das überhaupt nicht anzufechten. Das eine stieß sogar mit dem Kopf nach dem Gaucho, als ob es sich noch mehr Liebkosungen wünsche.

Mit dem Einsetzen der Dämmerung verschwanden die Nagetiere der Pampa in ihren unterirdischen Behausungen, und auch die Insekten waren mit dem Schwinden der Nacht wie weggezaubert. Abgesehen von den Vögeln, die am Teichufer hausten, waren jetzt die drei Pferde und Gregorio allein in der Pampa, die ganz in trübes Grau gehüllt war und schon durch den düsteren Anblick, den sie bot, Unheil zu künden schien.

Das Wetter kümmerte den Gaucho nicht. Sein schäbiger, grau gestreifter Poncho hielt warm, und er zog seinen Hut tief über das Tuch, das er um Kopf und Hals geschlungen trug. An den Hacken seiner neuen Lederstiefel blitzten silberne Sporen. Für sie und für die beiden Pferde hatte er sein ganzes Geld hingelegt.

Gregorio war ein geduldiger Mensch. Das hatte er bereits bewiesen, indem er gewartet hatte, bis die Zeit zur Jagd auf La Bruja gekommen war, und dann durch die bedächtige Suche nach der Stute, bis er sie glücklich gefunden hatte. Viele Tage war er ihr dann unermüdlich gefolgt, und sein Lohn für diese Ausdauer war nun das Pferd, das er auf die übliche Art nie hätte fangen können. Aber jetzt, da La Bruja sein eigen war, hatte auch seine Geduld ein Ende. Er war wie ein Kind, das sofort mit seinem neuen Spielzeug spielen möchte; darum war er an diesem trüben, kalten Morgen fest entschlossen, die Stute so lange zu reiten, bis sie sich ihm unterwarf. Er war besessen von dem Wunsch, ihre Kraft mit seinen Schenkeln zu beherrschen und mit ihr dahinzujagen, wenn sie wie der Wind über die Pampa fegte.

La Bruja zitterte am ganzen Körper, weil sie seine Absichten erriet. Darum ließ ihr Gregorio so lange Zeit, sich zu beruhigen, bis er sich Mate bereitet hatte, jenen Trank aus teeähnlichem Kraut, den die Gauchos so lieben. Er sollte ihm Kraft geben, bis er wieder ein richtiges Mahl bekam. Der Kessel hing am Sattelgurt eines seiner Pferde. Nach ein paar Minuten hatte er ein kleines Feuer angefacht und den Kessel mit Wasser aus dem Teich gefüllt. Dann wartete er, bis es kochte.

La Bruja folgte seinem Tun voll Angst und Sorge, denn alles, was der Gaucho tat, schien ihr Böses zu künden. Sie sah, wie der Dampf aus dem Kessel aufstieg und in der Luft verschwand, sie beobachtete, wie sich der Gaucho ans Feuer setzte, als sein Mate fertig war, und er das Getränk durch ein dünnes Röhrchen aus der Schale saugte. Gleichzeitig wurde auch sie von Gregorio beobachtet. Dieser stellte fest, daß ihr Zittern nachließ; aber es entging ihm auch nicht, daß ihre weiß umrandeten Augen Furcht und Haß verrieten. Seine Erfahrung bewahrte ihn davor, den Gegner zu unterschätzen.

Die Stunden verrannen, und die Witterung wurde immer trüber. Die ganze Pampa lag unter einer einförmigen grauen Decke. Jenseits des Teiches sah man nur da und dort Büschel hohen Schilfes, das alle anderen Gewächse überragte. Die Vögel waren seltsam still, wahrscheinlich verschreckt durch die Gegenwart eines Menschen. Der Atemdampf der drei Pferde und des Menschen stand eine Weile in der Luft, lautlose Stille lag über der

Pampa; sie wurde nur dann und wann unterbrochen, wenn ein Vogel die Schilfhalme raschelnd bewegte oder ein Pferdehuf ungeduldig den Boden stampfte.

Gregorio hielt es nicht länger aus. Eben noch hatte er langsam und gemächlich seine Vorbereitungen getroffen, jetzt zeigte er plötzlich eine unheimliche Hast, als er die Fesseln von La Brujas Hinterbeinen löste. Eine Sekunde später warf er sich mit einem gewaltigen Satz auf ihren Rücken und ergriff im selben Augenblick das Lasso als Zügel. Allein ein Pferd zu brechen war für den Gaucho ein gewagtes Unterfangen. Wenn ihn La Bruja abwarf, konnte es nur zu leicht geschehen, daß sie entkam. Er durfte daher das Lasso um ihren Hals auf keinen Fall fahrenlassen, wenn er sie nicht verlieren wollte, nachdem er soviel Zeit darauf verwandt hatte, sie zu fangen.

Kaum saß er auf ihrem Rücken, begann auch schon der Kampf. Mit dem Morgenfrieden war es auf einen Schlag vorbei, denn La Bruja benahm sich wie jedes andere Wildpferd, als sie tödlich erschrocken den Körper spürte, der sich plötzlich an ihr festklammerte. Sie bockte und stieg sofort in rasendem Zorn.

Gregorio war ein Meister der Reitkunst, er wußte sich allen hinterhältigen Kniffen La Brujas gewachsen und stachelte sie auf, immer wütender zu kämpfen, damit sie um so schneller müde werde.

La Bruja schien heute keine Müdigkeit zu kennen. Sie warf sich rückwärts und vorwärts, sie bäumte sich in überschäumender Wut, aber ihre Raserei verwandelte sich allmählich in Verzweiflung, weil sie den Kampf nicht gewinnen konnte.

Gregorio lachte und fluchte und feuerte sie immer noch mehr an, als er spürte, daß ihre Kräfte nachzulassen begannen. Sie warf den Kopf nicht mehr so hoch wie zu Anfang, ihre Bocksprünge verloren immer mehr an Wucht, und wenn sie stieg, war es nur noch ein kraftloses Aufbegehren. Aber sie wollte sich nicht ergeben, denn die Freiheit der Pampa, über der sich heute ein so trauriger Himmel wölbte, lag ihr im Blut, und in der Brust schlug ihr ein wildes, ungebärdiges Herz.

Der Schmerz um ihr verlorenes Fohlen, der Anblick und der Geruch der hingeschlachteten Pferde, die Feindschaft, die sie seither gegen die Menschen hegte, alles das war wohl aus ihrem Gedächtnis entschwunden, aber es hatte sich um so fester in ihrem Instinkt eingewurzelt. Auch jetzt kämpfte sie mit solcher Wut, weil ein heftiger Instinkt sie dazu antrieb. Der Mann auf ihrem Rücken brachte ihr den Tod, wenn sie es nicht vermochte, ihn abzuwerfen.

Aber auch der stärkste Instinkt mußte vor der Erschöpfung die Waffen strecken. La Bruja brach zuletzt unter dem Gewicht des Gauchos zusammen und lag mit weit aufgerissenem Maul, starren Augen und steifen Beinen wie leblos im Gras.

Gregorio war seitwärts abgesprungen, als er merkte, daß die Stute im Begriff war zu stürzen, und blickte jetzt betroffen auf sie hinunter. Als er die Hand auf ihren geschwollenen Hals legte, durchfuhr ein Schauder ihren Körper. Nein, sie war nicht tot. Gewiß, ihre Augen waren glasig und die Zunge hing ihr aus dem Maul, aber tot war sie offenbar nicht. Gregorio fesselte sie wieder und ließ sie liegen, damit sie sich erholte.

Er fachte das heruntergebrannte Feuer wieder an, ließ sich daneben nieder und drehte sich eine Zigarette. Unbefriedigt saugte er den warmen, bitteren Rauch in die Lungen, das Rauchen wollte ihm nicht schmecken, er brauchte jetzt vor allem selbst eine gründliche Rast. Der Kampf mit La Bruja war kein Kinderspiel gewesen, und er fühlte sich recht müde. Seine beiden Pferde hatten voll Angst den Zweikampf zwischen La Bruja und ihrem Herrn verfolgt und machten sich nun wieder ans Grasen. Der Hunger rückte ganz in den Vordergrund ihres Bewußtseins, und nach einer Weile hatten sie die erschöpfte Stute völlig vergessen.

Unbändiges Blut

Erst als Gregorio seine dritte Zigarette geraucht hatte, begann La Bruja sich zu regen. Langsam richtete sie sich auf, sie mußte alle Kraft aufwenden, damit es ihr gelang. Eine ganze Weile verharrte sie in halb sitzender Stellung, weil sie sich schon von der kleinen Anstrengung erschöpft fühlte. In diesem müden Zustand wirkte sie besonders häßlich, zumal ihr Fell von der gleichen Farbe war wie das triste Grau dieses Tages. Sie ließ den müden Kopf wieder ins Gras sinken und entschloß sich nicht einmal zu schnauben, als ein paar Halme sie an den Nüstern kitzelten. Nicht ein einziges Mal versuchte sie, vollends aufzustehen. Der Tag verging, ohne daß sie auch nur ein Verlangen danach zeigte. Der Gaucho war für sie Luft, sie nahm von ihm so wenig Notiz, als ob er überhaupt nicht vorhanden wäre.

Gregorio ließ sie in Frieden. Er holte sich eines seiner Pferde und suchte nach Nahrung. Vielleicht gelang es ihm, mit seinen Boleadoras ein Stück Wild zu fangen. La Bruja würde ganz bestimmt keinen Versuch unternehmen zu fliehen, solange er fort war. Das tat sie denn auch wirklich nicht, ja, sie empfand nicht einmal Freude über seine Abwesenheit. Sie war viel zu müde, um zu beachten, was um sie her vorging.

Der Tag und die Nacht verrannen. Als der Morgen anbrach, wurde es über der Pampa wieder licht; warmer, heller Sonnenschein hatte das trübe Grau verjagt. La Bruja fühlte sich erfrischt und gekräftigt, sie war schon auf den Beinen, ehe der Gaucho erwachte. Rasender Hunger trieb sie auf, ihre Angst war verflogen. Der Gaucho hatte zu ihrer Überwindung alles getan, was in seinen Kräften stand, aber sie hatte ihm standgehalten. Wohl war sie gefangen, aber je mehr die Erschöpfung von ihr wich und neue Kraft sie belebte, desto unbändiger wurde ihre Wut gegen den verhaßten Feind.

Als Gregorio zum zweitenmal erschien, um sie zu reiten, war er bestürzt, wie wütend sie ihn begrüßte. Er hatte gemeint, er ha-

be sie durch den Kampf am Tag zuvor gebrochen. Nun fand er, daß sie ihm womöglich noch härter Widerstand leistete als bei seinem ersten Versuch. Der Kampf begann also von neuem, und La Bruja ließ sich dabei alle möglichen verzweifelten Tricks einfallen. Einmal schnappte sie plötzlich nach hinten, um den Gaucho am Bein zu packen, dann wieder wälzte sie sich unvermutet auf dem Boden. Aber Gregorio war auf alle Listen dieser Art gefaßt, so daß es ihr kein einziges Mal gelang, ihn zu überraschen.

Wenn sie ihn beißen wollte, bekam sie jedesmal einen schmerzhaften Hieb über den Kopf. Wenn sie sich auf dem Boden wälzte, sprang er rechtzeitig zur Seite; aber ehe sie wieder stand und davonjagen konnte, saß er auch schon wieder auf ihrem Rücken. Als sie einmal versuchte, sein Bein gegen den Stamm des Ombubaumes zu quetschen, wurde sie von ihm so hart gezüchtigt, daß sie es vorzog, solche Versuche zu unterlassen.

Aber La Bruja gab sich noch immer nicht geschlagen. Wieder brach sie erschöpft zusammen, ohne daß Gregorio sie wirklich gebrochen hatte. Sie lag wie tot, und der Gaucho mußte sich sagen, daß es ihm auf diese Art nicht gelingen würde, sie fügsam zu machen. Während sie sich langsam wieder erholte, saß er an seinem Feuer und überlegte. Er wollte diese Stute unbedingt am Leben erhalten, weil er ihrer Schnelligkeit den größten Wert beimaß. Gelang es ihm nicht, sie gefügig zu machen, so konnte er sie nur töten oder freilassen; ein Drittes kam auf keinen Fall in Betracht.

Wenn er sie noch ein paar Tage so zuschanden ritt, ging sie bestimmt daran zugrunde, und er konnte alle Hoffnungen dieser letzten Monate begraben. Es *mußte* eine Möglichkeit geben, die Stute unterzukriegen, aber sie war ihm leider unbekannt. In der Pampa pflegte man Pferde mit nackter Gewalt zu zähmen, man gebrauchte dazu die Peitsche, die Sporen und die Kraft der Muskeln, andere Hilfsmittel waren Gregorio nicht bekannt.

Er trank seinen Mate, aß ein Stück Fleisch und schlief dann in der Nachmittagssonne, wobei ihm sein Sattel als Kissen und der

Poncho als Decke diente. Unterdessen kam La Bruja allmählich wieder zu Kräften.

Ihre blinden, blicklosen Augen blinzelten plötzlich im hellen Sonnenlicht, ihre Nüstern spürten Gerüche, ihre Ohren nahmen Geräusche wahr. Mit dem Erwachen ihrer Sinne meldeten sich aber auch die Schmerzen des erschöpften Körpers, den der Mensch mit seinen Teufelswerkzeugen zerschlagen und zerschnitten hatte. Die heilenden Schrammen vom Tag zuvor waren wieder aufgerissen, und die Quetschungen schmerzten sie ärger denn je. Wie steif und schwindelig fühlte sie sich, als sie müde den Kopf hob, während die Nachmittagssonne unbarmherzig auf sie niederbrannte.

Taumelnd stand sie auf und fand, daß es ihr leichter fiel als am Tag zuvor. Der Gaucho hatte vergessen, ihr die Beine zu fesseln. Sie war jetzt frei, aber sie hatte nicht die Kraft, weit zu laufen. Wenn sie den Häschern entkommen wollte, mußte sie jedoch laufen, denn in diesem flachen Land, wo es keinen Schlupfwinkel gab, bot sich keine Zuflucht außer der Entfernung.

Der Gaucho schlief den Schlaf des Gerechten. Er hatte sich den Hut übers Gesicht gezogen, um seine Augen vor der Sonne zu schützen. Er merkte nicht, daß La Bruja wieder zu Kräften gekommen war. Die Sonne schläferte ihn ein, er wußte nichts von dem, was um ihn vorging.

So sah ihn La Bruja jetzt liegen, scheinbar wehrlos, da er nicht aufrecht stand. Bei diesem Anblick wallte aller Schmerz, alle erlittene Grausamkeit von neuem in ihr auf, sie haßte den Gaucho mit nie gekannter Macht und hatte nur noch den Wunsch, ihn auszulöschen. Furchtlos, wie sie jetzt war, wagemutig in ihrer Verzweiflung, trat sie an den Schlafenden heran. Sein Geruch weckte in ihr die gleiche sinnlose Angst, die sie vor so langer Zeit beim Angriff des Pumas befallen hatte.

Der wilde Wutschrei, den sie ausstieß, weckte den Gaucho, und dieser sah nur noch, wie ihre Vorderhufe über ihm durch die Luft wirbelten. Zu Tode erschrocken schrie der Mann auf und rollte mit der Schnelligkeit einer Schlange zur Seite, aber diesmal war La Bruja schneller als er. Einer ihrer Hufe traf den Boden, der andere landete hart auf Gregorios Körper.

Wieder und wieder ging La Bruja auf den Gaucho los. Dieser lag hilflos unter ihren tödlichen Hufen, bis alles Leben in ihm erloschen war und La Brujas Rachedurst Genüge gefunden hatte.

Zum zweitenmal in ihrem Leben hatte La Bruja getötet, aber diesmal war ihr ein Mensch zum Opfer gefallen.

La Bruja konnte dieses Erlebnis nicht so schnell vergessen, wie sie einst den Tod des Pumas vergessen hatte. Obwohl sie sich fortan in größerer Entfernung vom Schauplatz ihrer Tat hielt, so weit, daß nicht einmal der Ombubaum noch in Sichtweite war, ließ sie die Erinnerung daran lange nicht zur Ruhe kommen.

Der Haß gegen den Menschen beherrschte sie noch immer und schnitt ihr ins Herz, er tat so weh wie die Striemen, die ihren Körper bedeckten. Die Wunden, die die Sporen gerissen hatten, und die Spuren der Hiebe mit dem Lederriemen waren bald verheilt, aber ihr Herz blieb wund, und brennender Zorn tobte weiter in ihrem Blut, obwohl sie wußte, daß ihr der Gaucho nichts mehr anhaben konnte.

La Bruja hatte einen Menschen getötet, und doch war es ihr nicht gelungen, sich ganz von den Spuren seines Tuns zu befreien. Sein Lasso hing noch um ihren Hals und schleifte beim Weiden neben ihr im Gras. Tagelang bemühte sie sich vergeblich, sich von dem Ding zu befreien. Sie warf den Kopf von einer Seite zur anderen, sie stampfte mit ihren todbringenden Hufen darauf und raste förmlich vor Wut, wenn sie mit all dem nichts erreichte. Mit der Zeit gewöhnte sie sich an die Schlinge um ihren Hals und war schon nahe daran, sie ganz zu vergessen. Aber dann trat sie beim Fressen wieder einmal auf das herabhängende Ende, ein andermal schlang es sich um ihre Beine oder um ein Büschel Rohr; dann riß es an ihr genauso, wie der Mann gerissen hatte, so daß sie wildes Entsetzen durchfuhr, bis sie merkte, daß gar kein Mensch in der Nähe war.

Das Lasso hinderte sie sehr in ihren Bewegungen, sie konnte nicht mehr galoppieren, ohne befürchten zu müssen, daß sie zu Fall kommen werde. Zuweilen verfing sich das nachschleifende Ende auch in den Disteln oder im langen Gras. Nachdem ihr solche Zufälle immer wieder übel mitgespielt hatten, wandte sie einen ganzen Nachmittag daran, den Riemen durchzubeißen. Er wurde dadurch wohl kürzer, aber ganz frei, wie sie es angestrebt hatte, war sie auch jetzt noch nicht. Immerhin war das Ding schließlich so kurz, daß es nicht mehr auf der Erde schleifte. Daß es ständig unter ihrem Kopf pendelte, konnte ihr gleichgültig sein, und nach einer Weile hatte sie sich so daran gewöhnt, daß sie das Lasso hinnahm, als ob es ein Teil ihres Körpers sei.

Die Tage vergingen, ohne daß sich etwas Besonderes ereignete. Da sich kein Mensch mehr zeigte, der La Bruja belästigt hätte, besänftigte sich allmählich auch ihr wilder Zorn. Wohl wurde sie ruhiger, aber sie ließ doch nicht von der Gewohnheit ab, den Horizont ständig mit scharfem Blick zu überwachen. Der kleinste dunkle Punkt, der dort in Sicht kam, veranlaßte sie, augenblicklich in entgegengesetzter Richtung davonzujagen. Dabei war es La Bruja in jenen Tagen gar nicht darum zu tun, ihre Schnelligkeit zu erproben; allein die Angst trieb sie zuweilen, im gestreckten Galopp das Weite zu suchen. Sie hatte unter Gregorios Händen schwer gelitten und fühlte noch immer die Schwäche ihres Körpers.

Als der Winter mit Sturm und eisigen Regenschauern über die Pampa hereinbrach, kauerte sich La Bruja auf dem Boden zusammen und ergab sich darein, der Kälte standzuhalten, weil sie nicht die Kraft hatte, den weiten Weg nach Norden anzutreten. Ihre Müdigkeit, ihre Erschöpfung nahmen von Tag zu Tag zu. Dann, eines Morgens, wurde sie plötzlich inne, daß sie ein Fohlen zur Welt bringen würde, obwohl der Winter eben erst einsetzte und der Frühling noch fern war.

Auf der ebenen Pampa fand sie keinen Unterschlupf, denn die jungen Disteln waren noch nicht hoch genug, und die alten waren schon geknickt. Sie rang sich nicht dazu durch, im weiteren Umkreis nach einer geeigneten Stelle zu suchen, sondern blieb stehen, wo sie war.

Das Fohlen kam tot zur Welt. La Bruja beschnupperte es nur eine Weile und wandte sich dann von ihm ab. Eilig ließ sie die Stelle hinter sich, wo sie es geboren hatte; aber diesmal gab es keine Thamár, die ihr mit ungeschickten Sprüngen folgte. Sie fühlte sich einsam wie nie zuvor.

Den ganzen Winter hindurch fehlte es La Bruja an Kraft und Energie. Mit überraschendem Gleichmut ertrug sie Wind und Regen, raffte sich nur auf, um zu fressen, und schien die schweren Schauer gar nicht zur fühlen, die immer wieder auf ihren mageren Leib niederprasselten. Dürr und elend, wie sie jetzt war, ließ sie jede Spur von Grazie vermissen und sah mit dem ausgefransten Lasso um den Hals häßlicher aus denn je. Ihr Winterhaar war borstig und ungleichmäßig gewachsen, so daß es in unschönen Flecken ihren Körper bedeckte.

Der Winter ging dem Ende zu, die Pampa überzog sich mit jungem Gras, und dieses schenkte La Bruja endlich wieder Kraft und Lebensfreude. Die ersten Halme waren noch dünn und geschmacklos, aber als das Gras dann immer kräftiger und schneller nachschoß und die öde Pampa mit neuem Leben erfüllte, spürte ihm La Bruja hungrig nach, bis sie es nicht mehr nötig hatte, die jungen Gräser zwischen den alten herauszusuchen. Jetzt endlich konnte sie sich niederlassen, um das köstliche Futter mit Muße zu genießen. Wie der Frühling fortschritt, schwand auch der letzte Rest ihrer Schwäche, und sie war bald so stark wie je zuvor.

Ihr dünner Hals und ihre hageren Flanken bedeckten sich wieder mit festem Fleisch. Sie trug den Kopf hoch und blickte mit hellen Augen in die Welt, und doch hatte dieser Blick jetzt einen harten Zug, den man im vorigen Frühling vergeblich gesucht hätte – man konnte ihn beinahe bösartig nennen. La Bruja verlor ihr Winterkleid; ihr Fell, das mit kleinen, erhabenen Narben gezeichnet war, wo es der Gaucho mit seinen Sporen aufgerissen hatte, bekam wieder seinen seidigen Glanz.

Die Sonne schien immer wärmer und zeigte sich von Tag zu Tag früher über dem Horizont. Das hoffnungsvolle Erwachen der Natur, die köstliche Frische der Morgenstunden machten La Bruja doch wieder froh, obwohl sie nicht zu den Stuten gehörte, die der Pampa neues Leben schenkten. Dies war nun schon das zweite Jahr, in dem sie kein Fohlen an ihrer Seite hatte.

La Bruja lauschte auf die Vögel, die sich jubelnd ins Blau des Himmels schwangen, sie hörte, wie die Regenpfeifer und die Kiebitze die gleiche frohe Botschaft verkündeten, und fühlte die tiefe Erregung, die im Frühling alle Kreatur ergreift. Aber in diesem Jahr suchte sie vergeblich nach der Witterung von Pferden. Sie schnupperte im Gras, sie sog den Wind in die Nüstern, umsonst. So zog sie denn weiter allein durch die Pampa. Wohl gab es hier Guanacos und Rehwild und vor allem riesige Vogelscharen, aber nirgends auch nur ein einziges Pferd, in dem sie einen Gefährten gefunden hätte.

Als sich das erste Frühlingsfieber gelegt hatte, machte es La Bruja nichts mehr aus, daß sie ihre Artgenossen entbehren mußte, sie fühlte sich nicht mehr einsam. Das launische Spiel des Windes war ihr Gesellschaft genug; wenn sie plötzliche Verzükkung überkam, schlug sie im Vollgefühl ihrer neugewonnenen Kraft nach hinten aus, warf den Kopf hoch und streckte die Beine, um wie früher über die Pampa zu jagen. Sie vergaß, daß sie so lange Zeit nur in panischer Angst galoppiert war, und kannte nur noch den Rausch der Geschwindigkeit, der sie jedesmal von neuem ergriff.

Trotz all ihrer Häßlichkeit war es ein schöner Anblick, wenn La Bruja so dahingaloppierte. Mähne und Schweif wehten hinter ihr her, die langen Beine flogen voll Grazie und in genauem Takt, ein unbändiges Feuer blitzte in ihren Augen und verlieh ihrem häßlichen Kopf einen eigenartigen Zauber.

Allein, wie sie war, hätte La Bruja in der Pampa alles gefunden, was sie brauchte. Das Gras, der Himmel und der Wind hätten ihr zu ihrem Glück genügt, und allmählich hätte sie wohl auch das Böse vergessen, das ihr der Mensch zugefügt hatte, und den Groll, den sie darum gegen ihn hegte. Aber indem sie einen Menschen ums Leben brachte, hatte sie selbst alle Hoffnung zunichte gemacht, je ungestört ihres Lebens froh zu werden, denn seither ging ihr Ruf von Mund zu Mund. Ein Mann hatte ihr bereits um jener Eigenschaft willen nachgestellt, die ihr ganzes Glück war, und es sollte nicht lange dauern, bis der nächste nach ihr begehrte.

Felipe

Gregorios Tod wurde von zwei Reisenden entdeckt, die unter dem einsamen Ombubaum Obdach suchten. Sie kamen vier Tage danach des Wegs, und die beiden Braunen des Gauchos blickten den Reitern mit gespitzten Ohren entgegen, als diese im Galopp auf sie zukamen. Sie begriffen nicht, was sich in den letzten Tagen hier abgespielt hatte, nur daß ihr Herr nicht mehr lebte, war ihnen klargeworden. Da sie zum Gehorsam erzogen waren, hatten sie sich nicht weit von dem Teich und dem Ombubaum entfernt, und die beiden fremden Gauchos wunderten sich nicht wenig, als sie die Gäule allein im Schatten des Baumes grasen sahen.

Ein düsterer Abend brach herein, als die Männer ihre müden Pferde zügelten; aber noch war es nicht so dunkel, daß sie den zusammengekrümmten Leichnam übersehen hätten, der da neben seinem Sattel und seinem Poncho im Grase lag. Sie stießen überraschte Rufe aus, als sie den Toten entdeckten, und sprangen eilig von ihren Pferden, obwohl sie vom ersten Augenblick an wußten, daß hier jede Hilfe zu spät kam.

Es war nicht schwer festzustellen, wie Gregorio umgekommen war. Das zertrampelte Gras und die Löcher im Boden redeten

eine deutliche Sprache, so daß die Reisenden schon nach einem kurzen Blick auf den Schauplatz des traurigen Vorfalls im Bilde waren, was sich da ereignet hatte.

Die Männer sahen sich Gregorios Habseligkeiten an; die waren recht bescheiden, denn wie sie selbst hatte auch er sein ganzes Hab und Gut in den Satteltschen und am Leibriemen mit sich geführt. Sie bewunderten seine neuen, schmutzverschmierten Stiefel und spielten mit seinen silbernen Sporen, denn keiner der beiden besaß Stiefel, und ihre eigenen Sporen waren aus rostigem Eisen. Bald entdeckten sie auch, daß unter den Sachen des Toten kein Lasso war. Das war höchst ungewöhnlich, denn der Gaucho ist Rinderhirt, und das Lasso gehört zu seinem Handwerkszeug. Aus dieser Feststellung zogen sie den Schluß, daß das Mörderpferd dieses Lasso noch um den Hals haben mußte. Daran mochten sie es erkennen, wenn sie sich auf die Suche nach ihm machten.

Aber jetzt in der Nacht verspürten sie dazu wenig Lust. Das Wetter war alles andere als günstig, und die Aussicht, endlose Tage nach einem Pferd zu suchen, das bestimmt weit vom Ort seiner Tat geflohen war, hatte für die beiden wenig Verlockendes. Da wollten sie lieber ein Feuer machen und sich dann unter dem Baum schlafen legen. Als der Morgen grau und wolkig dämmerte, banden sie den Toten auf eines seiner Pferde und machten sich wieder auf den Weg nach der Stadt. Unterwegs unterhielten sie sich über das tolle Pferd und rätselten hin und her, wer der Tote wohl sei.

In der Stadt erfuhren sie bald einiges mehr, denn dort hatte Gregorio seine beiden Braunen erstanden.

»Er sagte, er brauche zwei besonders gute Läufer, denn er sei hinter dem schnellsten Pferd her, das er je gesehen habe.«

So berichtete der Pferdehändler, und alle, die es hörten, merkten sofort auf. Zuhörer gab es nämlich genug, denn die Unterhaltung fand in der Pulperia statt, einem Laden, der Schenke, Wirtschaft und allgemeiner Treffpunkt in einem war. Dort lehnten die Männer an den Fässern mit Mehl, oder sie saßen auf den gefüllten Kartoffelsäcken und erhaschten rauchend und trinkend, was an Neuigkeiten geboten wurde.

»Ist das alles, was er sagte?« erkundigte sich der eine der beiden Reisenden, ein junger Mensch, dem kaum der erste Bartflaum die Wangen bedeckte.

»Viel mehr verriet er nicht. Offenbar wollte er sein Geheimnis nicht preisgeben. Er meinte nur, die Stute, der er nachspürte, sei schneller als alle anderen Pferde, und er habe ein volles Jahr geduldig gewartet, ehe sich die Möglichkeit bot, sie zu fangen.«

»Eine Stute?« riefen alle zugleich. Niemand hätte im entferntesten vermutet, daß das Mörderpferd eine Stute sei. Schweigend dachten die Männer über diese seltsame Kunde nach. Was für ein tolles Pferd mußte das sein, daß jener Gaucho ein volles Jahr darauf gebrannt hatte, seiner habhaft zu werden, und er dann den Versuch, es zu brechen, mit dem Leben bezahlt hatte! Einem richtigen Gaucho stand es schlecht zu Gesicht, eine Stute zu reiten; dieses Tier mußte also wirklich etwas ganz Besonderes sein, daß es ihm solcher Opfer wert schien.

»Schneller als jedes andere Pferd«, murmelte endlich einer vor sich hin.

»Und ein Jahr hat er gewartet, bis er es fangen konnte«, meinte kopfschüttelnd ein anderer.

Jetzt nahm der Mann hinter der Theke das Wort. Er hatte unbemerkt zugehört, während er Geld zählte und seine Warenlisten abhakte. Wenn er nicht wollte, trat er nicht in Erscheinung, denn das Licht in der Pulperia war schlecht, und außerdem trennte ihn ein dickes, eisernes Gitter von seinen Kunden.

»Ich kann mich an den Mann gut erinnern«, bemerkte er und lenkte damit augenblicklich die Aufmerksamkeit aller Anwesenden auf sich. »Vor einem Jahr war er hier und berichtete, er sei an einem großen Pferdefang für die Händler beteiligt gewesen. Damals hatte er vor, nach Brasilien zu gehen, wenigstens sprach er davon. Ich habe wahrhaftig nicht erwartet, ihn in diesem traurigen Zustand wiederzusehen.«

»Vor einem Jahr war das?« wiederholte der junge Reisende nachdenklich. »Dann hat er damals die Stute zum erstenmal zu Gesicht bekommen. Er hat ein volles Jahr gewartet, bis er sie fangen konnte, die Rechnung geht also auf, nicht wahr?«

»Vielleicht hat er sie schon bei dem großen Pferdefang gesehen«, meinte ein anderer. »Ich war auch dabei und erinnere mich genau, daß nicht alle Stuten getötet wurden. Eine entkam, ein häßliches Tier, das aussah wie eine Hexe. Seltsamerweise hatte sie ein wunderschönes Fohlen. Ich weiß noch, daß wir es dem Payador schenkten.«

»Das muß die Stute sein!« Die Augen des jungen Mannes leuchteten. Er machte sich an den Gaucho heran, der sich so genau auf alles besann, und drang in ihn: »Weißt du denn noch, wie sie aussah?«

»Du lieber Himmel . . . häßlich war sie wie die Nacht, und ein erdfarbenes Fell hatte sie. Mehr weiß ich nicht zu sagen.«

»Das genügt mir«, sagte der junge Mann. »Sie ist schnell, sie hat ein Lasso um den Hals, sie ist häßlich und von schmutzigbrauner Farbe. Ich werde die Stute finden.«

»Und wenn du sie gefunden hast?« fragte ein anderer.

»Dann werde ich sie reiten.«

Darauf erhob sich lautes Gelächter, und der Frager nahm wieder das Wort: »Aber Kleiner, du bist doch noch nicht trocken hinter den Ohren! Um ein solches Pferd zu reiten, braucht man Erfahrung.«

»Was weißt denn du von mir«, gab der junge Mensch zurück. Seine Indianeraugen funkelten vor Zorn, so daß der andere, ein fetter Barbier aus der Stadt, es für besser hielt, einzulenken.

»Also schön«, meinte er, »mach dich auf die Suche nach deinem Liebling, und wenn du kannst, dann bringst du die Stute auf jeden Fall hierher, denn wir alle möchten diese wilde Hexe gern sehen. Hast du Erfolg, dann bringe ich dir ganz umsonst das Rasieren bei.«

Der junge Mann gab keine Antwort. Er zog eine Münze aus seinem Gürtel und knallte sie auf die Theke, um seine Drinks zu bezahlen. Zum Abschied grüßte er nur seinen Freund und niemand sonst. Zorn und verletzter Stolz wühlten in ihm, als er der Pulperia den Rücken kehrte. Sein eigenes Pferd ließ er angebunden an dem Geländer zurück, wo es neben dem seines Freundes stand. An seiner Stelle nahm er die beiden Braunen Gregorios. Er war entschlossen, La Bruja allein zu suchen.

»Ich werde sie finden, und ich werde sie reiten«, knurrte er vor sich hin, während er die beiden Tiere zum Galopp anspornte.

Der Weg führte ihn zurück zu jenem Ombubaum am Ufer des Teiches, dorthin, wo Gregorio den Tod erlitten hatte, denn dort wollte er mit seiner Suche beginnen.

Der Tag ging zur Neige, als Felipe im gestreckten Galopp bei dem Ombubaum ankam. Graue Wolken ballten sich am Himmel und entzündeten sich zu roten Bränden, als die Sonne hinter ihm zum Horizont niederstieg. Das Gras färbte sich schwarz, der Baum verlor sein Grün, das weite Land erstreckte sich dunkel im schwachen Licht eines müden Mondes. Die Pampa schien öde und verlassen, aber Felipe wußte, daß das nicht wirklich der Fall war. Er hatte ja sein ganzes sechzehnjähriges Leben in diesem Land verbracht und kannte es mit all seinen Launen und Wandlungen beinahe besser als sich selbst.

Seinen nackten Füßen war die feuchte Kühle des Grases vertraut, aber sie hatten auch die grausamen Stiche der Disteln verspürt, die heimtückisch zwischen den glatten, weichen Halmen lauerten. Mit eigenen Händen hatte er gegen ein Gürteltier gekämpft und dabei die Lehre empfangen, daß das kleinere Geschöpf sehr wohl das stärkere sein kann. Er hatte von Natur eine braune Haut und schwarze Augen. Weißer Haut hätten Sonne und Wind gewiß übel mitgespielt, konnte er sich doch kaum eines Tages erinnern, an dem nicht der Himmel sein Dach und die Erde sein Nachtlager gewesen war. Schon in seiner frühesten Kindheit hatten Indianer seine Eltern getötet, und seither war ihm nirgends ein neues Zuhause geboten worden.

Wenn er ganz weit zurückdachte, sah er sich für einen reichen Mann Schafe hüten. Dabei trug er eine Jacke aus Schafpelz und roch selbst wie die Tiere, die er zu hüten hatte, weil er Tag und Nacht unter ihnen lebte, ihr Fleisch aß und ihre Milch trank. Eines Tages erhielt er von dem Mann Geld für seine Arbeit. Damit kaufte er ein Pferd und befaßte sich fortan mit dem Hüten von Rindvieh. Aber was er auch immer getrieben hatte, er konnte sich nicht darauf besinnen, je ein Heim besessen oder ein liebes Antlitz geschaut zu haben. Er wußte um Rinder, Pferde und Schafe, er kannte das rauhe Leben der Bewohner der Pampa, aber ein weiches Bett, ein zärtliches, mitfühlendes Herz waren ihm sein Leben lang fremd geblieben.

Die Sonne verschwand hinter dem Horizont, ehe Felipe am Ziel war, aber der Mond war hell genug, um ihm den Weg zu weisen. Der kräftige, breitästige Baum tauchte wie ein düsterer Schatten aus dem Halbdunkel auf, und im Mondlicht glitzerten die Wellen des Teiches, aufgewühlt von nächtlichem Getier, das sich zum Schwimmen oder Trinken hier einfand.

Felipe stieg am Ufer vom Pferd, sattelte sein Reittier ab und band beide Braunen am niederen Astwerk des Baumes fest. Dann ließ er sich mit Sattel und Poncho zwischen den Wurzeln nieder und wälzte sich so lange von einer Seite zur anderen, bis er die bequemste Lage gefunden hatte. Hier unter dem Baum wuchs kein Gras, weil das Plätzchen vielen Reisenden zum Ausruhen diente und viel zu wenig Sonne durch die dichten Blätter drang, um neues Wachstum zu fördern.

Felipe lauschte auf die Pferde, die leise durch die Nüstern schnaubten und unruhig von einem Bein auf das andere traten, bis sie am Ende der Schlaf überkam. Dort, wohin der Baum keinen Schatten mehr warf, raschelte es im Gras, als sich die Nagetiere der Pampa ans Werk machten. Ein Nachtvogel stieß plötzlich einen so lauten Angstschrei aus, daß der Junge erschrocken zusammenfuhr, obwohl er diesen Schrei schon oft gehört hatte. Unwillkürlich starrte er nach der Stelle, wo sie Gregorio gefunden hatten, und schauderte von Grauen gepackt zusammen, als ihm jenes Erlebnis wieder vor Augen stand. In seinem Kopf herrschte ein seltsames Durcheinander von Sagen, Aberglaube und christlicher Religion, er glaubte fest an Gespenster und hielt es durchaus für möglich, daß der Geist der Toten hier um den Ombubaum sein Wesen trieb, weil er auf gewaltsame Art umgekommen war.

Da es nicht guttat, immerzu an Geister zu denken, befaßte sich Felipe jetzt mit La Bruja. Wo sie wohl in diesem Augenblick war? Weit weg oder ganz in der Nähe? Er fragte sich, was sie treiben mochte und warum sie Gregorio getötet hatte. Wie schön, wenn La Bruja ein Hengst wäre, dann wäre der Ruhm, sie gefangen und gebrochen zu haben, weit größer. Aber er hatte auch so allen Anlaß stolz zu sein, wenn er sie einfing und bezwang, darum schlug er sich den unerfüllbaren Wunsch rasch wieder aus dem Kopf.

Sie sei häßlich, hatte man ihm gesagt, häßlich wie eine Hexe. Auch das war natürlich Pech. Eine kurze Weile zweifelte Felipe sogar, ob das, was er vorhatte, klug sei. War es nicht eine ausgemachte Dummheit, hinter einer häßlichen Stute herzujagen?

Konnte es denn nicht sein, daß ihre angebliche Schnelligkeit nur eine Einbildung jenes einzigen Beobachters gewesen war? Wenn es sich so verhielt, brachten ihm am Ende alle Mühen und Gefahren so gut wie nichts ein. Da besann er sich auf die Spottreden des dicken Barbiers, und schon waren alle Bedenken wie weggewischt. Er wollte, er mußte La Bruja fangen, und sei es auch nur, um seine Ehre zu retten. La Bruja, so sollte sie fortan heißen, diesen Namen hatte ihr Felipe als erster gegeben.

Regentropfen, die ihm ins Gesicht klatschten, weckten Felipe aus dem Schlaf. Er fuhr erschrocken auf, denn die Tropfen waren groß und eiskalt. Als er in das Astwerk über sich aufsah, dessen Blätter sich unter der Last des Wassers niederbogen, fiel ihm sofort wieder ein, wo er war und welche Absicht ihn hierhergeführt hatte. Er erhob sich, reckte die steifen Glieder und schlenderte verschlafen zum Ufer des Teiches. Die Pampa war in grauen Dunst gehüllt, und die kalte Luft dieses Morgens drang ihm durch sein Zeug hindurch bis auf die Haut.

Dies war wahrhaftig kein guter Beginn für sein Vorhaben. In dem Nebeldunst, wie er heute herrschte, konnte ihm die Stute nur zu leicht ein Schnippchen schlagen. Er fluchte und stampfte zornig mit dem Fuß; dem stürmischen jungen Mann wollte es unter den gegebenen Umständen gleich scheinen, als sollten hundert Jahre vergehen, bis er die Spur La Brujas finden würde, wenn es nach so langer Zeit überhaupt noch eine Spur von ihr gab.

Nur ein Gedanke bereitete ihm Trost. Wenn die Stute, die aus dem Corral geflohen war, wirklich jene war, die Gregorio getötet hatte, dann hatte sie offenbar die längste Zeit ihres Lebens in diesem Gebiet verbracht und betrachtete es als ihre Heimat. Dann durfte man hoffen, daß sie sich auch jetzt noch in wenigen Meilen Entfernung von dem Teich hier aufhielt, es sei denn, ihre Untat hätte ihr selbst solchen Schrecken eingejagt, daß sie eine ganz andere Gegend der Pampa aufsuchte.

Der Junge redete sich ein, daß dies nicht geschehen sei. Ein

Mann, überlegte er, braucht bei allen Unternehmungen eine Portion Glück. Er war im Innersten davon überzeugt, daß es ihm gelingen werde, die Stute spätestens in vierzehn Tagen hier im Umkreis aufzuspüren.

Während er noch am Ufer stand und über alle diese Dinge nachdachte, fing es von neuem an zu regnen. Leise nieselte es ringsum vom Himmel herab, und Felipe zog sich wieder unter den Ombubaum zurück, dessen Astwerk so dicht war, daß er nur ab und zu ein paar Tropfen abbekam.

Er sammelte dürre Zweige und legte sie zu den Resten von Gregorios Feuer. Bald loderte die erste Flamme auf, und er ließ sich daneben nieder, um sich zu wärmen. Diese Annehmlichkeit, so klein sie war, vermochte immerhin die düstere Stimmung des nassen Morgens etwas zu lindern.

Er beschloß, den Pferden Ruhe zu gönnen und selbst den Tag über den Schutz des Baumes nicht zu verlassen. Vielleicht schien morgen wieder die Sonne. Das war seine ganze Hoffnung, denn wenn er den alten Ombubaum erst einmal verlassen hatte, fand er in der Pampa keinen Schutz mehr vor der Nässe. Regnete es dort, war es ihm nicht einmal möglich, ein Feuer anzumachen, um sein durchweichtes Zeug zu trocknen. Und doch bestimmte ihn der Gedanke an La Bruja, das Wagnis zu unternehmen. Der tote Gaucho hatte gesagt, sie sei das schnellste Pferd, das er je zu Gesicht bekommen habe. Wenn das stimmte, dann war sie es wert, daß man alles daransetzte, sie zu fangen.

Indianer der Pampa

Es schien, als sei Felipes Unterfangen von Anfang an zum Mißerfolg verdammt, denn das Pech verfolgte ihn, was immer er auch unternahm. Das schlechte Wetter wollte kein Ende nehmen, ein Morgen dämmerte so matt und lustlos wie der andere, und das trübe Tageslicht war kaum imstande, die Finsternis der weichenden Nacht zu überwinden. Selbst der Sonnenschein entbehrte aller freundlichen Wärme, das junge Wintergras wurde von dem Übermaß an Nässe lang und schwer, denn es verging kaum ein Tag ohne Regen.

Um die Zeit, als La Bruja ihr totes Fohlen zur Welt brachte, zog Felipe seine Pferde ins hohe Gras und suchte bebend vor Kälte zwischen ihren warmen Leibern Schutz. Er war so erschöpft, daß er darauf verzichtete, sich den niederströmenden Regen aus dem Gesicht zu wischen. Die Wallache neigten ihre Köpfe und ertrugen geduldig den eisigen Wind und die Nässe, sie waren es eben gewohnt, jeder Laune ihres Herrn zu gehorchen. Freiwillig hätten sie sich bestimmt nicht den durchweichten Boden als Liegestatt ausgesucht. Nur Felipes unbändiger Willenskraft war es zuzuschreiben, daß er das aussichtslose Unternehmen nicht aufgab, hatte er doch La Bruja noch nicht ein einziges Mal zu Gesicht bekommen. Sein Stolz trug ihm wahrlich harte Prüfungen ein.

Es kamen Tage, an denen der Hunger seinen letzten Widerstand brechen wollte. Die Tiere der Pampa sahen ihn schon von weitem, wenn er näher kam, und flüchteten sich außer Reichweite, ehe er sie erreichte. Er fing einen Vogel ein, der mit gebrochenem Flügel matt im Gras umherflatterte, und aß sein Fleisch roh, weil er kein Feuer anfachen konnte. Dann wieder war es so kalt, daß ihm alles Gefühl in den nackten Füßen erstarb. Trotz allem gab er nicht auf. Er wußte, daß sich La Bruja ganz in der Nähe befand und daß es nur seinem Mißgeschick zuzuschreiben war, wenn sich ihre Pfade nicht kreuzen wollten.

Eines Tages schlug das Wetter endlich um. Die Sonne schien warm und hell, das nasse Zeug begann an Felipes Leib zu trocknen, als er wieder einen Ritt unternahm. Endlich durchströmte ihn angenehme Wärme, in seine starren Glieder kehrte das Gefühl zurück, und seine Stimmung hob sich.

Unversehens stieß er auf eine Schar Nandus und war mitten unter ihnen, ehe sie ihn bemerkten. In wilder Panik ergriffen die

Straußvögel die Flucht. Sie schlugen mit den Flügeln und reckten die langen Hälse, die häßlichen Augen traten ihnen vor Angst aus den Höhlen. Felipe mußte bei ihrem Anblick laut lachen, er ließ sie eine Weile rennen und löste in aller Ruhe die Boleadoras, die er sich um den Leib geschlungen hatte. Dann setzte er sein Pferd mit einem gellenden Schrei in Galopp, schwang seine Boleadoras über dem Kopf und jagte hinter den flüchtigen Vögeln her. Ein mageres Weibchen, das nicht mit den anderen Schritt halten konnte, sollte seine Beute werden. Mit unfehlbarer Sicherheit schleuderte er seine Waffe nach dem Tier, das sofort wehrlos zusammenbrach, als sich die kugelbewehrte Leine um seine Läufe wand.

Felipe fachte an diesem Tag endlich wieder ein Feuer an und aß sich an dem Nandu satt. Was er von dem Fleisch des Tieres nicht sofort verzehrte, wurde behelfsmäßig geräuchert und als Vorrat für später in die Satteltaschen gepackt. Dann machte er sich von neuem auf und suchte nach der listigen Stute, voll frischer Hoffnung, daß sie ihm eines Tages doch noch in die Quere kommen werde.

Der Frühling nahte. Felipe hatte vollen Anteil an dem allgemeinen Glücksgefühl, das über die Geschöpfe der Pampa gekommen war, weil er ungeachtet seines harten Lebens den Gesang der Vögel und die bunten Farben der Schmetterlinge liebte. Ein Dichter mochte ähnlich empfinden, der wie er die Schönheiten der Schöpfung in sich aufnahm. Echte Daseinsfreude zauberte ein Leuchten in seine Augen und ein Lächeln auf seine Lippen.

Der Tag war gekommen, an dem er La Bruja endlich zu Gesicht bekam. Es gab keinen Zweifel, daß sie es wirklich war. Sie war häßlich, wie sie der Mann geschildert hatte: von weitem sah sie fast schwarz aus, und vor ihrer Brust baumelte ein ausgefranstes Stück Lasso. La Bruja hatte Felipe im gleichen Augenblick entdeckt und fiel, von tödlicher Angst gejagt, zugleich mit ihm in Galopp. Felipe aber freute sich, daß er endlich sein Ziel vor Augen sah.

Doch seine Freude kam zu früh, das Pech hatte ihn noch nicht verlassen. Als er den Wallach mit Sporen und Peitsche antrieb, schneller und immer schneller zu jagen, flog er plötzlich nach vorn aus dem Sattel, und das Pferd brach unter ihm zusammen. Felipe wirbelte kopfüber durch die Luft und landete so hart auf der Erde, daß ihm vor Schreck und Schmerz der Atem stockte.

Sein Pferd kam zuerst wieder auf die Beine, aber Felipe sah zu seiner Bestürzung, daß es einen Huf vom Boden hob und seine Schnauze daran rieb. Er selbst hatte Beulen und Prellungen davongetragen, war aber sonst heil geblieben. Als auch er wieder auf den Füßen stand und Umschau hielt, entdeckte er in wenigen Metern Entfernung das Kaninchenloch, das den Wallach zu Fall gebracht hatte.

Der Schmerz machte das Pferd ängstlich, es scheute, als Felipe näher kam. Erst nach geraumer Zeit ließ es zu, daß erfahrene Menschenhände seine Beine untersuchten. Dabei stellte sich heraus, daß es eine Fessel gebrochen hatte, und Felipe verfluchte das Mißgeschick, das ihn ausgerechnet in dem Augenblick heimgesucht hatte, als er den Erfolg schon greifbar nahe glaubte.

Sofort schirrte er den Wallach ab und versah das andere Pferd mit Sattel und Zaumzeug, froh, daß es ihm noch zur Verfügung stand. Eine Weile streichelte er den lahmen Gaul, dann sprang er wieder in den Sattel und hielt Ausschau nach La Bruja. Ein dunkler Punkt am Horizont war alles, was man noch von ihr sah, aber er konnte immerhin von Glück sagen, daß sie überhaupt noch in Sichtweite war.

Unverzüglich trieb er den zweiten Wallach zum Galopp und rief dem Zurückbleibenden zu: »Leb wohl, alter Freund, und laß dir's gutgehen!« Das Pferd spitzte die Ohren und sah verwirrt und fassungslos, wie sein Herr davonritt. Jetzt war es auf einmal frei von den Fesseln der Dienstbarkeit, aber es wußte ja nicht, daß es solche Freiheit gab, und fand darum auch nicht den geringsten Geschmack daran.

Nach einer Weile begann es, Felipe in ungeschicktem Kantergalopp zu folgen, aber das schmerzende Bein zwang es, wieder anzuhalten. Schrill wieherte es hinter seinem entschwindenden Gefährten her, doch dieser kam nicht zurück. Da ließ der verlassene Gaul die Ohren sinken und beschnupperte von neuem die gebrochene Fessel, aber es lag ja nicht in seiner Macht, sie zu heilen. Jetzt senkte er den Kopf und begann zu weiden, dabei hielt er das verletzte Bein so hoch, daß es den Boden nicht berührte. Allmählich entschwanden Felipe und der andere Wallach seinem Gedächtnis, er aber wartete geduldig in der Pampa, bis das Schicksal über seine weitere Zukunft entschied.

La Bruja wurde nun aufs neue von Angst und Grauen heimgesucht. Felipe war ständig hinter ihr her, sie fand keine Ruhe, keinen Frieden mehr. Gewiß, er kam ihr nie so nahe, daß er ihr gefährlich geworden wäre, aber er war eben doch immer da. Sie erlaubte sich kaum noch zu weiden, wenn sie sich wirklich ein paar Bissen Gras und Klee holte, dann geschah es mit scheu zurückgelegten Ohren und unruhig flackerndem Blick. Länger als für ein paar Minuten wagte sie ihre Flucht nicht zu unterbrechen. Haß erfüllte sie, sooft sie den berittenen Verfolger ins Auge faßte. Es wollte ihr einfach nicht gelingen, ihm endgültig zu entkommen, obwohl sie ihm immer wieder einen weiten Vorsprung abgewann.

Felipe entwickelte mehr Geduld als Gregorio. Da ihm nur ein Pferd geblieben war, mußte er sich wohl oder übel bescheiden und vor allem im Tempo maßhalten. Der Wallach ermüdete viel eher als La Bruja, die ja kein zusätzliches Gewicht zu tragen hatte. Darum blieb ihm nur die Möglichkeit, ihr tagaus, tagein zu folgen, so wie der Mond der Sonne folgt, ohne ihr näher zu kommen, aber auch ohne zurückzufallen.

Während er sie so verfolgte und dabei der verzweifelten Angst innewurde, die La Bruja vor ihm in die Flucht trieb, begann er allmählich, echte Zuneigung zu ihr zu empfinden. Er hatte sie lange und ausdauernd gesucht, er hatte vom frühen Morgen bis zum späten Abend nur an sie gedacht; nun aber, da er sie jeden Tag vor sich sah, schwand sein Begehren, sie zu fangen, immer mehr, und er hatte am Ende nur noch den Wunsch, ihr Vertrauen zu gewinnen.

Er sah, wie sie ihn beobachtete, während sie fraß, wie sie ständig den Kopf hochhielt, während ihre Kiefer hungrig mahlten. Wenn er ihr dabei langsam näher kam, schüttelte sie sich jedesmal wie im Zorn, machte kehrt und jagte davon. Mit der Zeit wurden diese Reaktionen merklich langsamer, sie ließ ihn näher heran und flüchtete nicht mehr so weit. Entweder begann sie, Zutrauen zu ihm zu fassen, oder sie wurde deshalb immer kühner, weil er ihr noch nichts Schlimmes angetan hatte. Was immer sie zu ihrem Verhalten bestimmte, Felipe war darüber hoch beglückt. Mit der nötigen Geduld mochte es ihm gelingen, sie eines Tages so nah herbeizulocken, daß er sie mit dem Lasso fangen konnte. Dann war sie unwiderruflich sein eigen.

Von nun an galt sein ganzes Sinnen und Trachten dem Ziel, das Vertrauen dieser häßlichen, aber durchtrieben schlauen Stute zu gewinnen. Er zählte die Tage nicht mehr, die er im Sattel verbrachte, er wußte nicht mehr um die Richtung, die ihm La Bruja vorschrieb. Die Sonne schien ihm warm auf den Rücken, der Himmel war blau, er sah, wie Gras und Disteln höher und höher wuchsen. Menschliche Nähe entbehrte er nicht; wenn ihn danach verlangte, seine eigene Stimme zu hören, sprach er mit seinem Pferd. Zuweilen galt sein Zuruf auch La Bruja, aber der Klang seiner Stimme genügte, sie sofort mit aufgeworfenem Kopf und wehender Mähne in die Flucht zu jagen. Dann lachte Felipe über ihre törichte Angst, denn diese Jagd war für ihn schon zum schönen, aufregenden Spiel geworden. Bald hatte er ganz vergessen, daß es ihm zu Beginn damit bitterer Ernst gewesen war und daß La Bruja immerhin schon einen Menschen getötet hatte.

La Bruja führte ihn nach Süden. Ihre Heimat schien ihr nicht mehr genug Sicherheit zu bieten, dumpfe Angst trieb sie, nach neuen Weidegründen zu suchen. Längst hatte sie fremdes Gebiet erreicht; dennoch war es ihr nicht gelungen, den Verfolger abzuschütteln. Zuweilen suchte sie tagelang nach Wasser, um ihren

Durst zu stillen, da sie hier in der Fremde nicht wußte, wo Teiche und Flüsse zu finden waren. Das Gelände wurde immer welliger, der Horizont war nicht mehr flach, sondern von den Umrissen blauer Höhenzüge eingerahmt. Wohin sie auch gelangte, überall gab es eine Fülle grünen, süßen Grases, denn das ganze Land schwelgte im Überfluß des Frühlings, so daß nirgendwo Mangel herrschte.

Abgesehen von La Bruja, dem Wallach und Felipe war die Pampa so gut wie verlassen. Eine Herde von Guanacos, ein paar Stück Rotwild, zuweilen auch verirrtes Vieh war alles, was ihnen begegnete. Auf menschliche Siedlungen stießen sie nie, weil La Bruja jedesmal einen weiten Bogen um sie schlug. Sah sie in der Ferne Rauch, trug ihr der Wind menschliche Witterung zu, so wechselte sie sofort die Richtung. Je weiter sie überdies auf ihrer Flucht nach Süden gelangte, desto weniger Menschen bewohnten das weite Land.

Nur Felipe konnte sie nicht entkommen. Aber jetzt, nach so vielen Tagen und Nächten, machte ihr seine Gegenwart schon viel weniger Sorge, weil es wirklich den Anschein hatte, als ob er nichts Böses gegen sie im Schilde führte. Zuweilen konnte sie fast vergessen, daß er hinter ihr her war, aber wenn sie dann seine Stimme hörte oder sah, wie er seinen Wallach zum Galopp spornte, jagte sie doch wieder von Angst und Haß erfüllt vor ihm davon. Sie konnte Gregorio nicht vergessen.

Eines Tages erfuhren sowohl Felipe wie La Bruja einen bösen Schrecken. Der Morgen war ruhig gewesen, das Gezwitscher der Vögel und das Mahlen der grasenden Pferde hatten die herrschende Stille mehr unterstrichen als gestört. Da näherte sich plötzlich lautes Getrappel von Pferdehufen. Es kam aus westlicher Richtung, dorther, wo das Gelände plötzlich so steil abfiel, daß man meinen konnte, La Bruja weide auf einer Hochebene. Felipe hatte kaum aufgehorcht, da kamen drei wilde Reiter über den Kamm des Höhenzuges heraufgejagt und stürmten mit barbarisch wildem Geschrei auf ihn los. Über ihren Köpfen schwangen sie Speere und wirbelnde Boleadoras.

Es waren Indianer. Die schwarzen, strähnigen Haare fielen ihnen bis auf die Schultern herab, ihre halbnackten Leiber glänzten in der Sonne. Felipe wußte auf den ersten Blick, was er von ihnen zu gewärtigen hatte. Von Todesangst gepackt, riß er seinen Wallach herum und traktierte ihn mit den Sporen. Seine Angst übertrug sich auf das Pferd, darum brauchte er es nicht noch mehr anzutreiben. Ja, die unheimlichen Schreie der halbnackten Wilden spornten den Wallach zu einem Tempo, das Felipe sonst nie aus ihm herausgeholt hätte. La Bruja, die sich jetzt plötzlich von zwei Seiten bedroht glaubte, wählte von den beiden Übeln jenes, das sie bereits kannte, und folgte Felipe. Mit ihren langen schlanken Beinen, die sie unglaublich schnell durch die Luft wirbeln ließ, zog sie ihm allerdings bald davon. Als das Donnern der Hufe und das wilde Geschrei in Felipes Rücken immer lauter klangen, hatte er keinen heißeren Wunsch, als auf La Brujas Rücken zu sitzen, denn sie fegte dahin wie der Wind und hatte ihn bereits weit, weit zurückgelassen.

Die wilden Ponys der Indianer hatten den müden Wallach bald eingeholt. Plötzlich legte sich die Schlinge eines Lassos um Felipes Leib, und ein Ruck riß ihn grausam aus dem Sattel. Auch den Indianern war nicht entgangen, wie schnell La Bruja war. Während sie den Jungen im Galopp hinter sich herschleiften, tauschten sie darüber schreiend Bemerkungen aus und kamen schnell überein, daß sie auch der Stute habhaft werden wollten. Jener, der Felipe aus dem Sattel gerissen hatte, brachte sein Pony zum Stehen, die beiden anderen jagten hinter La Bruja her und wirbelten dabei ihre Boleadoras pfeifend um den Kopf, jeden Augenblick bereit, sie nach ihrem Opfer zu schleudern.

La Bruja floh schaumbedeckt und mit offenem Maul vor ihren Verfolgern her. Als die erste Boleadora geflogen kam, gelang es ihr, blitzschnell auszuweichen, aber die zweite, die der ersten unmittelbar folgte, wand sich um ihre Fesseln, so daß sie sich stürzend überschlug. Die Indianer stießen ein Freudengeschrei aus, als sie sich blitzschnell wieder aufraffte, und warfen ihr sofort ihre beiden Lassos über den Kopf. La Bruja war zum drittenmal in ihrem Leben gefangen.

Felipe hatte alles mit angesehen. Obwohl er noch um Atem rang und arge Schmerzen auszustehen hatte, verfolgte er gespannt, was mit seiner Stute geschah, betrachtete er doch La Bruja bereits als sein Eigentum. Seinem Bewacher, einem kleinen, häßlichen Indianer mit plattgedrückter Nase, entging es nicht, mit welcher Spannung er nach La Bruja Ausschau hielt, weil er Felipe mit seinen schwarzen Augen unverwandt anstarrte. Schließlich bedeutete er ihm, wieder aufzusitzen, indem er mit seinem langen Speer nach dem Sattel des Wallachs zeigte.

Mit steifen Gliedern kam Felipe der Aufforderung nach und spürte – wie seltsam –, daß seine Angst zu weichen begann. Sein Bedauern über das Geschehene überwog jetzt die anfängliche Furcht, er ärgerte sich, daß ihm die Indianer das Pferd raubten, dem er so lange gefolgt war. Als die zwei anderen zu ihrem Gefährten zurückkehrten, sah er, wie sich La Bruja zwischen den beiden vergeblich zur Wehr setzte, und haßte sie ob der höhnischen Grimassen, zu denen sie ihre häßlichen Gesichter verzogen, denn sie hatten ihm ja seinen Sieg, seinen Triumph gestohlen.

Die Nacht war schwül und finster. Schwere Wolken türmten sich vor dem Mond und erglühten in unwirklichen gelben, blauen und silbernen Tönen, die Sterne schienen unendlich fern, man sah sie kaum, da ihnen der Mond kein Licht gab. Das Lager der Indianer war für das Auge nur eine ungegliederte dunkle Masse.

Felipe lag ausgestreckt auf der Erde und spielte den Bewußtlosen. Seine Ame und Beine wurden immer aufs neue von entsetzlichen Krämpfen heimgesucht; nur die Angst vor dem, was er von den Indianern zu gewärtigen hatte, wenn sie merkten, daß er bei Bewußtsein war, hielt ihn davon ab, vor Schmerz laut zu stöhnen. Jetzt war endlich alles still. Regungslos hatte er gelauscht, bis auch der letzte Laut verstummt und die Feuer erloschen waren, bis sich kein Mensch mehr auf noch so leisen Sohlen bewegte. Er wußte nur, daß er sich am Rand des Zeltlagers befand und daß die Pferde nahebei in einem Corral eingeschlossen waren. Ein Gedanke brannte unausgesetzt in ihm: Unter den Pferden in jenem Corral befand sich auch La Bruja, denn er hatte gesehen, wie sie die Indianer dort unterbrachten.

Während er Stunde um Stunde regungslos im Schmutz lag, war sein Geist ununterbrochen am Werk, Fluchtpläne zu fassen und wieder zu verwerfen. Er war im Innersten davon überzeugt, daß sein Schicksal besiegelt war, weil ihm wohl bekannt war, wie die Indianer mit ihren Opfern umzuspringen pflegten. Sie spielten mit ihnen wie eine Katze mit der Maus – mit eingezogenen Krallen, bis es ihnen langweilig wurde –, dann . . . Felipe schauderte zusammen. Niemand verstand es besser als sie, einen Menschen langsam zu Tode zu quälen.

Nur die Flucht konnte ihn vor diesem Schicksal bewahren, darum kreisten seine Gedanken unablässig um die zwei Dinge: Flucht und La Bruja. In seiner Vorstellung wurde daraus bald eine Flucht *mit* La Bruja. Wenn er einer Horde von Indianern entkommen wollte, brauchte er ein wahrhaft beflügeltes Pferd, und so sah er in La Bruja schließlich seine einzige Hoffnung. Daß sie wild, ungebrochen, ja unmöglich zu reiten war, wußte er wohl; aber wenn ihm das Schicksal gewogen war, mochte es immerhin geschehen, daß sie ihn auf ihrem Rücken duldete, sobald ihr das Glück winkte, dem Corral zu entrinnen. Hatte er nicht dem Barbier versichert, daß er sie reiten werde? Selbst in seiner verzweifelten Lage überkam ihn ein Gefühl des Stolzes, daß er nun endlich Gelegenheit finden sollte, seinen Mut und seine Geschicklichkeit zu beweisen.

Mit kritischem Blick betrachtete er die Wolken, hinter denen sich der Mond versteckte, und kam zu dem Ergebnis, daß er unverzüglich handeln mußte, wenn er den Schutz der Dunkelheit genießen wollte. Langsam, unter schrecklichen Schmerzen bewegte er seine Glieder und kroch klopfenden Herzens auf den Corral zu. Als die Pferde bei seinem Näherkommen ängstlich schnaubten, hielt er sofort in der Bewegung inne. Er hob den Kopf, um La Bruja zu suchen, und entdeckte zu seiner Beruhigung, daß sie, das alte Stück Lasso immer noch um den Hals, mit gesenktem Kopf dicht an der Einzäunung stand.

Bald hatte er, auf allen vieren kriechend, den Eingang zu dem Corral gefunden und wagte es nun, sich zu erheben, um das Tor zu öffnen. Als er zusammengeduckt in den Corral schlich, wurden die Pferde immer nervöser, weil sie mit ihren scharfen Ohren auch das leiseste Geräusch vernahmen. Da nun das Tor offen war, blieb Felipe nichts mehr zu tun, als zu La Bruja zu laufen, auf ihren Rücken zu springen und zu hoffen, daß sie ihn in die Freiheit tragen werde. Einen Augenblick zögerte er noch, weil ihm durch den Kopf schoß, was auf dem Spiel stand. Sein kurzes sechzehnjähriges Leben war wohl hart gewesen, aber er hatte es dennoch schön gefunden, denn er liebte seine Heimat, die Pampa, über alles. Ob er nicht besser doch ein anderes Pferd wählen sollte, eines, dem es nicht mehr neu war, einen Reiter zu tragen?

Ein dunkler Instinkt zwang ihn jedoch trotz aller Bedenken, La Bruja zu wählen, die wilde Stute, der seine ganze Liebe gehörte. Seltsame Umstände hatten dazu geführt, daß er ihr so weit gefolgt war, darum brachte er es nicht über sich, sie jetzt im Stich zu lassen. Wenn er sie nicht haben durfte, dann sollte auch kein anderer sie haben. Schon stürmte er auf sie zu, warf sich mit einem Satz auf ihren Rücken und zischte drängend: »Los, fort!«

Und La Bruja tat ihm den Willen. Zu Tode erschrocken jagte sie durch das offene Tor ins Freie. Vier oder fünf andere Pferde folgten ihr auf dem Fuß. Der Lärm, den sie verursachten, als sie mit lautem, überraschtem Gewieher und donnerndem Hufschlag davongaloppierten, hatte zur Folge, daß ein halbes Dutzend Indianer aufgeregt schreiend vor ihren Zelten erschienen. Einer, der die Lage rascher erfaßte als die anderen, griff blitzschnell nach einem Speer, der an seinem Zelt lehnte, warf sich auf ein Pony und machte sich wütend an die Verfolgung der Ausbrecher.

Dem Mond war es lange nicht gelungen, durch die dichten nächtlichen Wolken zu dringen. Jetzt, ausgerechnet in diesem Augenblick leuchtete er zum ersten Male in vollem Glanze auf und übergoß die Pampa mit seinem hellen Licht. Dies sollte das letzte Unglück sein, das Felipe beschieden war.

Der Indianer holte mit seinem Speer aus. Eine Sekunde später hatte die Waffe die Hand des Meisterschützen verlassen und ihr Ziel gefunden: Felipe stürzte, ohne einen Laut von sich zu geben, kopfüber von La Brujas Rücken. Die Stute, plötzlich von der ungewohnten Last befreit, spitzte ihre zurückgelegten Ohren und beschleunigte ihr Tempo. Rasch verschwand sie in der Dunkelheit, und der Indianer verzichtete darauf, ihr zu folgen.

Er sprang von seinem Pony und eilte zu Felipe, der regungslos im Grase lag. Der Junge sah zu ihm auf, und für einen kurzen Augenblick trafen sich die Blicke ihrer schwarzen Augen.

»Ich sagte, ich würde sie reiten, und ich habe sie geritten – und sie hat mich nicht im Stich gelassen.«

So ging es Felipe durch den Kopf, wenn er auch nicht mehr

die Kraft hatte, es auszusprechen. Er lächelte bei diesem letzten, flüchtigen Gedanken, dann schloß er die Augen und starb. So endete der zweite Mensch, der begehrt hatte, La Bruja sein eigen zu nennen.

Onak

Die Indianer waren weit davon entfernt, La Bruja zu vergessen. Sie bewunderten ein schnelles Pferd nicht minder als die Gauchos und nahmen überdies weniger Anstoß an seiner Häßlichkeit, weil es ihnen mehr auf die Leistung als auf die Schönheit eines Tieres ankam.

Onak, der Mann, der Felipe gefangen hatte, hatte ihn auch getötet und besaß damit das erste Anrecht auf die Stute. Er wußte, daß sie sich nicht allzu weit entfernen würde, und machte sich daher erst auf die Suche nach ihr, als der nächste Morgen zu dämmern begann; seine beiden Gefährten vom Tag zuvor begleiteten ihn. Sie wählten aus der Herde drei schnelle Ponys, weil sie sehr gut wußten, daß ihnen eine harte Jagd bevorstand.

Onak zweifelte so wenig wie Felipe, daß er La Bruja fangen werde, und hätte auch dann keine Angst vor ihr gehabt, wenn er erfahren hätte, daß sie schon einen Menschen getötet hatte. Der Indianer war ein ebenso vollendeter Reitkünstler wie der Gaucho, weder der eine noch der andere hätte je daran gedacht, daß ihn ein Pferd besiegen könnte.

Die drei jungen Krieger ließen das Lager im Galopp hinter sich, jeder von ihnen führte einen Speer und ein Messer als Waffen mit. Hier war jeder zugleich Jäger und Gejagter, wer tötete, dem drohte selbst der Tod. Das wußten diese Männer, und darum wußten sie auch um die Gefahr, die ihnen drohte, wenn sie waffenlos dieses verlassene und anscheinend so friedliche Land durchstreiften. Zwischen Gauchos und Indianern herrschte erbarmungslose Feindschaft, obwohl sich ihr Blut längst vermischt hatte. Hinter jedem Höhenzug mochte ihnen überdies ein Dutzend Soldaten des vorgeschobenen Stützpunktes auflauern und sie so unversehens überfallen, wie sie selbst Felipe überfallen hatten.

Aber heute dachte Onak weder an Soldaten noch an Gauchos. Sein ganzes Sinnen und Trachten galt La Bruja. Er hielt mit scharfen Augen nach ihr Ausschau und suchte eifrig die Hügel und Täler ab, die ihr fremd, ihm aber vertraut waren. Die Hufe der Ponys traten lautlos in die weiche Erde, denn die Reiter waren in Schritt gefallen, weil sie noch den ganzen langen Tag vor sich hatten. In der Morgensonne warfen sie lange Schatten über das Gras, die einzigen weit und breit, denn am Himmel zeigte sich nicht das kleinste Wölkchen.

Plötzlich machte einer von Onaks Gefährten halt, packte ihn am Arm und deutete mit dem Speer schräg abwärts; sie überschritten gerade den Höhenrand eines Flußtals, und dort unten, am jenseitigen Ufer, hatte er eben die Stute entdeckt. Sie merkte nicht, daß sie von oben beobachtet wurde, denn die drei Männer saßen schweigend und regungslos auf ihren Ponys. Sie sahen, wie La Bruja nach Herzenslust trank und den Kopf zurückwarf, als ihr Durst gestillt war. Dann scheuerte sie mit einem Bein an der Schlinge um ihren Hals und verjagte schnappend ein paar lästige Fliegen. Das Sonnenlicht glitzerte auf dem flachen Wasser des Flusses und spiegelte sich in den blauen Spitzen der Speere, es schimmerte auf La Brujas glattem Fell und auf der braunen Haut der Indianer.

La Bruja ahnte nichts von der drohenden Gefahr. Ihr Ohr vernahm nur das Gurgeln des Wassers und das Zirpen der Grillen im Gras; die Indianer oben auf der Höhe verhielten sich lautlos, und ihre Ponys waren ebenfalls mäuschenstill. Die Stute graste zufrieden am Ufer, sie schlug sich mit ihrem Schweif die Flanken, während sie das saftige Gras abrupfte, die warme Sonne und die friedliche Stille rings um sie her lullten ihre Aufmerksamkeit ein. Das Erlebnis des gestrigen Tages war schon halb vergessen, denn sie war ja wieder frei. Felipe war nicht mehr hinter ihr her, sie hatte endlich Ruhe.

Die drei Indianer nahmen ihre Ponys von der Kante des Abhanges zurück. Auch das hörte La Bruja nicht, denn das Zaumzeug der Indianerpferde bestand nur aus Halfter und Decke, es fehlten daran auch alle Metallteilchen, die geklingelt hätten, wenn sie den Kopf bewegten.

Onak ritt seinen Gefährten voran die Anhöhe hinunter und gab ihnen durch ein Zeichen zu verstehen, daß er allein die rechte Flanke der Uferhöhe umreiten wolle, während sie die entgegengesetzte Richtung einschlagen sollten. Auf diese Weise rückten sie La Bruja von zwei Seiten her auf den Leib, dann saß sie zwischen ihnen in der Falle, denn das Flußtal war an dieser Stelle eng und an beiden Seiten von hohen Steilufern eingesäumt.

Als sie den Fuß der Anhöhe umrundet hatten, lag der Fluß vor ihnen. Onak hielt sich so lange zurück, bis seine beiden Gefährten hinter La Bruja auftauchten; er wollte warten, bis sie sich bei ihrem Anblick zur Flucht wandte. Inzwischen nahm er sein Lasso zur Hand und war zugleich bemüht, sein unruhiges Pony durch den Druck seiner Schenkel in Zaum zu halten. Er lächelte, wenn er daran dachte, daß La Bruja nun bald sein eigen sein sollte.

Plötzlich war es um den Frieden des Nachmittags geschehen. Seine beiden Gefährten kamen von der anderen Seite im Galopp um den Fuß des Höhenzuges geritten. Dabei schrien sie wie am Tag zuvor und schwangen die Speere, als sie spritzend den Fluß durchquerten.

La Bruja warf erschrocken den Kopf hoch; ein paar Grashalme hingen ihr noch an den rosa Lefzen. Aber sie brauchte nur eine Sekunde, um ihren Gegner einzuschätzen, und schon war die Jagd im Gange.

Sie folgte dem Fluß, der sich der fernen Pampa zuwandte und träge seine weiten Bögen durch das Hügelland zog, das sich in der Ferne mehr und mehr verflachte. Schnell und kraftvoll galoppierte sie dahin, erfrischt von dem geruhsamen Tag. Der Abstand zwischen ihr und den Indianern wurde stetig größer; ihre Ponys waren einfach nicht schnell genug, um mit ihr Schritt zu halten.

Onak verfolgte mit scharfem Blick, was geschah. Er wartete geduldig und schätzte mit aller Sorgfalt den Abstand.

Das Geschrei der Indianer und das Getrappel der Hufe waren für sein gewaltsam zurückgehaltenes Pony eine wahre Qual. Als ihm Onak endlich die Zügel schießen ließ, setzte es mit vollem Schwung und dicht vor der verängstigten Stute über den Fluß.

La Bruja sah die neue Falle, wirbelte herum und wollte den Weg zurück, den sie gekommen war. Aber die beiden anderen Reiter waren immer noch hinter ihr her und kamen rasch näher, als sie jetzt unschlüssig verhielt. Einen Augenblick war sie offensichtlich ratlos und wußte nicht, was sie unternehmen sollte. Sie bäumte sich, tanzte im Kreis und zauderte, dann aber war plötzlich ihre Entscheidung gefallen, sie wählte den einzigen Weg, der ihr geblieben war: den Hang hinauf.

Zunächst versuchte sie, ihn im Galopp zu bewältigen, aber er war zu steil und zu uneben, so daß sie gezwungen war, ihr Tempo zu einem raschen Schritt bergan zu mäßigen. Mehrmals stolperte sie, weil ihr diese Art von Gelände völlig ungewohnt war; im Klettern steigerte sich ihre Angst fast zur Panik, als sie fühlte, daß der Boden unter ihren Hufen lose und schlüpfrig war. Ihre beiden Verfolger kamen unentwegt hinter ihr her, sie trieben ihre Ponys schneller voran, als sie selbst zu klettern vermochte. Onak dagegen schlug einen anderen Weg ein. Er kannte einen weniger steilen Pfad zum Kamm der Anhöhe und jagte sein Pony dorthin, weil er hoffte, auf diese Weise vor La Bruja oben anzukommen.

La Bruja machte mehrmals halt. An dem schlüpfrigen und abbröckelnden Hang saß sie in einer Falle, die sie sich selbst gestellt hatte. Mehr als einmal versuchte sie, sich bergab zurückzuziehen, aber die Indianer drängten unentwegt hinter ihr her und trieben sie ohne Erbarmen weiter bergan. Am Ende langte sie doch noch vor ihnen oben an. Dort, auf festem, ebenem Boden, faßte sie sofort wieder Vertrauen und zögerte keine Sekunde länger. Onak war nirgends zu sehen, und La Bruja jagte wieder einmal weit vor ihren Verfolgern auf und davon.

Onak hatte bei seinem Aufstieg zuviel Zeit vertan und war zu spät gekommen. Jetzt barg er sein Lasso und nahm die Boleadoras zur Hand, als er sich zur weiteren Verfolgung mit seinen Gefährten vereinte, denn Boleadoras treffen ihr Ziel bedeutend sicherer als ein Lasso.

La Bruja zwang sie, sich weit von dem Fluß zu entfernen. Jetzt, da sie freie Bahn hatte, wich die Panik von ihr, sie ließ ihre langen Beine fliegen und legte mit jedem Satz eine größere Strecke zurück als irgendeines der Indianerponys. Onak schrie seine Enttäuschung laut hinaus, als er sie davonfliegen sah, und merkte, wie sein eigenes Pferd immer müder wurde.

Die Jagd ging während des ganzen Nachmittags weiter. Die Indianerponys waren ausdauernd und hatten starke Herzen, aber sie waren einfach nicht imstande, mit La Bruja Schritt zu halten, darum trieben ihre Reiter sie vergebens an. Auch La Bruja wurde allmählich müde, jedoch die bösen Erinnerungen an die Vergangenheit bewirkten, daß ihr die schnellen Beine so lange dienten, bis sie wußte, daß sie ihre Verfolger abgeschüttelt hatte. Dicker weißer Schaum bedeckte ihren Hals und ihre Flanken, sie atmete rasselnd durch das aufgerissene Maul, aber als sie sich endlich erlauben konnte, anzuhalten, waren die Indianer nicht mehr hinter ihr.

Mit wogenden Flanken und zitternden Beinen stand sie da und blickte ihnen nach, wie sie den Weg zurückritten, den sie gekommen waren. Ihr klopfendes Herz weitete sich in dem Bewußtsein, einen Sieg errungen zu haben. Alle Angst war vergessen, die Lungen dehnten sich leichter, und nach einer Weile senkte La Bruja den Kopf, um zu grasen. Durstig war sie auch, aber sie erinnerte sich, daß sie zwischen den Höhen am Fluß gestellt worden war, und wollte lieber den Durst ertragen, bis sie einen anderen Ort fand, wo sie ihn stillen konnte. An den Fluß zurückzukehren, verbot ihr die Vorsicht.

Als die Sonne hinter einer fernen Hügelkette im Westen verschwand, stand La Bruja noch immer gegen den Wind gewandt. Sie lauschte mit gespitzten Ohren und sog mit geweiteten Nüstern die Luft ein, weil sie sich nicht sicher fühlte. Aber sie vernahm keinen Laut, der Gefahr bedeuten konnte, und der Wind trug ihr auch keine menschliche Witterung zu.

Darum ließ sie sich endlich auf die Erde nieder, glücklich, die müden Beine ausruhen zu dürfen. Sie blies die Luft durch die Nüstern, als stoße sie einen Seufzer der Erleichterung aus. Und doch war sie immer noch wachsam. Erst als auch der letzte Rest ihrer Angst verflogen war, überließ sie sich dem Schlaf; aber noch im Schlummer zuckten die Muskeln ihrer müden Beine immer wieder zusammen, und nicht der leiseste Laut entging ihren scharfen Ohren.

Onak faßte einen neuen Plan. Er begehrte La Bruja jetzt mit der gleichen Leidenschaft, wie sie vor ihm Gregorio und Felipe begehrt hatten, zumal er inzwischen selbst erfahren hatte, wie schnell und ausdauernd sie war. Noch war er mit seinem erschöpften Pony auf dem Rückweg zum Lager, da legte er sich schon zurecht, wie er ihrer habhaft werden könnte. Es war dies der einzige Plan, der ihm Erfolg zu versprechen schien. Während La Bruja noch schlief, galoppierte er schon mit vier anderen Indianern leise in die Pampa hinaus. Jeder der Männer führte ein zweites Pferd am Zügel.

Dort, wo er beim ersten Versuch die Jagd aufgegeben hatte, trennte sich einer der Indianer von den anderen und blieb zurück. Die übrigen ritten eine Strecke weiter, dann machte der zweite halt. So fuhren sie fort, bis alle vier Gefährten nach Onaks Plan verteilt waren. Er hatte nämlich vor, die Verfolgung diesmal als eine Art Stafettenrennen durchzuführen, so daß immer ein frisches Pony einspringen konnte, wenn eines müde war. Onak würde also die ganze Zeit ein ausgeruhtes Tier reiten, während La Bruja laufen mußte, bis sie vor Erschöpfung nicht mehr weiterkonnte. Er war überzeugt, daß dieser Plan zum sicheren Erfolg führen würde, und wartete voll Ungeduld, bis die Sonne aufging und die Vögel den jungen Tag begrüßten.

La Bruja erhob sich am nächsten Morgen erfrischt und hungrig vom Schlaf. Wohlig reckte sie die Glieder, als sie wieder auf allen vieren stand. Die gewohnte Vorsicht gebot ihr, sich zuallererst forschend umzuschauen und witternd die Morgenbrise einzuatmen. Die Pampa schien verlassen, also senkte sie beruhigt den Kopf, um zu fressen. Plötzlich fuhr sie hoch und spitzte, am ganzen Körper bebend, die Ohren. Soeben hatte sie ein kaum wahrnehmbares Zittern des Bodens gespürt, das ihr diesen Schreck einjagte. Zu dem Zittern gesellte sich immer deutlicher ein fernes Geräusch. La Bruja bewegte sich angsterfüllt im Kreise und spähte nach allen Richtungen, denn sie ahnte, was dieses Geräusch zu bedeuten hatte, und war auf dem Sprung zu neuer Flucht.

Jetzt entdeckte sie den näher kommenden Reiter. Er nahm sich aus wie ein winziges Pünktchen inmitten eines Meeres von Grün, aber La Bruja wußte nur zu gut, was sie von diesem dunklen Ding zu halten hatte.

Noch zögerte sie, weil sie unschlüssig war, in welcher Richtung sie fliehen sollte. Im Westen war der Fluß, vom Nordosten kam der Feind. Also wandte sie sich nach Süden, und schon war die Jagd von neuem im Gange. Der Indianer, der sie aufgescheucht hatte, blieb in großer Entfernung. Es war nicht Onak, dieser wartete weiter südlich auf sie.

La Bruja entdeckte ihn erst, als sie schon an ihm vorüber war, denn er befand sich ein gutes Stück östlich von ihr. Kaum hatte sie den neuen Mann entdeckt, der ihr erheblich näher war als der erste, da spannte sie in steigender Angst ihre Kräfte zu noch größerer Geschwindigkeit an.

Onak hatte ziemlich genau erraten, welche Richtung La Bruja wählen würde, wenn man dabei in geschickter Weise ein wenig nachhalf. Das wartende Pferd stand also nur ein kleines Stück abseits der Richtung, die sie einschlug. Sie entdeckte denn auch den Indianer mit dem Pony, aber er war immerhin so weit entfernt, daß sie nicht daran dachte, seinetwegen auszuweichen und ihre Fluchtrichtung zu ändern. Nur an Tempo legte sie zu, als sie seiner ansichtig wurde.

Onak fiel natürlich zurück, als er das Pony wechselte, aber das machte ihm keine Sorge. Die Jagd dauerte ja noch lange, und La Bruja würde bestimmt ermüden, ehe das letzte Pferd an der Reihe war. Er folgte ihr voll Vertrauen auf den Erfolg und hatte seine helle Freude an dieser Jagd, weil ihn ihr Mut und ihre Ausdauer begeisterten.

Die Sonne brannte glühendheiß vom Himmel, und die Verfolgung wollte kein Ende nehmen. Langsam wanderte das Tagesgestirn nach Westen, die Stunden verrannen, und La Brujas Kräfte ließen allmählich nach. Was sie herzugeben hatte, setzte sie darein, mit fliegenden Hufen dahinzufegen, und die Angst peitschte sie immer wieder voran, wenn sie Müdigkeit überwältigen wollte.

Je mehr Zeit verging, ohne daß der Indianer von ihr abließ, desto deutlicher verriet ihr ein untrüglicher Instinkt, daß ihr Schicksal besiegelt war.

Dennoch raste sie weiter, aber die brennende Sonne zehrte an ihren Kräften, Hunger, Durst und die zunehmende Müdigkeit schwächten sie mehr und mehr. Es flimmerte ihr vor den Augen, während sie automatisch die Beine bewegte, die immer steifer wurden, ihre Kinnbacken klafften, und sie konnte sie nicht mehr schließen. Sie verlor alles Gefühl für Richtung und Geschwindigkeit, in ihren Ohren dröhnte nur noch das stetige Hufgetrappel hinter ihr, das näher und näher kam. Sie wurde nicht einmal gewahr, daß sie trotz aller Anstrengung immer langsamer wurde. Bald war ihr Onak so dicht auf den Fersen, daß er, des Erfolges sicher, seine Boleadoras nach ihr schleudern konnte.

Das tat er denn auch. La Bruja hörte, wie sie pfeifend durch die Luft wirbelten, ein Geräusch, das sie jetzt nur zu gut kannte. Sie tat einen Satz nach vorn und warf die Hinterbeine hoch, um der Wurfleine auszuweichen, aber es war um den Bruchteil einer Sekunde zu spät. Im nächsten Augenblick stürzte sie schwer zu

Boden und landete mit ihrem ganzen Gewicht auf der Flanke, so daß ihr der harte Aufschlag fast die Besinnung raubte.

Sie versuchte gar nicht, sich wieder aufzuraffen, sondern blieb dort liegen, wo sie gestürzt war, und rang keuchend nach Luft, weil sie sich völlig verausgabt hatte. Der grelle Schein der Sonne zwang sie, die Augen zu schließen. Als ihr Atem endlich wieder ruhiger ging, ließ sie den Kopf müde ins Gras sinken. Es fehlte ihr die Kraft, sich zu erheben.

Onak ritt auf seinem Pony zu ihr hin und stieg ab. Er trug ein Lasso in der Hand und streifte ihr dessen Schlinge – nach Art eines Halfters geknotet – über den Kopf, ohne daß sie sich dagegen zur Wehr gesetzt hätte. Wohl schauderte sie zusammen, als sie die Berührung der Menschenhand fühlte, aber sie war so erschöpft, daß ihr keine Wahl blieb: Sie mußte sich damit abfinden. Ein Zittern durchlief ihren ganzen Körper, denn sie ahnte, was ihr bevorstand, solange sie in der Gewalt dieses Mannes war. Im voraus schon glaubte sie seine zornigen Hiebe und die spitzen Sporen in ihren Flanken zu spüren, die sie von Gregorio noch in so schrecklicher Erinnerung hatte. Aber, o Wunder! – es geschah ihr nichts.

Onak stand bei ihr und beobachtete sie, als sie keuchend vor ihm im Grase lag. Er hielt sein Lasso nur lose in der Hand, weil er wußte, daß sie ihm jetzt bestimmt nicht mehr entkam. Mit Bedacht verhielt er sich mäuschenstill; um so gespannter lauschte er auf ihren schweren Atem. Befriedigt stellte er fest, daß dieser von Minute zu Minute ruhiger wurde und daß vor allem das rasselnde Keuchen nachließ. Anfangs hatte er nämlich befürchtet, daß sie sich überanstrengt habe, aber sie besaß eben das eiserne Herz ihres Criollo-Vaters und trug darum keinen inneren Schaden davon.

Lange Zeit stand Onak geduldig wartend neben La Bruja. Ab und zu strich er mit der Hand zärtlich über ihren hingestreckten Leib und gab sich mit unbändigem Stolz darüber Rechenschaft, welchen Schatz er mit diesem Pferd gewonnen hatte, das er nun sein eigen nennen durfte. La Bruja war nicht nur das schnellste Pferd, das ihm je zu Gesicht gekommen war, sondern auch das stärkste. Er wollte sie abrichten und mit ihr ins Gefecht reiten, weil sie in Wahrheit ein Schlachtroß war. In Friedenszeiten aber sollte sie ihm für seine Söhne starke und schnelle Fohlen zur Welt bringen.

So sah die Zukunft aus, die Onak für La Bruja plante, als sie abgekämpft vor ihm im Gras der Pampa lag. Für ihn wies ihr schlanker Leib keine Schönheitsfehler auf, er wußte nur um die unvorstellbare Geschwindigkeit, die er zu entwickeln vermochte und die eines Tages auch ihm zu Gebote stehen sollte.

Der neue Herr

So gefühllos der Indianer gegen seine Mitmenschen war, so viel Rücksicht zeigte er für seine Pferde. Onak behandelte seine Frau nicht viel anders als eine Sklavin, La Bruja dagegen war der Schatz seines Lebens, darum genoß sie seine fürsorgliche Liebe. Er ging auf eine Art mit ihr um, die sie bei Menschen bisher nicht gefunden hatte. Jeden Tag erwartete sie aufs neue die brutale Behandlung, die sie von Gregorio erfahren hatte, und vermochte nicht zu begreifen, daß ihr dieser neue Herr auf keinen Fall weh tun wollte.

Onak beschwerte das Lasso, das sie um den Kopf trug, mit einem Holzklotz und überließ sie viele Stunden des Tages sich selbst, weil er wußte, daß sie ihm nicht entwischen konnte, und weil er nichts übereilen wollte. Geduld schien ihm vor allem am Platze, wenn er sein kostbares Pferd zähmen wollte. So führte La Bruja, die Gefangene, fortan ein einsames Dasein außerhalb des Lagers in einem verlassenen Tal unweit des Flusses.

Das bedeutete für sie etwas Neues. Sie war gefangen und doch frei, denn so weit es das lange Lasso zuließ, konnte sie sich ganz nach Wunsch bewegen. Ein Mensch hatte sie gefangen, und doch bekam sie diesen Menschen nur so selten zu Gesicht, daß sie zuweilen vergessen konnte, daß es ihn überhaupt gab. Einmal am Tag nur kam er sie besuchen, dann blieb er jedesmal mehrere Stunden und ließ sie während der ganzen Zeit nicht aus den Augen. Aber es kam dabei niemals vor, daß er sie berührte.

Onak waren natürlich die Narben nicht entgangen, die La Brujas Flanken bedeckten, und er schloß daraus, daß sie schon einmal in Gefangenschaft geraten war und dabei eine üble Behandlung erfahren hatte. Als sie wieder zu Kräften gekommen war, verriet ihm ihre ungebärdige Auflehnung gegen ihn selbst, daß sie einen abgründigen Haß gegen jedes menschliche Wesen hegte. Wie eine Furie ging sie schnaubend und um sich schlagend auf ihn los. Es war unverkennbar, daß sie ihm ernstlich ans Leben wollte. Er sah ihre weiß umrandeten Augen, die ihn mit bösen Blicken verfolgten, er sah die drohend zurückgelegten Ohren, und beides sagte ihm, daß ihr Haß keine augenblickliche Regung, sondern das Ergebnis schlimmer Erfahrungen war, die ihn in ihr geweckt und genährt hatten. Ehe er also hoffen durfte, sie zu zähmen, mußte er zunächst wiedergutmachen, was ein anderer an ihr gesündigt hatte. Darum ließ er sie in Ruhe, bis ihre Feindschaft gegen ihn verraucht war.

Drei Tage lang blieb La Bruja ganz allein. In den Morgenstunden des ersten Tages kämpfte sie gegen den Strick, der sie gefangenhielt. Sie haßte es, den Halfter am Kopf und an den Ohren zu spüren; früher hatte sich die Schlinge wenigstens nur um ihren Hals gelegt. Allmählich sah sie immerhin ein, daß sie das Ding nicht abschütteln konnte, und fand sich schließlich damit ab.

Angst und Wut beherrschten sie diesen ganzen ersten Tag. Sie rannte gegen den Holzklotz, an dem ihre Leine festgemacht war, verletzte sich aber nur die Fesseln, ohne etwas gegen das schwere Ding auszurichten. Schnaubend bäumte sie sich auf und rollte wütend mit den Augen, weil sie nicht das geringste an ihrer Lage ändern konnte. Schließlich besänftigte sich ihr Zorn so weit, daß sie wieder Lust verspürte, zu fressen. Sie rupfte dabei das Gras mit hastig zuschnappenden Zähnen ab, weil sie die Angst noch immer nicht zur Ruhe kommen ließ.

Die nächtliche Stille, unterbrochen nur von den Lauten, die sie kannte und nicht fürchtete, trug viel dazu bei, ihre Furcht und ihren Haß zu besänftigen. Sie prüfte die Morgenbrise und spitzte die Ohren, um jede etwa drohende Gefahr zu erlauschen, aber es gab den ganzen Tag über weder eine Witterung noch einen Laut, der sie beunruhigt hätte. Daher fraß sie sich ungestört satt und genoß die warme Sonne, die ihr aufs Fell brannte. Als es wieder Nacht wurde, streckte sie sich zum erstenmal auf dem Boden aus, daß ihre müden Beine Ruhe fanden.

Der dritte Tag nahm genau den gleichen Verlauf. Wenn der Halfter um ihren Kopf nicht gewesen wäre und der dumme Strick sie nicht an den schweren Holzklotz gefesselt hätte, dann hätte sie wahrhaftig am Ende vergessen können, daß sie eine Gefangene war.

Es kam der vierte Tag, und mit ihm erschien der Indianer. Er hielt sein Pony in einiger Entfernung an und stieg ab. Näher heranzukommen schien ihm nicht geraten, denn bei seinem Anblick flammten sofort wieder Angst und Wut in La Bruja auf.

Sie versuchte zu fliehen, aber der schwere Holzklotz ruckte an ihrem Halfter und hielt sie zurück. Dann stieg sie hoch und schlug mit den Vorderhufen nach dem Indianer, aber wieder vereitelte das schwere Holz ihre Absichten. Ein zweites Mal versuchte sie zu fliehen, und noch einmal griff sie an. Panik und Zorn versetzten sie in wilde Raserei, als alle ihre Anstrengungen vergeblich blieben. Zuletzt stand sie hilflos und zitternd da, sie wußte nun, daß sie weder fliehen konnte, noch imstande war, den Mann zu töten.

Onak unternahm während der ganzen Zeit nichts. Schweigend und regungslos verfolgte er La Brujas verzweifeltes Toben, erst als sie ruhig geworden war, ging er langsam auf sie zu. In einer Hand trug er ein großes irdenes Becken, in der anderen ein zusammengenähtes Fell, das als Wasserschlauch diente. La Bruja sah, wie er näher kam, aber sie hielt still und wartete ab, was er im Schilde führte. Daß er ihr kein Leid zufügte, verwirrte sie noch mehr und erhöhte ihre Angst. Sie sah, wie er das Becken fest ins Gras setzte und das Wasser aus dem Schlauch hineingoß. Als er fertig war, zog er sich wieder zurück, sie aber wußte nicht,

ob sie nun die Schale oder den Indianer im Auge behalten sollte, denn beide flößten ihr Furcht und Argwohn ein.

Onak bestieg sein Pony und ritt davon. Ohne sich nur ein einziges Mal umzusehen, bewegte er sich in langsamem Tempo bergan und verschwand über den Kamm hinweg aus dem Tal.

Lange nachdem er gegangen war, wagte sich La Bruja endlich an das Becken heran, um es zu beschnuppern. Sofort erkannte sie die Witterung des Indianers, und im gleichen Augenblick wich sie auch schon erschrocken von dem Ding zurück, weil sie eine Falle vermutete. Es geschah aber nichts, nur die verlockende Nähe des Wassers machte ihr immer mehr zu schaffen, weil sie während der letzten Tage keinen Schluck getrunken hatte. Ohne das Becken zu berühren, rupfte sie in seinem ganzen Umkreis das Gras ab. In den Nachmittagsstunden war von der Witterung des Indianers nicht mehr viel zu spüren, dafür war ihr Durst um so quälender geworden. Bedächtig tauchte sie schließlich ihre Schnauze in das warme Wasser und hatte bald den Mann, ihre Angst und ihre Unfreiheit völlig vergessen.

Fortan erschien Onak tagtäglich und brachte La Bruja Wasser, die Stute aber versuchte nie mehr, ihn anzugreifen. Sie wich auch nicht mehr zurück, wenn er näher kam, sondern blieb mit gespannten Muskeln und am ganzen Leibe zitternd stehen. Dabei legte sie die Ohren flach an den Kopf und sah in ihrer Angst noch häßlicher aus als sonst. Bald erkannte sie, daß er täglich das gleiche tat: Er brachte Wasser, goß es in das Becken und zog sich dann langsam zurück. Aber jeden Tag verweilte er dabei etwas länger in ihrer Nähe, bis sie endlich zu saufen begann, ohne auf ihn zu achten.

Als es soweit war, durfte sich Onak sagen, daß ihr Mißtrauen gegen ihn allmählich schwand. Darüber freute er sich mächtig, denn er sehnte sich brennend danach, sie zu reiten und ihre starken Glieder zu ungeahnter Schnelligkeit zu befeuern. Aber im Gegensatz zu Gregorio blieb er dennoch weiter geduldig, vor allem schätzte er La Bruja richtig ein und spürte daher genau, wann sie sich soweit an ihn gewöhnt haben würde, daß sie ihn als ihren Herrn anerkannte. Früher wollte er sie nicht anrühren.

Der ersehnte Tag kam erst heran, als der Frühling vorüber war und wieder sommerliche Schwüle drückend über dem Land lag. La Bruja lebte nun schon lange als Gefangene in dem einsamen Tal, und der Boden um sie her war fast kahl gefressen, denn sie weidete immer im Kreis herum und zertrampelte das Gras, das sie nicht fraß, unter ihren nimmermüden Hufen. Onak war sich darüber klar, daß er sie an eine andere Stelle bringen mußte, aber er konnte sich noch nicht dazu entschließen, weil er fürchtete, sie zu früh zu berühren. Er hatte sie schon freundlich angeredet und dabei mehr Laute als Worte gebraucht. Einige dieser Laute hatte er von den Fohlen der Herde gehört, darum spitzte La Bruja die Ohren, sobald er sie nachzuahmen versuchte, und blickte ihn wohl auch nicht mehr ganz so böse an wie sonst.

Sie verstand diesen Mann nicht, darum war sie noch lange voller Mißtrauen gegen ihn, als ihre Angst längst geschwunden war. Er schaute ihr jetzt nicht mehr von weitem zu, sondern ging immerzu herum und kam ihr von Tag zu Tag näher. Dabei gab er Laute von sich, von denen sie einige kannte, andere jedoch nie in ihrem Leben gehört hatte. Wenn er ein hungriges Fohlen nachahmte, wurde in ihr eine dunkle Erinnerung wach. Daß dieser Laut aber von ihm, dem Menschen kam, brachte sie vollends in Verwirrung. Der Instinkt gebot ihr, dem hungrigen Fohlen beizustehen, bewußt sah sie aber den Mann vor sich, der diese erregenden Laute von sich gab. Dieser seltsame Widerstreit machte ihr schwer zu schaffen.

Onak wartete. Lieber sollte die Stute eine Weile hungern, als daß sie ihr wachsendes Vertrauen zu ihm verlor. Er konnte ihr den Widerstreit nachfühlen, der ihr aus seinen Nachahmungskünsten erwachsen war, aber er wußte jetzt auch, daß seine Geduld belohnt werden würde, denn La Bruja war ihm jetzt offenbar nicht mehr feindlich gesonnen. Sie blieb ruhig, wenn er sich zeigte, und benahm sich oft nahezu neugierig. Mit gespitzten

Ohren erwiderte sie seinen unverwandten Blick und begann zu ahnen, daß der Mensch nicht unbedingt ein Feind war.

Endlich war es soweit. La Bruja ließ sich Onak als ihren Herrn gefallen. Als er eines Morgens wieder bei ihr erschien, beschränkte er sich nicht nur darauf, mit ihr zu reden und in ihrer Nähe herumzugehen. Diesmal streckte er ihr seine Rechte hin und hielt sie ihr unter die Nase. Diese Hand barg ein paar Bissen Getreide, etwas, das sie noch nie gerochen oder gar gekostet hatte. Sie beschnupperte den angebotenen Leckerbissen gründlich und nahm dabei von der Hand kaum Notiz, weil ihr die Witterung des Indianers mittlerweile vertraut geworden war. Als sie endlich zu dem Schluß kam, daß dieses Zeug wunderbar schmecken müsse, ließ sie es plötzlich zwischen ihren Lefzen verschwinden.

Jetzt streckte Onak die andere Hand nach ihr aus und strich ihr damit sachte über den Kopf. Im ersten Augenblick legte sie daraufhin die Ohren zurück, spitzte sie aber sofort aufs neue; vor allem wich sie nicht zurück. Seine Hand lag leicht auf ihrem Kopf, sie fühlte sich keineswegs bedrohlich oder gewalttätig an.

La Bruja blieb ganz ruhig stehen, als ihr Onak allmählich den ganzen Hals und den Rücken streichelte und beklatschte, ja, sie schrak nicht einmal zusammen, als er sie am Bauch und an den Beinen liebkoste. Das alles begleitete er mit leisen, beruhigenden Lauten, denen La Bruja mit zurückgelegten Ohren lauschte, weil sie ihr nicht übel gefielen.

Plötzlich schwang sich Onak leichtfüßig auf ihren Rücken. La Bruja warf den Kopf hoch und schnaubte überrascht, aber die Beine des Indianers hingen rechts und links lose herab, fast ohne ihre empfindlichen Flanken zu berühren. Der Schreck war ihr so in die Glieder gefahren, daß sie am ganzen Körper zitterte; aber ihr Zutrauen war doch schon so groß, daß sie ihn gewähren ließ. Onak blieb sitzen, strich ihr sacht über den Hals und redete weiter nach seiner Gewohnheit auf sie ein. La Bruja hatte wohl die Ohren zurückgelegt und im ersten Augenblick entsetzt die weiß umrandeten Augen gerollt, allmählich aber ließ ihre Spannung nach, und sie lauschte wieder auf seine leise plätschernde Stimme. Nach einer Weile empfand sie sein Gewicht kaum noch als störende Last.

So unterwarf sich La Bruja der Herrschaft des Menschen. Onak war klug und wußte daher, daß es darauf ankam, ihr Vertrauen zu gewinnen, ehe er versuchte, ihr seinen Willen aufzuzwingen. Daher bekam sie nie die Peitsche oder die Sporen zu fühlen, darum hörte sie nie ein hartes, zorniges Wort, solange der Indianer ihr Herr war. Gewiß, er hetzte sie oft genug bis zur Erschöpfung, aber solche Gewaltleistungen hatte sie sich auch selbst schon auferlegt, daher fiel es ihr nicht ein, ihn deswegen zu fürchten oder zu hassen. Sie bekam auch nie eine Trense zwischen den Zähnen zu fühlen, der Indianer lenkte sie nur mit der Stimme und mit den Knien oder höchstens mit Hilfe eines einfachen Zügels. Er hatte es gar nicht nötig, sie anzufeuern, wenn sie einmal alles hergeben sollte, was ihre langen Beine vermochten.

Onak brachte La Bruja schließlich ins Lager und band sie an einen Pfosten vor seinem Toldo, dem aus Fellen genähten Zelt, das den Indianern als Wohnung dient. Hier war nun den ganzen Sommer über ihre Heimstatt. Wenn Onak im Lager war, gab er La Bruja nicht frei, um sie unter den Ponys grasen und sich mit ihresgleichen die Zeit vertreiben zu lassen. Er wollte sie ständig um sich sehen, weil er sie auf seine besondere Art liebte. Als sie im Lager ankamen, war es das erste für ihn, daß er sein Messer zog und die alte Lassoschlinge durchschnitt, die noch immer um ihren Hals hing. Lange noch war es für La Bruja ein seltsames Gefühl, daß dieses Ding nicht mehr da war. Sie schüttelte den Kopf, sie reckte den Hals und konnte einfach nicht begreifen, warum ihr dieser Riemen, den sie so lange mit sich herumgetragen hatte, nicht mehr vor den Beinen baumelte. Und doch war sie glücklich, ihn endlich los zu sein, obwohl sie jetzt ein neuer Halfter gefangenhielt.

Auf dem Platz vor dem Zelt ihres Herrn, an den sie nun gefesselt war, wurde La Bruja bald von Langeweile heimgesucht und geriet dadurch in gereizte Stimmung. Wohl hatte sie gelernt, daß es unmöglich war, den Halfter abzustreifen, den sie um den Kopf trug, und doch ruckte und zerrte sie immer wieder vergeblich an der lästigen Fessel. Sie stampfte mit den Hufen und schnaubte voll Ungeduld. Die Sonne brannte endlose Stunden hindurch auf sie herab, denn der Schatten des Toldo reichte nie bis zu der Stelle, wo sie angebunden war. Am Nachmittag döste sie vor sich hin und ließ dabei ihr Gewicht auf einer Seite ruhen. Die Augen hielt sie geschlossen, mit dem Schweif peitschte sie unablässig ihre Flanken, weil ihr die schwirrenden, stechenden Insektenscharen keine Ruhe ließen. Sie krochen um die Ränder ihrer Augen, sie krabbelten an allen vier Beinen auf und ab. Dort, wo ihr Schweif nicht hinreichte, wehrte sie sich durch krampfhafte Zuckungen ihrer Haut, aber die Mücken schlugen dann immer nur einen Kreis und ließen sich gleich wieder nieder, um ihr weiter zuzusetzen, bis sie dem Geschmeiß am Ende überhaupt keine Beachtung mehr schenkte.

Dort, wo sie stand, wuchs kein Gras. Da nicht genug Regen fiel, hatte die sengende Sonne den Boden hart und rissig gemacht. Darum gab es für La Bruja nirgends etwas zu beißen, nirgends etwas zu tun. Für ihr ruheloses Herz wurde dieses erzwungene Nichtstun mehr und mehr zu einer harten, kaum noch erträglichen Prüfung. Wohl hatte sie sich Onak unterworfen und ließ sich willig von ihm reiten, aber sie war im Innersten eben doch noch ein Wildpferd, sie scheute und zitterte beim kleinsten ungewohnten Erlebnis, sie fürchtete jeden, den sie nicht kannte. Der Wind säuselte ihr Wunderdinge in die Ohren, der Duft der fernen Pampa, der Gesang der Vögel, all das erinnerte sie an die verlorene Freiheit und machte sie gereizt und verdrossen.

Onak ritt sie auf die Weide und zur Wasserstelle. Während sie hungrig das spärliche Sommergras rupfte, bis sie sich satt gefressen hatte, saß er auf ihrem Rücken und sprach zu ihr. Wenn sie dann auf seine Stimme lauschte, deren Klang sie so gerne hörte, konnte es geschehen, daß sie für eine Weile sogar ihre Sehnsucht nach Freiheit vergaß.

Mitunter kamen aber auch Tage, da Onak und seine Freunde schon früh am Morgen zur Jagd aufbrachen. Dann durfte La Bruja endlich wieder einmal ihre schnellen, ungeduldigen Beine wirbeln lassen und mit lang vorgestrecktem Hals über die Pampa jagen, bis sie ihre ganze aufgestaute Erregung ausgetobt hatte. Der Boden unter ihren Hufen war steinhart und zitterte unter ihren flüchtigen Sprüngen, die wilden Jagdschreie der Indianer jagten ihr kalte Schauer der Angst über den Rücken und trieben sie immer noch schneller voran.

Oft galoppierte sie so lange, bis ihr Atem keuchend ging und Schaum ihren Hals und ihre Flanken bedeckte. Nur weil es in ihrem Leben immer wieder solche Tage gab, konnte sie dazwischen die Gefangenschaft im Lager ertragen, wo sie die Zeit mit untätigem Warten verbringen mußte.

Onak wurde von seinen Freunden beneidet. Ein um das andere Mal erprobte er La Brujas wunderbare Eigenschaften, indem er mit jedem anderen Indianerpferd um die Wette ritt. Sie war schneller als irgendeines von ihnen und besaß auch mindestens die gleiche Ausdauer, so daß niemand von ihr sagen konnte: »Gewiß, sie ist schnell, aber mein Gaul hat eben doch mehr Kraft.«

Onak war auf La Bruja unbändig stolz. Er schätzte ihre Schnelligkeit, aber er wollte auch erreichen, daß sie todsicher auf den Beinen stand. Also ging er daran, sie zu trainieren. Dabei mußte er natürlich die Gefahr in Kauf nehmen, daß sie sich eine Verletzung zuzog.

Er zwang sie, in vollem Schwung Steilhänge hinabzujagen; er ließ sie immer und immer wieder durch den Fluß schwimmen, und er ritt sie auf weichem, morastigem Boden. Einmal trieb er sie weit über Land bis an den Fuß der Berge im Westen, nur um felsiges Gelände zu finden, über das er sie hinjagen wollte. Er lehrte sie, ihn in jeder Lage gehorsam zu tragen, sei es, daß er unter ihrem Kopf hing und sich nur mit einem Bein auf ihrem

Rücken festhielt oder daß er sich gar wie ein Schlangenmensch unter ihrem Leib verkroch. Auf diese Weise sollte sie ihm eines Tages im Gefecht, wenn nötig, auch als Schutzschild dienen können. Mit ihren stahlharten Beinen lernte sie rasch alle diese Lektionen, und bald überwand sie spielend die steilsten Berge und die tiefsten Gewässer, galoppierte sie mit der gleichen Sicherheit auf hartem wie auf weichem Boden. Aus La Bruja war ein glänzend zugerittenes Indianerpferd geworden.

Onak veranlaßte seine Frau, für La Bruja eine besonders schöne Decke zu weben. Die Wolle für diese Decke sollte sie so blau färben, daß sie dem Himmel glich. Immer wieder streichelte er seine geliebte Stute, sprach mit ihr und ließ seinen Atem sachte in ihre Nüstern strömen, weil er wußte, daß sich die Pferde auf diese Art untereinander verständigen.

La Bruja lernte vieles über die Menschen, unter denen sie jetzt lebte, sie sah Onaks Frau und seine Kinder, drei kleine Jungen, die immer herumtollten, hinfielen und sich verletzten, aber nur selten weinten. Sie schaute den Frauen zu, wenn sie kochten und webten und ihren mannigfachen täglichen Pflichten nachkamen. Der Indianerstamm hatte sich in dieser Gegend niedergelassen, obwohl ihm der weiße Mann die Erlaubnis dazu versagte. Die Hänge der Höhenzüge waren mit Nutzpflanzen bebaut, deren Betreuung Onaks Frau und den Frauen der anderen Männer oblag. Solange der Kommandant des fernen Forts nichts von der Anwesenheit der Indianer wußte, konnten sie in Ruhe und Frieden dahinleben.

La Bruja fürchtete sich vor den Kindern, ihre ungezogene Wildheit und ihr Geschrei erschreckten sie. Die Mutter kam nie in ihre Nähe und war ihr darum gleichgültig. Die Frau ging ständig irgendeiner Beschäftigung nach, oft in La Brujas Gesichtsfeld, fast immer in ihrer Hörweite, wenn sie nicht gerade draußen bei der Feldarbeit war. Sie war still und sprach wenig, man hörte sie eigentlich nur reden, wenn sie einem der Kinder eine Anweisung gab. La Bruja fand sich mit ihrer Gegenwart ab und nahm bald gar keine Notiz mehr von ihr.

Sie beachtete schließlich weder die Kinder noch die Frau, und sie erkannte Onak voll und ganz als ihren Herrn an; aber sie ertrug es nicht, wenn ihr ein anderer Mann nahe kam. Wollte etwa ein Freund Onaks ihre Beine befühlen, um sich von deren Kraft zu überzeugen, dann bäumte sie sich sofort schnaubend auf und fletschte wütend die Zähne, bis Onak den verhaßten Fremden fortwies. In ihrem Instinkt war die Angst vor dem Menschen und der Haß gegen ihn noch immer fest verwurzelt, so nachhaltig wirkten die bösen Erfahrungen von ehedem in ihr fort. Onak hatte sie dank seiner Geduld überwunden, von ihm allein wußte sie, daß er nichts Böses gegen sie im Schilde führte. Alle anderen Männer aber fürchtete sie wie zuvor, weil die Erinnerung an Gregorio noch nicht aus ihrem Gedächtnis geschwunden war; darum duldete sie keinen außer Onak in ihrer Nähe.

Onak rechnete ihr das nicht als Fehler an. Er war im Gegenteil glücklich über ihr scheues Verhalten. Sie war damit im vollen Sinne des Wortes »sein Pferd«, weil kein anderer Mensch sie reiten konnte. Sooft er sie ritt, war er von unendlichem Stolz erfüllt.

Der Überfall

Der Sommer ging zu Ende. Schwere Regenböen fegten über das Land, der harte, von der Sonne gebackene Boden saugte sich voll und wurde weich und schwammig. Die welken Gräser lebten wieder auf und kleideten sich in frisches Grün, da die Erde allen Wurzeln, die sich aus ihr nährten, frischen Saft gab. Die Sonne schenkte nur noch mäßige Wärme, es kamen trübe Tage, an denen ihre Kraft nicht ausreichte, das Grau der Wolkendecke zu durchdringen.

Hier im Süden brach der Herbst noch schneller herein als in der Pampa. Kalte Winde brausten durch die Täler und über die

Höhen. Im Indianerlager suchten die Frauen nach Rissen in den Fellen, mit denen ihre Toldos bespannt waren, und machten sich daran, die Schäden zu flicken, ehe der Winter hereinbrach. Sie ernteten ihren Mais und legten Getreidevorräte an, wo immer sich Platz bot. So sorgten sie auf alle erdenkliche Weise für die langen, kalten Monate vor. Unterdessen ritten die Männer um die Wette und richteten ihre Ponys ab. Gelegentlich zogen sie auf die Jagd, um ihre Familien mit Fleisch zu versorgen, und überfielen auch manchen einsamen Reisenden, der ahnungslos ihr Revier durchstreifte.

Onak hatte dabei mit seiner Stute La Bruja stets mehr Erfolg als die meisten anderen, weil er jeden flüchtenden Gaul spielend einholen konnte. Diese böse Entdeckung blieb keinem der unglücklichen Wanderer erspart, die seinen Weg kreuzten, aber eines Tages fiel ihm just ein Mann zum Opfer, den er unter allen Umständen hätte verschonen sollen.

Dieser Mann war ein Kundschafter des Heeres. Der Kommandeur der vorgeschobenen Abteilung, deren Standort an die hundert Meilen von dem Lager der Indianer entfernt war, konnte sich eines wachsenden Argwohns nicht erwehren, wenn er sich vor Augen hielt, wie lange die offenen Feindseligkeiten zwischen seinen Leuten und den Indianern schon ruhten. Die gelegentlichen Meldungen über Vermißte, von denen man wußte, daß sie in diese Gegenden gekommen waren, trugen dazu bei, seine Unruhe noch zu steigern. Darum schickte er vier Kundschafter aus, die nach einer Woche zurückkehren und melden sollten, ob sie Verdächtiges beobachtet hatten.

Der Soldat, dem seine Begegnung mit Onak zum Verhängnis wurde, war nicht als guter Kundschafter anzusprechen. Er war noch sehr jung und haßte das Leben und den Dienstbetrieb in seinem Fort. Wenn er einmal eine Woche Urlaub bekam, verbrachte er sie auf Wanderungen durch das Land und erfreute sich dabei einzig und allein seiner befristeten Freiheit.

Die anderen drei Kundschafter trafen nach Ablauf einer Woche wieder im Fort ein und hatten nichts Besonderes zu melden.

Sie waren nach Norden, Osten und Westen vorgestoßen, und der Kommandeur wartete nun voll Ungeduld auf den noch fehlenden Bericht aus dem Süden, wo es stets die meisten Unruhen gab. Aber der Mann, den er dorthin entsandt hatte, kam nicht zurück. Ein Tag verging nach dem anderen, der Kundschafter war längst überfällig. Der Kommandeur mußte daher annehmen, daß er entweder tot oder desertiert war. In jedem Fall war er verpflichtet, eine Suche nach dem Vermißten zu veranstalten. Als noch eine weitere Woche verstrichen war, wurde das Fort eines Morgens durch ein Hornsignal alarmiert, das die Männer zu den Pferden rief.

Mit dem Ruf »Die Indianer sind los!« galoppierte bald eine zerlumpte Schar Soldaten zum Tor des Forts hinaus und strebte eiligst gegen Süden. Die Truppe hatte Befehl, die Indianer aus ihren Unterkünften zu jagen und weiter fortzutreiben. Der Abteilung wurden Kundschafter vorausgeschickt, die tags darauf wieder zu ihren Kameraden stießen und die Meldung brachten, daß das Lager der Indianer nur noch einen halben Tagesritt entfernt sei.

Die Abenddämmerung hüllte Höhen und Täler in blaues Dunkel, als der kleine Trupp Soldaten den Fluß erreichte. Dort wurde auf Befehl des Kommandierenden haltgemacht und abgesessen, damit die Pferde die nötige Ruhe erhielten. Das Indianerlager war jetzt nur noch zehn Meilen entfernt, und die Soldaten durften nicht mehr miteinander sprechen, damit kein Indianer, den der Zufall hier vorbeiführte, ihre Stimmen hörte.

Den Männern war eine Stunde Rast gegönnt. Der Mond warf nur einen schwachen Schein auf das Hügelland, das sich zwischen dem Fluß und dem Indianerlager dehnte. Der Kommandeur plante einen überraschenden Überfall. Die Indianer würden nicht zum Kampf gerüstet und daher auch nicht in der Lage sein, sich wirksam zur Wehr zu setzen. Man konnte annehmen, daß es unter solchen Umständen bei den Soldaten nur wenig Verluste geben würde.

Fast lautlos bestiegen die Gauchosoldaten ihre Pferde. Die

Kopfgeschirre klirrten leise, wenn die Pferde die Köpfe schüttelten, und die Huftritte waren auf dem weichen Boden des Flußufers nicht zu hören. So kam es, daß das Verhängnis ganz unversehens über das kaum bewachte Lager hereinbrach.

Die Zeltsiedlung der Indianer lag in einem engen Tal, dessen bebaute Westhänge sacht anstiegen, während der Ostrand steil war und in ein hügeliges Hochland überging, das sich bis zu dem Flußtal erstreckte, von dem die Unternehmung der Soldaten ihren Ausgang nahm. Die Höhen warfen ihre Schatten über das Gewirr der Toldos, aber zwei hell brennende Feuer erleuchteten die Finsternis, so daß die leise von Osten her anrückenden Soldaten genau unterscheiden konnten, wie weit sich das Lager erstreckte.

Hunde schlugen den ersten Alarm. Ein einsamer Streuner am Rande des Lagers hörte die leisen Huftritte und ließ ein aufgeregtes Gebell vernehmen, in das bald alle Hunde einstimmten, die auf der Suche nach Abfällen um die Toldos strichen. So wurden die Indianer gewarnt, doch die Warnung kam zu spät. Wohl griffen sie nach ihren Speeren und rannten zu den Pferden, aber die Soldaten kamen schon im Galopp den Hang herab, ihre blanken Säbel blitzten, als sie sich den flackernden Feuern näherten. Sie brannten darauf, alles zu vernichten, was ihnen in den Weg kam.

Die Frauen und Kinder stürzten aus ihren Toldos, als sie von allen Seiten Hufgetrappel hörten und da und dort Speere und Säbel klirrend aufeinanderschlugen. Pferde wieherten schrill, Männer schrien und stießen wütende Flüche aus, und die mageren Hunde rasten bellend und jaulend umher. Die nächtliche Finsternis, in der nur ein paar Lagerfeuer die Richtung wiesen, wurde zum Schauplatz eines wüsten Durcheinanders.

Bald flammten zwischen den Toldos da und dort Brände auf. Sie fraßen sich zunächst nur zögernd weiter, aber die Soldaten fachten sie an, bis das ganze Lager in hellen Flammen stand.

La Bruja stand noch immer angebunden vor dem Toldo ihres Herrn. Onak lag hilf- und wehrlos auf seinem Lager; er konnte

sich nicht an dem wilden Kampf beteiligen, an dem er selbst die Schuld trug, denn seine verhängnisvolle Begegnung mit dem vermißten Kundschafter des Forts hatte auch ihm eine schwere Verwundung eingetragen. Auf La Brujas Rücken hatte er gerade noch das Lager erreicht; er hatte sogar noch die Kraft gefunden, sie an ihrem Pfahl festzubinden und noch einmal zu liebkosen, ehe er sie verließ. Sie sollte ihn nie mehr wiedersehen.

La Bruja fürchtete sich von Minute zu Minute mehr, weil sie nicht begreifen konnte, was der Lärm und das Feuer und die umhergaloppierenden Pferde zu bedeuten hatten. Sie warf den Kopf hoch und wurde immer aufgeregter.

Onaks Toldo stand am westlichen Rand des Lagers. Bis dorthin waren die Soldaten noch nicht vorgedrungen, weil sie ihren Angriff vor allem gegen die Mitte richteten, wo sie den größten Schaden verursachen konnten. Aber verängstigte Frauen, die ihre Kinder mit sich schleppten, flüchteten sich schon nach kurzer Zeit dorthin. Sie wollten sich retten, aber sie wußten nicht, wohin. Nur eins war ihnen klar: Wenn sie aus diesem Lager nicht entkamen, war es um sie geschehen. Die Soldaten kamen ihnen nachgejagt und trieben sie mitleidlos wieder zurück. Einer von ihnen, der La Bruja an ihrem Pfahl stehen sah, schnitt sie mit einem Säbelhieb los. Sein eigenes Pferd bäumte sich auf und trampelte mit den Hufen gegen die Wände des Zeltes, das alsbald zusammenstürzte und den hilflosen Onak unter sich begrub.

La Bruja sah sich auf diese Art unversehens befreit. Sie kehrte dem Unglücksdorf sofort den Rücken und jagte in die Dunkelheit hinaus. Die Angst beflügelte sie, sie floh, ohne zu wissen, wohin; mit sicheren Sprüngen stürmte sie über Berg und Tal, wie Onak es ihr beigebracht hatte. Noch hatte sie das Geschrei der Indianer in den Ohren, und der Himmel hinter ihr war rot von den züngelnden Flammen, die vollends vernichteten, was die Soldaten nicht zu zerstören vermochten.

Von Angst, nicht von Menschen gejagt, setzte sie ihre Flucht blindlings fort; erst als sie nur noch das Getrappel ihrer eigenen Hufe vernahm, mäßigte sie ihr Tempo. Sie galoppierte noch ein Stück weiter, bis sie der Stille gewiß war, dann machte sie plötzlich halt und blickte spähend zurück. Was sie sah, war nur ein undeutlicher roter Schimmer über den Höhen, den man für den letzten Gruß der untergegangenen Sonne hätte halten können, wenn er im Westen und nicht im Norden am Himmel gestanden hätte. Lärm hörte sie hier keinen mehr, dazu war sie schon zu weit entfernt. Dennoch wich ihre Angst nur ganz allmählich. Wie hätte sie auch den Schrecken so rasch vergessen können, dem sie soeben entronnen war?

In der Herde

Der rauchgraue Hengst hielt mit dem Fressen inne und hob den Kopf. Seine kleinen Ohren schnellten blitzgeschwind vor und zurück, seine schwarzen Nüstern weiteten sich, alles an ihm war fiebernde Spannung. Mehrere Minuten stand er so, ohne sich zu bewegen und doch am ganzen Körper bebend vor Erregung. Er war nur klein, mit den Jahren war die Schönheit geschwunden, die ihn in seiner Jugend ausgezeichnet hatte. Sein starker, muskelstrotzender Leib war von Narben bedeckt, feindliche Hufe hatten tiefe Risse in seinem Fell hinterlassen; die kleinen Ohren waren ausgefranst und hatten ihre Spitzen verloren. Aber er trug seinen Kopf noch immer stolz erhoben, sein römisches Profil wirkte fast übertrieben selbstbewußt, sein langer, schwarzer Schweif wehte wie ein wogendes Banner, als er schnuppernd und lauschend am Hang der Anhöhe stand.

Unter ihm, in einem kleinen, halb ausgetrockneten Tal, weideten seine Stuten; es waren ihrer mehr als vierzig. Ohne im geringsten von ihm Notiz zu nehmen, setzten sie entspannt und mit gesenkten Köpfen einen Fuß vor den anderen und rupften dabei die kümmerlichen Gräser ab. Nur die Fohlen waren lebendig, sie tanzten herum, sie kämpften miteinander und wirbelten bei ihrem wilden Hin und Her dichte Staubwolken auf.

Im Augenblick wollte der Hengst von seiner ganzen Stutenschar nichts wissen, denn soeben hatte er eine neue, unbekannte Witterung entdeckt.

In der Ferne türmten sich auf breiten Sockeln hohe Berge, deren Gipfel fast immer im Nebeldunst staken. Der Himmel darüber war weiß und spielte zu Häupten des Hengstes ins Blaue. Zwischen den Bergen und der Höhe, auf der er stand, erstreckte sich hügeliges Buschland mit Strichen, die sogar ganz ohne Pflanzenwuchs waren, so daß es dort nur kahle Hänge und unwirtliche Täler gab.

Der Wind blies dem Hengst entgegen, als er in das schweigen-

de Land hinausspähte; seine schwarze, ungebärdige Mähne war zerzaust, die Stirnhaare wehten zwischen den Ohren nach hinten. Da, plötzlich entdeckte er, was er suchte. Nicht weit unter ihm kam eine einsame Stute lässig um den Fuß eines Hügels getrottet. Sie ließ sich Zeit und untersuchte immer wieder schnuppernd den Boden. Wenn sie auf eine Stelle stieß, wo das rauhe Gras dieser Gegend gedieh, machte sie wohl auch kurz halt, um ein paar Bissen davon zu nehmen. Der Hengst schaute ihr zu, ohne daß sie es bemerkte; sie wurde seine Anwesenheit erst gewahr, als das Getrappel seiner Hufe der Stille ein Ende machte, weil er plötzlich den Hang hinabraste, um sie stolzen Schrittes und mit hochgetragenem Kopf zu begrüßen.

La Bruja suchte sofort erschrocken das Weite, denn stürmisches Hufgetrappel jagte ihr noch immer Angst ein. Instinktiv fürchtete sie, daß man sie wieder fangen wolle, obwohl sie nun schon seit vielen Monaten unbelästigt durchs Land gestreift war. Sie hatte die Menschen nicht vergessen, die früher auf sie Jagd gemacht hatten, darum packte sie auch diesmal wieder Angst, bis sie erkannte, daß der Hengst keinen Reiter trug.

Da war alle Furcht mit einem Schlag geschwunden. Der Hengst verlangsamte seinen Lauf und machte schließlich halt. Er war kleiner als La Bruja, viel kleiner sogar, denn in den fünf Jahren ihres Lebens war sie kräftig gewachsen und maß jetzt

über eineinhalb Meter. Sein kleiner Wuchs schien ihm indessen wenig auszumachen, er gab sich darum nicht weniger selbstbewußt; La Bruja aber war ungewöhnlich scheu.

Es war schon sehr lange her, daß sie in Gesellschaft mit ihresgleichen gewesen war. Seit sie damals der scheckige Hengst verlassen hatte, war sie entweder allein oder bei Menschen gewesen. Sie wußte nichts mehr von dem Leben der Herde, sie hatte vergessen, wie Pferde einander riefen. In den langen Monaten seit Onaks Tod war ihr Leben einsam gewesen.

Ihr Weg hatte sie weit südwärts geführt, sie hatte die Pampa hinter sich gelassen und war in ein Land gekommen, wo der Winter bitter kalt war. Ihre Hufe hatten Spuren in den Schnee gegraben, als sie sich gegen die wirbelnden Eiswinde stemmen mußte. Am Ende war der Schnee dann doch geschmolzen, und der Boden unter ihren Hufen wurde weich und sumpfig. Zuletzt war sie auf harten Felsgrund gelangt, den sie nur einmal zuvor kennengelernt hatte. Das Land, das sie durchstreifte, war wahrlich seltsam. Als endlich der Frühling näher kam, suchte sie vergeblich nach sprießenden Riesendisteln und nach Stellen, an denen Klee wuchs; hier gab es nur da und dort ein paar Büschel borstiger Gräser, die ihrer verwöhnten Zunge ungenießbar schienen, bis der Hunger sie am Ende doch dazu bewog, alles zu fressen, was ihr zur Nahrung dienen konnte.

La Bruja konnte dieses neue Land nicht leiden. Der Winter hier war grausam, selbst die ersten Frühlingstage waren noch ungewöhnlich rauh, die Sonne schien grell vom Himmel, aber sie gab keine Wärme, und der harte Boden bot so gut wie keine Nahrung. So lernte sie, ihr Leben mit dem wenigen zu fristen, das sie fand, und ihre Flanken wurden hager, als sich ihr Körper allmählich der dürftigen Kost anpaßte. Da sie sich nun tagaus, tagein auf hartem Fels bewegte, wurden ihre Beine fester und ihre Hufe härter. Weil der Frühling so lange nicht kommen wollte, verlor sie in diesem Jahr ihren warmen Winterpelz später als sonst.

Endlich war der Frühling doch da und versetzte La Bruja wieder in den gleichen rauschartigen Zustand wie eh und je, obwohl die wärmende Sonne das Land um sie her nur wenig zu verändern schien. Die Vögel sangen und putzten ihr Gefieder, aber die sommerlichen Scharen der Zugvögel pflegten dieses Land nicht aufzusuchen, darum zogen sie hier nicht in Schwärmen über den Himmel.

La Brujas Gefühle waren wirr und unbeständig. Oft überkam sie eine rätselhafte Unruhe, dann galoppierte sie aufs Geratewohl los, schlug nach allen Seiten aus und schnupperte mit geblähten Nüstern gegen den Wind. Das waren die äußeren Zeichen der Sehnsucht, die sie jedesmal befiel, wenn der Frühling ins Land zog, einer Sehnsucht, die ihr immer ein Geheimnis blieb.

Einstmals hatte sie nach einem Hengst gesucht, diesmal hatte er sie gefunden, und La Bruja war nicht sicher, ob sie ihn wirklich begehrte. Sie lief ihm davon und kehrte plötzlich wieder um, sie hielt ihn mit Stößen und Hieben in Schach, die zwischen Scherz und Ernst etwa die Mitte hielten. Der Hengst folgte ihr unentwegt. Er durchschaute ihr Spiel und war bereit, ihr den Willen zu lassen, zugleich buhlte er durch zärtliches Wiehern und Schnauben um ihre Gunst und brachte zuweilen mit seinem Kopf eine Liebkosung an, wenn sie ihn doch einmal nahe genug heranließ.

Allmählich vergaß La Bruja allen Widerstand gegen den kleinen rauchfarbenen Hengst. Ihr Bedürfnis nach Unabhängigkeit schmolz dahin, ihre Freude an der Einsamkeit war vergessen.

So trieben La Bruja und der Hengst den ganzen Vormittag ihr Spiel miteinander. Die Stute benahm sich in ihrem überschwenglichen Glück wieder wie ein junges Fohlen, die Freude über den neuen Gefährten ließ sie alles andere vergessen. Anfangs zog sich der Hengst von ihr zurück, als sie den Kopf an ihm reiben wollte, weil ihn der Halfter des Indianers argwöhnisch machte, den sie immer noch um den Kopf trug. Das Ding roch nicht mehr nach Menschen, nur nach La Bruja, dennoch fühlte er, daß es nicht zu ihr gehörte; darum packte er es mit den Zähnen und versuchte es wegzureißen. Da warf La Bruja ihren Kopf hoch und tat einen Satz nach rückwärts. Ihr war plötzlich ein Schreck in die Glieder gefahren, weil sie sich in diesem Augenblick wiedes des Menschen erinnert hatte. Sie rollte die Augen, daß das Weiße blitzte, der Hengst aber versuchte nie wieder, nach dem Halfter zu schnappen.

Unter solchen Spielen war der Hengst mit La Bruja von der Höhe, auf der sie anfangs geweidet hatte, weit ins Land hinausgelangt. Plötzlich fielen ihm seine Stuten ein, die er im Tal zurückgelassen hatte, und La Bruja erlebte zu ihrer Bestürzung, daß sein Benehmen plötzlich umschlug. Der spielerische, zärtliche Gefährte verwandelte sich mit einem Schlag in einen zornmütigen Tyrannen. Gegen ihren Willen trieb er sie vor sich her und biß sie schmerzhaft in den Rumpf und in den Rist, wenn sie ausbrechen wollte. So zwang er sie im gestreckten Galopp nach dem Tal zurück, in dem seine Stuten weideten. Als sie ihrer ansichtig wurde, lebte die Erinnerung an ihr altes Dasein wieder in ihr auf, und schon widersetzte sie sich heftig dem Willen des

Hengstes. Sie wollte nicht unter seinen Stuten leben, darum schwenkte sie blitzschnell zur Seite, um auf und davon zu jagen.

Aber das ließ der Hengst nicht zu. Er behütete jede seiner Stuten wie einen kostbaren Schatz, und La Bruja war jetzt ebenso sein Eigentum wie alle anderen. Mit einem wütenden Aufschrei sauste er hinter ihr her, La Bruja legte die Ohren zurück und duckte sich unter den strafenden Hieben und Bissen, die er ihr versetzte, bis er sich am Ende mit solcher Wucht gegen sie warf, daß sie das Gleichgewicht verlor und schwer zu Boden stürzte.

Der Hengst hatte kein Mitleid mit ihr, er schlug weiter mit seinen Hufen auf sie ein, als sie sich wieder erhob, und grub seine Zähne tief in ihren Hals, so daß sie ihm, entsetzt über seine Gewalttätigkeit, gehorchte und sich zu den Stuten flüchtete. Unter ihnen fand sie endlich Frieden, denn jetzt erstarb auch seine wütende Raserei, und er ließ sie in Ruhe.

Solange der Tag noch währte, kochte La Bruja vor Zorn. Sie beobachtete den Hengst und fand keinen Geschmack am Fressen, obwohl das Gras im Tal nicht übel schmeckte. Von den freundlichen Annäherungsversuchen neugieriger Stuten nahm sie keine Notiz und schnappte in wütender Abwehr nach denen, die sich feindlich gegen sie stellten. Eines war ihr zutiefst bewußt: Diesem Häscher konnte sie nicht entkommen, obwohl kein Lasso sie gefesselt hielt. Seine raschen, hellen Augen waren überall. La Bruja wußte genau, daß er sie ständig bewachte, auch wenn er voll Hingabe zu weiden schien.

Mit dem schwindenden Tageslicht verrauchte auch La Brujas Zorn. Tiefer Frieden senkte sich auf das stille Tal, als sich die Stuten schwerfällig zur Nachtruhe niederlegten. Die Fohlen streckten sich aus, wo es ihnen gerade gefiel, wußten sie doch, daß ihre Mütter sorgsam über ihre Sicherheit wachten. Die Pferde nahmen sich aus wie verstreute, schwarze Haufen Erde, deren Umrisse in der zunehmenden Dunkelheit immer undeutlicher wurden. Nur La Bruja wanderte noch rastlos zwischen Schlafenden hin und her und warf dabei immer wieder einen Blick nach dem Hengst, der sich für die Nacht am Hang niedergelassen hatte. Aber schließlich überkam auch sie das Bedürfnis, die Augen zu schließen und zu schlafen.

Sie suchte sich ein Plätzchen zwischen den anderen Stuten, ihr Verlangen nach Einsamkeit war jetzt seltsamerweise nicht mehr so stark wie zuvor. Als dann der Mond seine nächtliche Reise antrat und die Schatten der langen Gräser auf die nackte Erde warf, war auch La Bruja entschlummert.

Die Jahreszeiten lösten einander ab, La Bruja gewöhnte sich an das fremde Land, in dem sie jetzt lebte, und an das eintönige Futter, das es ihr bot, zumal ihr das, was sie fand, immer noch genügte. Die sommerliche Hitze war hier nicht so drückend, und die Winde wehten fast immer kühl. Heiße Winde waren in diesen Regionen unbekannt, von den Gipfeln der nahen Berge zog sich der Schnee in langen Streifen zu Tal. Viele Monate lang boten diese Berge immer den gleichen Anblick, erst im Winter hüllten sich ihre hohen Spitzen ganz in strahlendes Weiß, das wie von Diamanten blitzte, wenn die Sonne darauf herabschien. La Bruja gewöhnte sich daran, im Schnee zu kratzen, der den Boden auch dort bedeckte, wo sie weidete. Das Gras, das sie darunter fand, war durchweicht und ohne Geschmack, aber sie mußte sich wohl oder übel damit begnügen, wenn sie den Winter hier überstehen wollte.

Nach dem Willen des Hengstes war sie jetzt gezwungen, unter den Stuten zu leben, aber sie hielt sich dennoch von ihnen fern, so gut es eben ging. Es war ihr nicht möglich, ihre ganze Lebensweise so plötzlich von Grund auf zu ändern; sie sehnte sich nach wie vor nach dem Einzelgängerdasein, das sie von jeher geführt hatte, und wehrte alle freundlichen Annäherungsversuche mit gefletschten Zähnen oder einem drohend erhobenen Hinterhuf ab. Die anderen Stuten lernten bald, sich vor ihr in acht zu nehmen; sie nahmen keine feindliche Haltung gegen sie ein, aber sie schenkten ihr keine Beachtung mehr und ließen sie beim Fressen und Schlafen allein.

Auch der Hengst nahm keine Notiz mehr von ihr. Jetzt, da er

sie erobert hatte und sein eigen nannte, interessierte sie ihn um kein bißchen mehr als seine anderen Stuten. Er hütete sie alle mit gleicher Sorgfalt, aber immer aus einiger Entfernung. Es kam nur selten vor, daß er sich unter sie mengte.

La Bruja hatte nun nichts mehr zu fürchten, sie lebte die meiste Zeit in Ruhe und Frieden dahin und hatte ihre wilden Ängste von früher schon fast vergessen. Aber tief in ihrem Inneren trug sie immer noch das Bild ihrer früheren Heimat, jenes Wunderlandes, wo es Gras in Fülle gab, wo die Sonne heiß vom Himmel schien und die Luft voll würziger Düfte war. Unbewußt sehnte sie sich nach diesem verlorenen Paradies, daher überkam sie oft eine innere Unruhe, deren Ursache sie nicht begriff. Die Angst, die sie einst aus jenem Land vertrieben hatte, war ihr ja heute nicht mehr gegenwärtig.

Die Wochen und Monate verrannen, ohne daß sich etwas Bemerkenswertes ereignete. La Brujas Leib schwoll wieder an, sie trug jetzt ihr drittes Fohlen. Trotz ihrer stetig wiederkehrenden Unruhe erlebte sie Stunden des Glücks und der Zufriedenheit. Gewiß, es gab immer wieder Tage, an denen sie mit gespitzten Ohren den Nordwind in die Nüstern sog und dabei am ganzen Körper zitterte und bebte; aber im allgemeinen begnügte sie sich in dieser Zeit damit, zu grasen, vor sich hin zu dösen und für die Nacht ein geschütztes Plätzchen zum Schlafen zu suchen.

Sommer, Herbst und Winter vergingen, La Bruja lebte diese ganze Zeit hindurch mit der Herde, der sie der Hengst mit Gewalt beigesellt hatte. Sie war unterdessen keiner der Stuten nähergekommen, das Leben in der Gemeinschaft war ihr nach wie vor zuwider. Als dann die Wärme des Frühlings endlich der Winterkälte Herr zu werden begann, lehnte sie sich erst recht gegen das erzwungene Herdendasein auf. Weit von den anderen Stuten entfernt suchte sie sich eine einsame Stelle, und dabei kam ihr wieder der Instinkt zu Hilfe, denn sie hatte ja längst vergessen, wie es gewesen war, als sie Thamár zur Welt brachte.

Es war recht schwierig gewesen, einen geeigneten Platz für die Geburt des Fohlens zu finden. La Bruja suchte vergebens nach einer Stelle, die Besseres bot als Felsgestein und dürres Gebüsch. Ihr Instinkt ließ sie an keinem dieser Orte verweilen und trieb sie immer weiter von der Herde fort. Ihr selbst war dabei kaum so recht bewußt, was sie eigentlich suchte. Hier gab es ja kein Dickicht aus hohen Gräsern, keine schützenden Wände riesiger Disteln, kein hohes, undurchdringliches Röhricht. Steinharter Boden war das einzige, was man hier fand. Niedergeschlagen trottete La Bruja von einer Stelle zur anderen, bis sie sich, der Not gehorchend, hinter einer Felszacke niederließ, die weit von der Herde entfernt aufragte, aber keinen Schutz gegen die Unbilden des Wetters bot.

La Brujas Fohlen kam während eines schweren Gewitters zur Welt. Es fiel auf den felsigen Boden, als eben ein Blitz zuckte und ein wahrer Wolkenbruch niederging. Das magere schwarze Hengstfohlen wäre um ein Haar in dem kleinen See ertrunken, der sich um La Bruja bildete, als sie schaudernd vor Nässe und Kälte in der Grube stand, die sie sich ausgesucht hatte.

Der Himmel war schwarz, obwohl der Tag noch längst nicht zu Ende war. La Bruja beleckte in aller Hast ihren Sprößling und schob ihn aus der Pfütze, in der er lag. Sooft ein Donnerschlag erdröhnte, legte sie erschrocken die Ohren flach an den Kopf.

Trotz dieser erschreckenden Eindrücke, die das Fohlen in den ersten Augenblicken seines Lebens zu sehen, zu hören und zu fühlen bekam, gelang es dem kleinen Wesen auf unerklärliche Weise, des Unwetters nicht zu achten; es taumelte auf seinen wackeligen Beinen hin und her, es stürzte wieder in die Pfütze, als es das Gleichgewicht verlor, dann schüttelte es seinen nassen Wuschelkopf und spuckte eine ganze Ladung Wasser aus.

Das Fohlen war groß und kräftig gebaut und besaß bereits ein dickes, seidiges Fell, dessen schwarzer Glanz nur durch den Schmutz beeinträchtigt wurde, der seine knochigen Knie und seine Flanken bedeckte. Aber das machte ihm nichts aus. Sein klitschnasses schmutziges Fell machte ihm ebensowenig zu schaffen wie der rasende Sturm, und als es erst gelernt hatte, das Gleichgewicht zu halten, suchte es gierig nach der Milch, die ihm das Leben bedeutete. Es beklagte sich blökend, als es sich nicht gleich zurechtfand, dann aber gab es sich freudig saugend dem Genuß des Trinkens hin.

Der Sturm wollte kein Ende nehmen, obwohl sich am Himmel schon Lücken in den Wolken zeigten, durch die sich blausilbernes Licht über das Land ergoß. La Bruja stemmte sich gegen die Wut der Elemente, der sie nur um ihres Fohlens willen gleichmütig standhielt. Sie erlaubte ihrem schwarzen Sprößling, sich satt zu trinken, und er saugte munter weiter, obwohl der Regen seinen hungrigen und ihren von der Geburt erschöpften Leib peitschte. Dennoch konnte sie das tosende Unwetter ganz und gar vergessen, denn ihr Junges ließ ihr für andere Empfindungen keinen Raum. In ihr war alle Liebe neu erwacht, die sie einst Thamár geschenkt hatte.

Der Zorn des Himmels legte sich, die schwarzen Wolken wurden von der auffrischenden Brise verjagt, und La Bruja schauderte, als der kalte Wind über ihren nassen Körper strich. Auch das Fohlen zitterte und drängte sich dicht an die Mutter. Es stupste sie immerzu mit seinem kleinen Kopf, weil es nach Wärme begehrte; gerade die aber konnte sie ihm im Augenblick nicht geben.

Die Sonne übergoß die Pfützen, die der Regen in allen Vertiefungen hinterlassen hatte, mit silbernem Geglitzer. Aus der regennassen Erde stieg ein Duft auf, der alle Lebenskräfte in sich zu bergen schien, und La Bruja fühlte sich glücklich, als sie diese reine, würzige Luft atmete.

Sie sah sich um und suchte nach einer Stelle, wo sie mit ihrem Fohlen liegen und rasten konnte, aber überall stand der Boden unter Wasser. Endlich fiel ihre Wahl auf ein sonniges Plätzchen, das zwar naß, aber doch wenigstens windgeschützt war. Hier ließ sie sich von der Sonne wärmen, bis der Abend herabsank. Das Fohlen schlief neben ihr, es atmete in kurzen, schnaubenden Stößen und hatte die Welt vergessen, in die es geboren war.

Zurück in die Pampa

Wie schon früher einmal, machte sich La Bruja auch diesmal wieder die nachlassende Wachsamkeit des Hengstes zunutze, um seiner Herde zu entkommen. Es ging ihr nicht nur darum, wieder allein zu leben. Mit dem Beginn des Frühlings hatte sie die Sehnsucht nach ihrer alten Heimat mit doppelter Gewalt ergriffen, sie begehrte heftiger denn je nach dem reichen Graswuchs und dem milden Klima der Pampa und fand sich immer schwerer mit der rauhen Witterung dieser südlichen Breiten ab. Der Instinkt sagte ihr, welche Richtung sie einschlagen mußte. Unbeirrbar strebte sie nach Norden, geleitet von den Winden, die von der Pampa her nach Süden wehten und die Düfte jenes Landes mit sich führten.

Unterwegs fühlte sich La Bruja keinen Augenblick einsam, denn ihr schwarzes Fohlen hüpfte während der ganzen langen Reise fröhlich neben ihr her. Nur wenn es hungrig oder müde war, wollte es nicht mehr weiter. Es schien aber seiner Mutter an Kraft und Ausdauer nicht viel nachzustehen, denn sie legten zusammen tagtäglich viele Meilen zurück, und das Fohlen spielte und tanzte dabei noch ständig herum. Nur während der ersten paar Tage hatte es La Bruja eilig, weil sie fürchtete, daß ihr der Hengst nachspüren könnte; aber als sie weder Hufschläge hinter sich vernahm, noch seine Witterung aufnahm, verlangsamte sie bald ihr Tempo.

La Bruja trug noch immer den Halfter des Indianers am Kopf. Onak selbst hatte sie längst vergessen, nicht aber den unbarmherzigen Haß, den sie gegen Gregorio hegte. Offenbar hatte Onaks Güte bei ihr keinen so starken Eindruck hinterlassen wie die Grausamkeit des anderen Mannes.

Eines Tages gelangte sie wieder an den Fluß und kam auch an der Stelle vorüber, wo Onak sie sich unterworfen hatte. Aber abgesehen von der dunklen Ahnung, daß sie diesen Ort nicht zum erstenmal sah, wurde keine Erinnerung in ihr wach. Sie war lange unterwegs gewesen, bis sie an dem Fluß anlangte, denn sie war weit, weit nach Süden gewandert, ehe sie auf den rauchgrauen Hengst gestoßen war.

Die Frühlingstage wurden immer länger, und die Trockenheit des Sommers kündigte sich bereits an. Geraume Zeit verweilte La Bruja hier in der Nähe des Flusses und fraß sich satt an dem süßen, fetten Gras, das an seinen Ufern gedieh. Unterdessen sprang das Fohlen neugierig umher; es entdeckte überrascht sein eigenes Spiegelbild im Wasser, es tauchte die kleinen, schwarzen Hufe hinein und fuhr erschrocken zurück, als es fühlte, wie kalt es war und daß es keinerlei Widerstand bot. Offenbar hatte es La Brujas Liebe zum raschen Dahinjagen geerbt. Wenn seine Mutter einen leichten Galopp anschlug, stürmte es voll Freude hinter ihr her und streckte mit aller Kraft seines jungen Körpers die Glieder, um mit ihr Schritt zu halten. Mit glänzenden Augen warf es immer wieder den Kopf hoch, wenn ihm der Wind um die Ohren sauste. So lernte das junge Tier schon in den frühesten Tagen seines Lebens den Rausch der Geschwindigkeit kennen und lieben.

Das Fohlen wuchs schnell heran, und während es sich entwikkelte, erlebte La Bruja wieder die gleichen Freuden und Ängste wie früher mit Thamár. Der junge Hengst war nicht so hübsch wie ihr Erstgeborenes, es fehlte ihm der schlanke Körperbau, der das Stutenfohlen ausgezeichnet hatte; er hatte stärkere Beine, einen dickeren Hals und einen plumperen Kopf. Dennoch war er nicht häßlich, sein schönes schwarzes Fell hatte in der hellen Sonne fast einen bläulichen Schimmer.

La Brujas Einsamkeit sollte nicht von langer Dauer sein. Ihr Fohlen war kaum über einen Monat alt, als eines Tages ein einsamer Rotschimmelhengst das Tal entlanggetrabt kam. Er pfiff laut durch die Nüstern, um die Stute herbeizulocken. La Bruja hörte ihn wohl, wollte aber nichts von ihm wissen. Sie verzog sich in entgegengesetzter Richtung und forderte ihr Fohlen durch Wiehern auf, ihr zu folgen.

Doch ihr kleiner schwarzer Sohn hörte nicht auf sie. Erfüllt von der Neugier der Jugend blickte er dem näher kommenden Hengst entgegen, sah er in ihm doch zum erstenmal einen Artgenossen. Begeistert peitschte er mit seinem buschigen Schweif und tänzelte auf den Hengst zu, um mit ihm zu spielen; aber das mächtige Pferd nahm keine Notiz von ihm, ihm ging es nur um La Bruja. Dem Fohlen geschah es zum erstenmal, daß man ihm keine Beachtung schenkte. La Bruja spielte immer mit ihm, wenn sie mit ihm zusammen war, darum war ihm die Gleichgültigkeit des Hengstes ganz unbegreiflich. Wieder näherte er sich dem Rotschimmel, umkreiste ihn mit lustigen Sprüngen, bockte, bäumte sich auf und ließ seine Hufe in gespieltem Zorn durch die Luft wirbeln, so wie er eines Tages zuschlagen mochte, wenn es Ernst war.

Der Rotschimmel verstand keinen Spaß, er war überdies schon über die besten Jahre hinaus und hatte die Herde, die einst sein eigen gewesen war, an einen jüngeren, stärkeren Artgenossen verloren. Weit vor sich sah er La Bruja wartend stehen und ärgerte sich über das dumme Fohlen, das ständig um ihn herumsprang und ihn wie eine zudringliche Fliege belästigte. Plötzlich tat er mit angelegten Ohren und gefletschten Zähnen einen Satz auf das Fohlen zu, der sein Ziel nur um eine Handbreit verfehlte. La Bruja verfolgte erschrocken sein Tun und rief ihren ungehorsamen Sohn abermals durch schrilles Angstgewieher zu sich.

Aber das Fohlen wollte noch immer nicht auf sie hören, es merkte nicht, daß der Angriff des Hengstes kein Spaß, sondern Ernst war. Wie hätte es das auch herausfinden sollen, da es doch in seinem kurzen Dasein nur Liebe und Güte kennengelernt hatte? La Bruja dagegen war sich darüber klar, daß es sich ernstlich in Gefahr befand, und mußte zu ihrem Schrecken erkennen, daß es ihr immer noch nicht gehorchen wollte. Da machte sie kurzerhand kehrt, um es zu holen, und jagte, von panischer Angst gepackt, auf es zu. Der Hengst kam ihr sofort entgegen und schenkte dem Fohlen keine Beachtung mehr.

Aber La Bruja wollte nichts von ihm wissen. Ihr ging es nur

darum, ihr geliebtes Fohlen vor seinen gefährlichen Hufen zu retten. Scheu und mit zurückgelegten Ohren sprang sie vor ihm zur Seite, wütender Zorn überwog immer mehr ihre Angst. Das schwarze Fohlen verfolgte gespannt jede ihrer Bewegungen, es zitterte vor Erregung am ganzen Körper und spielte unausgesetzt nervös mit den Ohren. Natürlich entging ihm nicht, wie seine Mutter ausschlug und schnappte und auf und davon galoppierte. Daraufhin stampfte der Hengst zornig den Boden, bäumte sich auf und setzte der Stute nach. Das Fohlen sah in all dem wieder nur ein Spiel und machte das vermeintliche Wettrennen begeistert mit. Es schoß zwischen den beiden hindurch und umkreiste erst La Bruja und dann den Hengst.

Jetzt wurde der Hengst vollends rasend. Es gelang ihm weder, La Bruja einzuholen, noch das hartnäckige Fohlen abzuschütteln. Mit einem wilden Schrei erhob er sich auf die Hinterhand und wirbelte mit den Vorderhufen durch die Luft. Als das Fohlen abermals auf ihn losschoß, versetzte er ihm schnell einen harten Schlag, so daß es wie vom Blitz getroffen zusammenstürzte.

Dem Fohlen war dabei kein Laut entfahren, aber La Bruja stieß einen wilden Schrei aus, als sie sah, was sich da abgespielt hatte, einen Schrei, der Wut, Angst und Verzweiflung zugleich bedeutete. Sie warf sich auf den Hengst, und in ihrem Herzen flammten von neuem alle unsäglichen Haßgefühle auf, die sie dereinst angestachelt hatten, den Gaucho und zuvor den Puma zu töten. Blitzschnell bearbeitete sie den Rücken des Hengstes mit ihren harten Hufen und grub ihre starken Zähne wütend in sein Fleisch. Bestürzt über ihre unbändige Raserei und hart getroffen von ihren Hieben trat der Rotschimmel den Rückzug an. Völlig außer Fassung ergriff er die Flucht. Noch nie hatte er erlebt, daß es eine Stute wagte, ihn anzugreifen.

La Bruja setzte ihm nicht nach. Ihre Wut war rasch verflogen, denn nun galt ihre ganze Sorge dem Fohlen, das noch immer auf der Stelle lag, wo es niedergestürzt war. Voll Angst beschnupperte sie ihren Kleinen, stieß ihn vorsichtig an und versuchte, ihn zum Aufstehen zu bewegen, so wie sie verfahren war, als er seine kräftigen Beine zum erstenmal gebrauchen lernte. Das Fohlen lag schlaff und schwer auf der Erde, aber es hatte nicht den Geruch des Todes. Darum blieb La Bruja bei ihm stehen und beschnüffelte immer wieder zitternd seinen Leib. Zuweilen stieß sie es sachte an, sie konnte einfach nicht begreifen, warum es sich nicht erhob.

Um so größer war ihre Freude, als das junge Tier endlich mit den Beinen zu zucken und auszuschlagen begann. Sogleich fuhr sie fort, es leise zu schubsen und an ihm herumzuschnüffeln, und als sich das kleine Wesen endlich taumelnd aufrichtete, leistete sie ihm schnaubend Beistand. Der Hufschlag des Hengstes hatte den Schädel des Fohlens glücklicherweise nur gestreift und dem Tier für kurze Zeit das Bewußtsein geraubt.

La Bruja fand die tiefe Wunde hinter dem Ohr ihres Fohlens und beleckte sie fleißig, ja, sie hätte ihren Sprößling im Eifer fast dabei umgestoßen. Lange Zeit war die Stelle rot und offen und wurde von lästigen Fliegen heimgesucht; immer wieder säuberte sie La Bruja mit der Zunge, denn der Instinkt sagte ihr, was sie in diesem Fall zu tun hatte.

Eine ganze Weile war das Fohlen schwach und zeigte nicht einmal Lust zu trinken. Es wollte nur liegen und schlafen. La Bruja hatte Geduld mit ihm und nahm keine Notiz von den beunruhigenden Winden, die sie nach Hause riefen. Erst als sie viele Tage an demselben Ort geweilt hatte, war das Fohlen wieder ganz genesen. Da faßte La Bruja den Entschluß, das Flußtal mit ihm zu verlassen; beide erklommen die Höhen, die La Bruja einst bezwungen hatte, als Onak auf ihrem Rücken saß, und strebten gemeinsam nach Norden.

Mehr als zwei Jahre waren verstrichen, seit La Bruja von Angst getrieben ihre Heimat verlassen hatte; mehr als zwei Jahre, seit ihr der Gaucho zum Opfer gefallen war. Zwei Jahre waren vergangen, seit sich Felipe aufgemacht hatte, sie zu fangen und zu reiten. Und doch war sie noch nicht vergessen.

Der Barbier in der Stadt sprach oft von La Bruja. Er erzählte seinen Kunden von dem Angebot, das er dem jungen Fremden damals in der Pulperia gemacht hatte, und meinte am Ende lachend: »Er ist bis heute nicht gekommen, um sich rasieren zu lassen.«

Der Barbier dachte dabei vor allem an Felipe. Seinen Kunden jedoch war das Pferd viel interessanter; manch einer wollte wissen, wie die Stute aussah, und auch diese Männer nannten sie La Bruja, weil sie so häßlich und böse sein sollte wie eine Hexe.

Wie zu erwarten, übertrieb der Barbier bei seinen Erzählungen immer mehr, aber es erwartete auch niemand von ihm, daß er sich dabei ängstlich an die Wahrheit hielt. So kam es, daß La Bruja in seiner Einbildung bald zu einem gewaltigen Fabeltier wurde, das sagenhafte Geschwindigkeit zu entwickeln vermochte. Sosehr er ihr draufgängerisches Wesen betonte, so viel wußte er auch von ihrer rücksichtslosen Grausamkeit zu berichten, und bald hieß es, sie habe nicht nur einen, sondern zwei oder gar drei Männer ums Leben gebracht. Während der Barbier mit seinem Messer sacht über selten rasierte Wangen kratzte, gab er ein Schauermärchen ums andere zum besten.

Diese Erzählungen befeuerten die Phantasie vieler junger, abenteuerlustiger Männer. Sie konnten sie nicht einfach vergessen wie anderen Klatsch, den der Barbier verbreitete, um seinen Kunden die Zeit zu vertreiben, denn ernstzunehmende Leute bestätigten ihnen, daß es La Bruja wirklich gebe, und viele hatten seinerzeit Gregorios Leiche mit eigenen Augen gesehen.

Jeder, der dem Barbier unter die Hände kam, hörte auch von La Bruja, und der eine oder andere stellte sich ernsthaft die Frage, was wohl dem jungen Felipe widerfahren sei, ob jene Bestie ihn nicht ebenfalls umgebracht habe.

Ein Mann interessierte sich ganz besonders für die Stute. Man nannte ihn El Ciego, weil er auf einem Auge blind war. Er war ein kräftiger, vierschrötig gebauter Mann in vorgerückten Jahren und befaßte sich beruflich mit Pferdezucht. Dieser Mann pflegte damit zu prahlen, daß er jedes ungewöhnliche Pferd der Pampa sein eigen nenne. Sein Bestand an solchen Tieren war in der Tat unvergleichlich. Er war reicher als die meisten seiner Berufsgenossen und lebte behaglich auf einer Ranch unweit der Stadt. Auf dem Gelände rund um sein Haus weideten Pferde jeder erdenklichen Rasse und Farbe, und darunter gab es Tiere, wie sie selbst erfahrene Gauchos nie gesehen hatten.

Sein ganzer Stolz waren acht Palominos, deren Zucht ihm nach jahrelangen Versuchen gelungen war. Man konnte von ihm jedes erdenkliche Pferd kaufen, das man sich nur wünschen mochte; aber seine Preise waren so hoch, daß sie der gewöhnliche Sterbliche nicht zahlen konnte, darum sah sich niemand in der Lage, ihm mit einer ähnlichen Aufzucht Konkurrenz zu machen. Die meisten Menschen hielten ihn für närrisch, und damit hatten sie im Hinblick auf seine grenzenlose Leidenschaft für Pferde zweifellos recht.

Als dieser Mann von La Bruja hörte, brannte er sofort darauf, sie in seinen Besitz zu bringen. Nicht ihre Farbe war es, die ihn reizte, als man sie ihm beschrieb. Was er an ihr begehrte, waren ihre ungewöhnlichen Eigenschaften, die man sich von ihr erzählte. Sobald er von einem Pferd hörte, das durch irgendeine Besonderheit auffiel, stand es auch schon für ihn fest, daß es sein eigen werden müsse.

El Ciego war so reich, daß er zur Aufsicht über seine Pferde mehrere Gauchos im Dienst halten konnte. Ihnen gab er den Auftrag, ständig nach La Bruja Ausschau zu halten und ihn unverzüglich zu verständigen, falls sie irgendwo auftauchen sollte. Monate vergingen, ohne daß sie ein Mensch zu Gesicht bekam. El Ciego kochte innerlich vor Wut, wenn er daran dachte, daß Felipe die Stute womöglich schon sein eigen nannte. Er bat den Barbier, ihn unverzüglich zu benachrichtigen, wenn der Junge mit dem Pferd in der Stadt auftauchen sollte, weil er überzeugt war, daß er diesen dazu würde überreden können, die Stute im Tausch gegen ein oder mehrere andere Pferde herzugeben. Aber Felipe kam nicht zurück, und El Ciego brannte nur um so mehr darauf, La Bruja in seinen Besitz zu bringen, als er die Hoffnung schwinden sah, daß sich dieser Wunsch erfüllen könnte.

Bald wußte jedermann, daß El Ciego La Bruja um jeden Preis haben wollte und jedem über ihren Wert hinaus Pferde oder Geld bot, der sie ihm fange. Darum hielten viele Gauchos nach ihr Ausschau, wenn sie der Weg in die bewußte Gegend führte, manche wählten sogar den Ombubaum zu ihrer Rast, unter dem La Bruja damals den Mann getötet hatte. Das Ganze war für sie mehr Spaß als Ernst, und keiner von ihnen gab sich etwa gar der Hoffnung hin, die Stute je wirklich zu finden.

Als La Bruja endlich ihre alte Heimat wiedersah, war es Herbst. Die größte Sommerhitze war vorüber, das verdorrte Gras gewann unter den heftigen Regengüssen neues Leben. Die Stute war glücklich, als sie endlich wieder vertrauten Boden unter den Hufen fühlte und die Lagunen sah, die sie von früher her kannte und an deren Ufern sich die letzten Scharen Flamingos zu dem weiten Flug rüsteten, der sie, immer der Sonne nach, zu den fernen Inseln vor der Westküste des Kontinents führen sollte. Sie war zu spät gekommen, um noch saftige Distelblätter oder auch nur Samenkörner zu finden, aber eines Tages gab es beides wieder im Überfluß. Es herrschte nie ernster Mangel in diesem reichen Land.

Über ein Jahr war nun schon vergangen, seit La Bruja zum letztenmal von Menschen gehetzt worden war, darum hatte sie alle Angst von damals vergessen, so wie sie auch den Halfter um ihren Kopf vergessen hatte, den sie als letztes Andenken an die Menschen immer noch trug. Als sie dieses Land verlassen hatte, hing ihr Gregorios Lasso um den Hals, jetzt, bei ihrer Rückkehr, führte sie Onaks Halfter mit sich, so daß sie jedermann auffallen mußte.

Während sie nordwärts gezogen war, hatte ihr schwarzes Fohlen gewaltig an Größe und Kraft gewonnen, vor allem aber war es viel hübscher geworden. Seine starken Beine waren lang wie die seiner Mutter, und alles deutete darauf hin, daß es auch ihre Schnelligkeit geerbt hatte, denn es hielt schon jetzt mit Leichtigkeit Schritt, wenn La Bruja galoppierte, und streifte dabei mit seiner schwarzen Schnauze zärtlich ihre Flanke, damit sie merkte, daß es ihr immer noch zu Seite war und nicht etwa hinterdrein kam.

Als sie endlich in die Pampa gelangten, hatte der junge Hengst sofort erfaßt, wie gut sich's hier leben ließ, und sei es nur deshalb, weil man immer herrlich weichen Boden unter den Hufen hatte. Wie aufregend war es, lautlos über diesen Untergrund dahinzujagen, der alle Geräusche schluckte, vor allem aber wurde man hier auf dem grünen Pampa-Boden fast nicht müde. Das Gras gewann allmählich noch größere Bedeutung für ihn, denn er war nun schon bald sechs Monate alt und fand an Muttermilch allein kein rechtes Genüge mehr.

Während La Bruja friedlich weidete, untersuchte ihr Fohlen den Graswuchs. Es schnupperte an den Halmen und an den eigenen Hufen und beknabberte schließlich beides, als ob es gar keinen Unterschied entdecken könnte. Schnaubend und mit einem überraschten Luftsprung gab es seiner Verwunderung Ausdruck und machte dann sehr bald die Erfahrung, daß dieses Gras besonders gut schmeckte. Zufrieden grasten von nun an Mutter und Sohn Seite an Seite, aber das Fohlen suchte noch immer seine Zuflucht bei La Bruja, wenn es müde war, weil es nur bei ihr Sicherheit und Behagen fand.

So vergingen die Tage und Wochen. Als der Winter hereinbrach, fühlte La Bruja nicht das geringste Bedürfnis, weiter nach Norden zu ziehen. Sie war glücklich, wieder da zu sein, wo sie zur Welt gekommen war; die plötzliche Kälte machte ihr nichts aus, weil sie in den fernen südlichen Ländern weit Schlimmeres durchgestanden hatte. Aus der Ferne erblickte sie Pferdeherden, aber sie hielt großen Abstand von ihnen, weil ihr das Alleinsein viel besser gefiel. Nur selten richtete sie noch einen suchenden Blick nach dem Horizont, war es ihr doch so lange vergönnt gewesen, ohne Angst zu leben, daß sich ein trügerisches Gefühl der Sicherheit bei ihr eingenistet hatte.

Die Falle

Ehe noch der Winter vorüber war, wurde La Bruja gesehen, und schon machten die Menschen wieder auf sie Jagd. Aus größerer Entfernung entdeckte sie ein junger Gaucho, der erst eine Woche zuvor in die Stadt gekommen war und dort zum erstenmal von ihr gehört hatte.

La Bruja merkte zunächst nicht, daß sie ein Mensch beobachtete. Sie weidete mit dem Fohlen an der Seite, und der Gaucho wagte noch kaum zu glauben, daß er wirklich La Bruja vor sich hatte; er meinte eher, die Erzählung des Barbiers habe vielleicht seine Phantasie zu sehr angeregt. Aber er versuchte dennoch, sich näher an sie heranzumachen, ohne von ihr bemerkt zu werden. Dabei sah er, daß die Stute groß und dunkel war, genau wie sie der Barbier beschrieben hatte. Als sie schließlich erschrocken den Kopf hochwarf, weil sie sein Pferd hörte, konnte er sich auch noch überzeugen, wie häßlich sie war.

Mit einem Jubelruf setzte er ihr im Galopp nach, da sie bei seinem Anblick sofort mit ihrem Fohlen die Flucht ergriffen hatte. Er spornte und peitschte seinen Gaul vergebens, das schwache Pferd, das er ritt, blieb hoffnungslos zurück, bis er endlich anhielt, weil er einsehen mußte, daß hier alle Mühe vergebens war. Dafür waren jetzt auch seine letzten Zweifel geschwunden – die Stute flog, als ob sie Flügel hätte, und das Fohlen blieb kaum hinter ihr zurück.

Vicente – so hieß der Gaucho – war auf der Suche nach Arbeit; er wollte gerade eine Estanzia aufsuchen, die fünfzig Meilen entfernt lag, weil er hoffte, dort eingestellt zu werden. Die Entdeckung La Brujas hatte ihn aber so aufgeregt, daß er seinen Plan fallen ließ und wieder der Stadt zustrebte, um den Wohnsitz jenes El Ciego ausfindig zu machen, von dem ihm der Barbier erzählt hatte. Ihm wollte er die große Neuigkeit unverzüglich mitteilen.

Als er die Stadt erreichte, war er wieder anderen Sinnes geworden. Er dachte daran, daß El Ciego demjenigen Geld oder Pferde versprochen hatte, der ihm La Bruja fange, und sagte sich, daß seine Nachricht allein wohl nicht allzuviel wert sei. Viel mehr als eine freie Mahlzeit oder des Angebot eines Arbeitsplatzes war dafür bestimmt nicht zu erwarten. Daher beschloß er bei sich, den Fall zunächst einmal mit ein paar Freunden zu erörtern, die er in der Pulperia gewonnen hatte. Wenn sie La Bruja gemeinsam fingen, so meinte er, könnten sie von dem Pferdezüchter jeden Preis verlangen, der ihnen angemessen schien.

Die beiden neuen Bekannten waren noch in der Stadt. Sie hatten wie Vicente keine Arbeit, aber sie besaßen Geld und hatten es daher mit der Suche nicht so eilig. Die meiste Zeit ihres Daseins verbrachten sie ja in der menschenleeren Pampa, darum war für sie schon dieses kleine Nest, in dem es nur ein paar Straßen, eine Kirche, die Pulperia und den Frisiersalon gab, eine herrliche Abwechslung. Wenn sie all ihr Geld ausgegeben hatten, wollten sie frohen Herzens Abschied nehmen, denn ihre Liebe gehörte eben doch der Pampa. Für den Augenblick waren sie es zufrieden, daß ihre Pferde draußen vor der Stadt frei weiden konnten, während sie selbst in der Pulperia lange Gespräche führten oder etwa von einem Tanz auf einer nahen Ranch vernahmen, bei dem sie bestimmt willkommen waren.

Vicente erzählte ihnen also von seiner Entdeckung und seinem Plan. Wie die drei so im dürftigen Licht einer flackernden Kerze um einen Tisch saßen, sahen sie einander sehr ähnlich. Jeder trug eine verblichene braune Hose, dazu den gestreiften Poncho, weil es kalt war, und grob zusammengenähte Schuhe. Selbst in ihrem persönlichen Äußeren unterschieden sie sich nur wenig voneinander, alle drei waren dunkelhäutig, schwarzhaarig und noch sehr jung.

Als die beiden Freunde Vicentes Bericht hörten, brachen sie zunächst in lautes Gelächter aus.

»Das gibt es doch gar nicht«, sagte Miguel, »die ganze Geschichte ist nur ein Märchen, das sich der Barbier ausgedacht hat.«

»Aber ich habe sie doch mit eigenen Augen gesehen«, versicherte Vicente, »ich versuchte, sie zu fangen, aber ich kam einfach nicht heran; dabei ist mein Pferd so schnell, daß mir sonst bestimmt keines entwischt.«

»Also gut, wir reiten«, meinte der dritte, der Santiago hieß. »Schaden kann es ja nicht, und ein paar Rappen mehr würden mir nicht schlecht zu Gesicht stehen. El Ciego könnte sie mir liefern, wenn wir ihm die Stute fangen.«

Zu dritt machten sie sich am folgenden Morgen auf den Weg. Sie trieben ihre Pferde vor sich her, die sich während des Stadtaufenthalts ihrer Herren gründlich ausgeruht hatten. Santiago besaß sechs schwarze Wallache, zwei Füchse und dazu eine graue Leitstute. Miguel hatte, seine Stute eingerechnet, fünf Schwarzbraune und vier Füchse, nur der arme Vicente nannte einzig das Tier sein eigen, das er ritt. Er beneidete die anderen heftig um ihre Herden und träumte schon von den vielen Pferden, die er von El Ciego verlangen wollte, damit er ebenso stolz auf seine Tiere sein könne wie Miguel und Santiago.

Plötzlich kam ihm la Brujas Fohlen in den Sinn. Da er wußte, daß Santiago eine besondere Vorliebe für Rappen hatte, die unter den Criollo-Ponys recht selten sind, sagte er zu ihm: »Die Stute hat übrigens ein schwarzes Fohlen bei sich. Willst du es nicht haben, wenn wir sie fangen?«

»Ja, wenn«, entgegnete ihm Santiago. »Aber wir müssen sie doch erst haben. Ich meine, darauf sollten wir jetzt alle unsere Gedanken richten. Zum Träumen haben wir nachher noch Zeit genug.«

Zehn Tage lang suchten die drei Gauchos, bis sie La Bruja fanden, und Vicente fürchtete schon, sie könnte ihnen entwischt sein. Endlich, an einem kalten, grauen Tag entdeckten sie sie in weiter Entfernung beim Weiden. Leise hielten sie an, weil sie fürchteten, sie zu verscheuchen, ehe sie bereit waren, ihre Verfolgung aufzunehmen.

Santiago und Miguel stiegen ab, um ihre Leitstuten anzubinden. Sie wußten, daß sie die anderen Pferde ohne Bedenken un-

gefesselt zurücklassen konnten, weil sie sich bestimmt nicht von den Stuten entfernen würden. Als dies geschehen war, meinte Santiago, er wisse, wie man La Bruja am besten fangen könne.

»Wenn sie nur halb so schnell ist, wie uns dieser Barbier erzählt hat«, sagte er, »dann holen wir sie nie im Leben ein.«

Seine Augen funkelten vor Begeisterung, denn ein Gaucho kennt nichts Schöneres, als einem Pferd durch Kraft und Schläue den Meister zu zeigen.

»Das Beste wird sein, ihr zuerst das Fohlen wegzufangen. Wenn sie eine richtige Mutter ist, bringt sie das so aus der Fassung, daß sie gar nicht mehr an uns denkt. Dann haben wir gewonnenes Spiel.«

Auch die anderen fanden diesen Plan ausgezeichnet, also wählten sie gleich die drei besten Pferde aus – eins davon stellten sie dem armen Vicente für das Unternehmen leihweise zur Verfügung, weil sein Reittier müde war. Sie nahmen ihre Boleadoras zur Hand und schwangen sich, ihres Erfolges sicher, auf die Gäule.

La Bruja wurde die drei Gauchos erst gewahr, als sie schon nahe herangekommen waren. Der Wind war ihr nicht günstig, darum hörte sie nicht einmal das Gebimmel der Glocken, die die Pferde der Gauchos trugen. Das Fohlen sah sie zuerst und machte durch sein Verhalten La Bruja aufmerksam, ohne selbst etwas von einer Gefahr zu ahnen.

Als es beim Grasen zufällig einmal aufblickte, entdeckte es die fernen Reiter und hielt mit unverkennbarer Neugier nach ihnen Ausschau. Seine Ohren waren gespitzt, seine Nüstern bebten. La Bruja sah dies und folgte seinem gespannten Blick. Sie schnaubte erregt und von plötzlicher Angst gepackt, stieß ihren Sohn vor sich her und fiel sofort in Galopp. Das Fohlen wurde von ihrer Angst angesteckt, denn es hatte nicht vergessen, wie es gewesen war, als sie das letztemal gejagt wurden. Darum rannte es mit angelegten Ohren los und lauschte immerzu nach hinten, ob die Mutter auch folgte.

Es gelang ihnen nicht, die Gauchos abzuschütteln. La Bruja streckte sich in ihrer Angst, um noch schneller zu werden, aber nun fiel ihr Fohlen hoffnungslos zurück. Obwohl es aus Leibeskräften hinter ihr herstrebte, wurde der Abstand von Minute zu Minute größer. La Bruja drehte sich um und spornte es wiehernd zu größerer Eile an, dann jagte sie wieder weiter. In ihren Augen stand blankes Entsetzen, sie ängstigte sich um ihr Fohlen ebenso wie um sich selbst.

Jetzt begann es zu regnen, der Himmel verdunkelte sich, und bald prasselte ein richtiger Wolkenbruch auf Pferde und Menschen nieder. La Bruja machte sich nichts aus dem Regen, sie eilte rasch und mit gestärkter Zuversicht weiter, obwohl ihr das Wasser an den Flanken herabtroff; dagegen wurde das Fohlen durch dieses Ereignis ganz aus der Fassung gebracht, weil ihm Wasser in die Augen drang und die schweren Tropfen schmerzhaft das Fell peitschten. Keuchend und schnaubend schüttelte es sich, aber diese kurze Ablenkung bewirkte, daß es wieder ein Stück weiter zurückblieb.

Die Mutter hatte jetzt schon einen gewaltigen Vorsprung, aber dem Fohlen fehlte die Lungenkraft, ihr in seiner Not nachzurufen; wieder einmal setzte sie ihr ganzes Vertrauen in die Kraft ihrer langen Beine und vergaß darüber ganz, daß das Fohlen dieses Tempo unmöglich mithalten konnte und daher immer weiter zurückfiel.

Die Gauchos kamen mit lautem Geschrei hinterher und knallten dabei ohrenbetäubend mit ihren Peitschen; aber für einen gezielten Wurf mit den Boleadoras war ihnen La Bruja viel zu weit voraus. Sie jagte wie der Wind vor ihnen her, ihre Hufe schienen kaum noch den Boden zu berühren. Das Fohlen war bereits zu Tode erschöpft, seine Hufe waren schwer wie Blei, und dann war es plötzlich aus – es konnte nicht mehr weiter.

Mit einem Male machte es halt und blickte den näher kommenden Gauchos entgegen, dann starrte es wieder seiner entschwindenden Mutter nach. Keuchend rang es nach Atem, der schwere Regen und die überanstrengten Lungen hatten das junge Tier gebrochen. Die Gauchos hatten es nicht einmal nötig, ihm ein Lasso über den Kopf zu werfen. Wohl hob es sich einmal auf die Hinterhand und führte ein paar kraftlose Lufthiebe, fiel aber sofort wieder zurück und stand dann wehrlos mit gesenktem Kopf und offenem Maul, nur noch darauf bedacht, wieder zu Atem zu kommen.

Die Gauchos umringten es. Angsterfüllt ließ es den Blick von einem zum anderen wandern, die drei schwitzenden Pferde, die es umstanden, strömten einen heißen, übelriechenden Dunst aus, es sehnte sich brennend nach der beruhigenden Nähe seiner Mutter. Der neun Monate alte Hengst, der sich sonst schon so stolz und selbständig gab, fühlte sich in diesem Augenblick doch recht hilflos und verlassen.

Santiago und Miguel stiegen von ihren Pferden. Miguel band die Hinterbeine des Fohlens mit einem Strick zusammen, und Santiago hob ihm so lange ein Vorderbein hoch, damit es nicht ausschlagen und durchbrennen konnte. Miguel riß es zuletzt zu Boden und fesselte ihm auch die Vorderbeine. Santiago saß unterdessen auf seiner Flanke, um es niederzuhalten. Als sie fertig waren, ließen sie das Fohlen allein. Es zappelte wie rasend, um sich von den Fesseln zu befreien, aber alle seine Bemühungen blieben erfolglos. Wie ein Fisch auf dem Trockenen schnellte es sich hoch und warf sich herum, krampfhaft stieß es dabei immer wieder alle viere von sich, aber es gelang ihm nicht, sich zu erheben.

Vicente hielt inzwischen Ausschau nach La Bruja. Sie war in weiter Entfernung stehengeblieben und hatte schließlich erkannt, daß ihr das Fohlen nicht mehr folgte. Zuletzt hörte sie gar noch seine verzweifelten Angstschreie.

Die Stute geriet darüber in helle Verzweiflung. Unter schrillem Gewieher rannte sie hin und her und warf immer wieder ratlos den Kopf hoch. Am Ende überwog ihre Angst vor den Menschen jede andere Regung: Sie war bereit, lieber ihr Fohlen als ihre eigene Freiheit zu opfern. Die Gauchos beobachteten gemeinsam, was sie tat, keiner von ihnen zeigte auch nur eine Spur von Mitgefühl für das gefangene Fohlen; sie fragten sich nur, ob La Bruja zu ihm zurückkehren werde oder nicht.

La Bruja fand zu keiner Entscheidung. Ihre Angst vor den Menschen gebot ihr, zu fliehen, solange es möglich war, ihre Mutterinstinkte dagegen zogen sie zu ihrem armen, hilflosen Fohlen, dessen ununterbrochene Klagerufe ihr das Herz zerrissen.

»Lassen wir das Fohlen liegen und gehen wir zu den Pferden«, schlug Miguel vor. »Sie kommt bestimmt nicht zurück, wenn sie uns hier stehen sieht. Vielleicht erwischen wir sie morgen früh, am ehesten kehrt sie in der Nacht zurück, wenn das Fohlen allein ist.«

La Bruja sah, wie sie ihre Pferde bestiegen und wegritten. Vorsichtig, aber voll Ungeduld wartete sie, bis sich die drei in der Ferne nur noch wie winzige Zwergengestalten ausnahmen. Inzwischen hatte ihr Fohlen aufgehört zu schreien und um sich zu stoßen, es lag jetzt erschöpft und hilflos auf dem Platz, wo es die Gauchos zurückgelassen hatten. Wohl hörte es noch die Stimme seiner Mutter, aber es brachte nicht mehr die Kraft auf, ihr zu antworten.

Der Regen hatte aufgehört, aber dort, wo das schwarze Fohlen lag, war der Boden kotig und aufgewühlt von seinem wilden Gezappel und von den Hufspuren der anderen Pferde. Das arme Tier lag in erbarmungswürdigem Zustand in diesem Schmutz und starrte aus weiß umrandeten Augen verzweifelt in die Welt. Als La Bruja schließlich zu ihm kam, konnte sie es nur trösten; ihm zu helfen war sie nicht imstande.

Liebkosend beschnupperte sie seinen Hals und seine Flanken, dann roch sie schnüffelnd an den Riemen um seine Fesseln, ließ aber sofort wieder davon ab und fuhr schnaubend vor Angst und Ekel zurück, als sie Menschengeruch in die Nase bekam. Das Fohlen kam allmählich wieder zu Kräften und begann von neuem, mit heftigen Bewegungen um Befreiung zu ringen, aber alle seine Anstrengungen nützten ihm nichts. Die ledernen Fesseln um seine Beine waren stark und unzerreißbar. Zuletzt ließ es sich, stöhnend und vor Erschöpfung keuchend, in den Schmutz zurücksinken. La Bruja ging daran, die Fesseln ihres Sohnes durchzubeißen, aber das Junge machte ihr dies unmöglich, weil es seine Beine nicht stillhielt, wenn sie sie berührte.

Schließlich mußte La Bruja erkennen, daß sie für ihr Kind nichts anderes tun konnte, als bei ihm zu wachen. Der Mond warf einen langen Schatten ihres Körpers auf das Pampagras, während er über sie hinzog. So wachte sie die ganze Nacht bei ihrem Fohlen, jeder Muskel ihres Körpers war gespannt, sie lauschte in das Dunkel hinaus, damit sie die Rückkehr der Gauchos auf keinen Fall überhörte. Dann tropfte es wieder vom Himmel, und daraus wurde ein trüber grauer Nieselregen, der kein Ende nehmen wollte. Der Mond war verblaßt und hinter den Wolken verschwunden.

Als der Morgen zu dämmern begann, hörte La Bruja wieder das rasche Hufgetrappel der Gauchopferde. Mit wildem Gewieher, in dem sich Angst und Verzweiflung mischten, verließ sie ihren Posten neben dem gefesselten Fohlen und ergriff wieder die Flucht, ehe ihr die Männer zu nahe kamen. Die Gauchos verfolgten sie, aber es gelang ihnen nicht, sie einzuholen. So verging der zweite Tag wie der erste: La Bruja jagte so weit vor ihren Verfolgern am Horizont dahin, daß sie durch den Schleier des Regens kaum zu sehen war, und lauschte dabei ständig auf die schwachen Hilferufe ihres Jungen.

Als der Abend sank, wagte sie sich von neuem heran und näherte sich mit größter Vorsicht dem regungslos hingestreckten Fohlen. Im nächsten Augenblick erlauschte sie mit ihren scharfen Ohren das Getrappel eines plötzlich angaloppierenden Pferdes und schoß sofort mit größter Geschwindigkeit auf und davon.

Es war schon so dunkel, daß Vicente mit seinen Boleadoras nicht mehr genau zielen konnte; die wirbelnden Kugeln verfehlten La Brujas Beine und landeten wirkungslos im Gras. Daraufhin gab er die Jagd auf, aber La Bruja war durch das eben Erlebte so verängstigt, daß sie sich in dieser Nacht nicht mehr zu ihrem Fohlen zurückwagte. Sie wußte jetzt, daß ihr die Menschen eine Falle gestellt hatten.

So vergingen mehrere Tage. La Bruja zog unablässig ihre Kreise um die Stelle, wo das Fohlen hilflos gefesselt lag, und grüßte es durch Rufe, aber sie hatte nicht den Mut, sich ihm zu nähern. Die Gauchos jagten sie, sooft sie ihr so nahe kamen, daß sie sich einen Erfolg erhofften, aber es gelang ihnen niemals, sie zu fangen, weil sie zu schnell und zu sehr auf ihrer Hut war. Es regnete unablässig, der Himmel hing voll grauer, niedrig ziehender Wolken.

Allmählich wurden es die Gauchos müde, nach einem so flüchtigen Geschöpf zu jagen, wie es La Bruja offenbar war; es schien ihnen unmöglich, ihrer habhaft zu werden. Santiago wollte als erster nichts mehr von ihr wissen, er zog es vor, nach einer Arbeit zu suchen, die ihm einen sicheren Lohn einbrachte, und sein Freund Miguel stand auf dem gleichen Standpunkt. Vicente hatte also keine andere Wahl, als seinen großen Plan aufzugeben. Santiago war aber nicht gewillt, mit leeren Händen abzuziehen, daher löste er dem schwarzen Fohlen die Fesseln und band es an seine Leitstute. Wenn es erst erwachsen war, würde es ihm bestimmt ein großartiges Reitpferd abgeben.

Vicente begab sich zu El Ciego, wie es ursprünglich seine Absicht gewesen war, und berichtete ihm von La Brujas Rückkehr.

Als die drei Männer verschwunden waren, überzeugte sich La Bruja zunächst einmal mit aller Sorgfalt, daß sie wirklich fort waren und nicht mehr die Absicht hatten, ihr einen Streich zu spielen. Erst dann kehrte die einsame Stute an die Stelle zurück, wo ihr Fohlen zuletzt gelegen hatte. Bestürzt und fassungslos schnupperte sie alles nach dem vermißten Jungen ab und bewegte sich einige Tage lang kaum von dem Platz, wo es gefesselt gelegen hatte.

Es fiel ihr bitter schwer, ihren feurigen Sohn zu vergessen, den man ihr so roh entrissen hatte. Lange noch schrie sie ihren Schmerz in die Nacht hinaus. Aber nur die Kaninchen und Gürteltiere, die sich erst im nächtlichen Dunkel auf den Weg zu machen pflegen, hörten sie.

Am Ende vergaß La Bruja auch diesen Schlag, aber in ihrem Herzen war der alte Groll gegen die Menschen wieder aufgeflammt, der schon im Schwinden begriffen war. Haß und Bitternis erfüllten sie aufs neue.

Angel

Kurze Zeit später sollte Angel La Bruja kennenlernen. Er hatte schon viel von ihr gehört, weil er die meisten Männer kannte, die in dem Laden des Barbiers aus und ein gingen, wenn er mit seinen zehn Jahren auch noch zu jung war, ihn selbst zu besuchen. Die Stammkunden des Barbiers machten dem Jungen gern die Freude, ihm all die Geschichten zu erzählen, die ihnen beim Rasieren zu Ohren gekommen waren.

Angel war ein Waisenkind. Niemand kannte seinen richtigen Namen, niemand wußte, wer seine Eltern waren. Er lebte dort, wo man ihn gefunden hatte, bei der kleinen, aus Lehm gebauten Pampakirche draußen vor der Stadt. Ein Unbekannter hatte ihn in einer heißen Sommernacht als zehn Monate altes Baby dort ausgesetzt.

Pater Orlando, der einzige Geistliche dieser Kirche, fand ihn in der Vorhalle, den kleinen nackten Körper nur in einen alten grauen Poncho gehüllt. Trotz der drückenden Schwüle, die in jener Nacht herrschte, schlief der schwarzhaarige Junge mit dem blassen Gesichtchen friedlich wie ein Engel. Darum gab ihm der alte Priester den Namen Angel.

Vergeblich suchte Pater Orlando die Eltern des Kleinen ausfindig zu machen, aber er konnte sich ebensowenig entschließen, ihn den nächstbesten Leuten in der Stadt in Obhut zu geben. Darum fand er sich am Ende bereit, selbst für ihn zu sorgen.

Niemand hätte sagen können, wie er es fertigbrachte, den Knaben in seiner Kirche großzuziehen, denn für einen Priester war diese Aufgabe ungewohnt. Aber wie immer es auch war, Angel gedieh wie jedes andere Kind. Erst als er seine ersten Gehversuche machte, entdeckte Pater Orlando, daß er hinkte.

Sein linkes Bein war lahm und ein wenig kürzer als das rechte. Aber Angel zeigte schon als Junge den Willen, aller Hindernisse Herr zu werden. Bald lernte er trotz seines Gebrechens herumzuhüpfen, wobei er an den paar Möbelstücken des Priesters Halt fand; draußen bot ihm der Zaun des Corrals, in dem zwei Pferde und ein altes Maultier gehalten wurden, die nötige Stütze. Schließlich fertigte ihm einer der Gauchos, die die Kirche besuchten, eine kleine Krücke an, die ihm zu größerer Bewegungsfreiheit verhalf.

Angel war damit zufrieden. Als er heranwuchs, konnte er dem alten Pater bei vielen Verrichtungen an die Hand gehen: Er läutete an den Sonntagen und an den Heiligenfesten die Glocke, er brachte den Tieren des Corrals ihr Futter, er putzte den Altar mit der Marienfigur – dem einzigen Schmuckstück, das die kleine Kirche ihr eigen nannte –, er tauschte niedergebrannte Kerzen gegen neue aus und schmolz die Reste ein, um daraus wieder Kerzen zu gewinnen. So war er mit aller Art Pflichten voll in Anspruch genommen. Pater Orlando lehrte ihn überdies lesen und schreiben. Wenn es wirklich einmal nichts zu tun gab, nahm Angel ein Buch und setzte sich damit in die Sonne oder in den Schatten der Vorhalle. Dort las er dann, bis er einschlief und von dem Priester zu Bett gebracht wurde.

Aus der Stadt kamen nur wenige Menschen in diese Kirche, denn sie hatten ihr eigenes, viel größeres und kostbarer ausgestattetes Gotteshaus. Diesem gegenüber war das Pampakirchlein kaum mehr als eine Kapelle, in deren Dachgestühl während des Gottesdienstes die wilden Vögel lärmend umherflatterten. Aber den Gauchos erschien die kleine Kirche Pater Orlandos wie für sie geschaffen. Sie hätten sich geschämt, in ihrem unansehnlichen Aufzug in die vornehme Stadtkirche zu gehen, und kaum gewagt, ihre halbwilden Ponys neben den feinen Kutschpferden der reichen Bürger anzubinden. Dagegen entsprach die schlichte Lehmkirche hier in der Pampa genau dem Zufluchtsort, den sie brauchten, wenn sie einmal ihre Sünden beichten wollten oder das Bedürfnis hatten, den wohlmeinenden Worten des Paters Orlando zu lauschen.

Auch Angel, der immer dort anzutreffen war, zog die Gauchos an diesen Ort. Zuweilen kamen sie nur, um mit ihm zu plaudern und ihm Geschichten zu erzählen. Dann und wann brachten sie ihm seltsame Geschenke mit, einen Vogel mit gebrochenem Flügel, eine harmlose Schlange, ein Gürteltier, das so unvorsichtig gewesen war, sich fangen zu lassen – kurz, irgendein zahmes oder hilfloses Tier, das er mit dankbarem Lächeln entgegennahm. Als sie ihn so umherhüpfen sahen, wobei das lahme Bein lose herabhing, gewöhnten sie sich allmählich daran, ihn liebevoll Ranito, auf deutsch »Fröschlein«, zu nennen. Nur für den Priester blieb er für alle Zeit Angel oder Angelito.

Angel war gerade acht Jahre alt, als er zum erstenmal von La Bruja hörte. Wie alle Jungen in der Pampa und in der Stadt folgte er dem Bericht mit größter Spannung. Aber für Angel war diese Stute mehr als ein böses, treuloses Pferd, das einen Menschen getötet hatte.

Da er für sein ganzes Leben zum langsamen Humpeln verdammt war, wirkte ihre Schnelligkeit wie ein märchenhafter Zauber auf ihn, und er fragte sich immer wieder, was für ein Gefühl es sei, wenn man nach Belieben mit Windeseile dahinjagen konnte. La Bruja war für ihn freier als das freieste Pferd, weil sie so schnell und so tapfer war.

Als kleiner Junge hatte er immer sehnsüchtig zugeschaut, wenn die Knaben, die mit ihren Eltern zur Kirche kamen, lustig umherrannten und sprangen und Purzelbäume schlugen. Wenn er dann wieder allein war, hatte er oft genug bittere Tränen geweint, weil er sich sagen mußte, daß ihm solche Freuden für alle Zukunft versagt waren. Später hatte er gelernt, sich mit seinem Gebrechen abzufinden und seine Freuden aus anderen

Quellen zu schöpfen. So lagen ihm vor allem die verletzten Tiere am Herzen, die ihm die Gauchos zur Pflege brachten; aber oft träumte er auch von La Bruja und stellte sich vor, wie sie über die Pampa hinjagte. Er selbst hielt im Geiste Schritt mit ihr und hoffte inständig, sie möchte niemals gefangen werden.

Angel war ein einsamer Junge, der für seine Jahre erstaunlich tiefe Einsichten besaß. Er zählte erst zehn Jahre und hatte diese ganze Zeit in Gesellschaft des Paters Orlando zugebracht. Der Pater war lieb und gut zu ihm, aber doch schon zu alt, als daß ihm die quälenden Wünsche und die kindlichen Phantasien des Knabenalters noch in lebendiger Erinnerung gewesen wären. So sprach er denn mit Angel wie mit einem Erwachsenen und gab ihm ernste, fromme Bücher zu lesen. Und Angel, der bei dieser Erziehung zu einem liebenswerten, verständigen Jungen heranwuchs, kam nie auf den Gedanken, sich nach dem Sinn seines seltsamen Daseins zu fragen, es sei denn, daß ihn ab und zu ein unbestimmtes Sehnen nach etwas anderem überkam.

Seine ganze Welt war die kleine Kirche mit ihren ockergelben Wänden, dem Strohdach und den großen schwarzen Torflügeln, in die ein unbekannter Künstler Vögel, Tiere und Blumen geschnitzt hatte. Der Boden der Kirche war mit steinernen Fliesen ausgelegt, die man in ferner Vergangenheit aus dem Süden herangeschafft hatte. Ganz in der Nähe des Gebäudes stand ein Pfahl, und daran hing eine Glocke, die Angel pflichtgetreu jeden Sonntag und bei allen besonderen Gelegenheiten läutete. Hinter dem Altar hatten Pater Orlando und Angel je ein kleines kahles Zimmerchen, das einer Klosterzelle glich. In jedem stand ein schmales Bett, und darüber an der Wand hing ein Kreuz. Hier in seinem Kämmerlein pflegte Angel von La Bruja zu träumen. Seit er zum erstenmal von ihr gehört hatte, war sie ihm kaum aus dem Sinn gekommen, und zuweilen sprach er sogar mit dem alten Pater von ihr.

»Vater, glaubst du, daß Gott sie sehen kann?« fragte er eines Tages und musterte die verwitterten Züge des alten Mannes mit einem fragenden Blick seiner ernsten dunklen Augen.

»Aber gewiß, mein Kind. Gott hat seine Augen überall.«

»Glaubst du auch, daß er sich um sie kümmert?«

»Er sieht sogar, wenn ein Sperling vom Dach fällt.«

»Aber wenn er gefallen ist?« entgegnete Angel auf diese dunkle Antwort. »Was geschieht, wenn er gefallen ist? Würde der liebe Gott La Bruja nicht davor bewahren, daß sie gefangen oder verletzt wird? Ich möchte nicht, daß sie gefangen wird.«

Der Ernst des Jungen verriet dem Priester, wie innig er das wilde Pferd in sein Herz geschlossen hatte. Aber es war so gut wie sicher, daß sich La Brujas Schicksal eines Tages, vielleicht sogar schon in nächster Zeit erfüllen mußte. Er konnte Angel daher nicht sagen, daß sie bald in Sicherheit sein werde, denn er wußte ja, daß sie in Gefahr schwebte und daß sie nur ein Wunder vor ihren Feinden schützen konnte.

»Wir bekommen nicht immer, was wir uns wünschen, Angel, aber das heißt nicht, daß Gott sich nicht um uns kümmert. Ein Vater muß ab und zu auch nein sagen. Und La Bruja, die dir so viel zu denken gibt, hat immerhin einen Menschen getötet. Warten wir ab, was weiter mit ihr geschieht.«

Mit dieser Antwort mußte sich Angel zufriedengeben, obwohl er darüber alles andere als glücklich war. Er hatte gehört, daß sich La Bruja wieder in dieser Gegend aufhielt und daß El Ciego sie haben wollte. Wenn La Bruja gefangen wurde, war ein schöner Traum, ein wunderbares Spiel der Gedanken für ihn zu Ende, war sie doch die Verkörperung seiner Sehnsucht, gehen und laufen zu können wie jeder andere gesunde Junge.

Abend für Abend betete Angel für La Bruja und bat, sie möchte vor der Gefangenschaft bewahrt bleiben. Dabei ahnte er nicht, daß es schon bald in seiner Macht stehen sollte, sie zu retten.

Es war gewiß kein Zufall, sondern ein Akt der Vorsehung, daß La Bruja zu ihm gekommen war, davon war Angel fest überzeugt. Wäre sie nämlich nicht gekommen, dann hätte sie El Ciego sicherlich gefangen, und was ihr dann widerfahren wäre, das konnte wahrhaftig kein Mensch wissen. Es mochte sein, daß sie sich ihm einfach nicht unterworfen und daher den Tod gefunden hätte oder daß sie gar noch einen Menschen getötet hätte. Aber all das blieb ihr erspart, sie war in Sicherheit, und Angel wußte, daß seine Gebete Erhörung gefunden hatten.

Am Morgen des Tages, an dem La Bruja erschien, wußte er bereits, daß El Ciego alle Anstalten getroffen hatte, sie einzufangen. Tags zuvor waren nämlich einige Gauchos vorübergekommen und hatten ihre Pferde angehalten, um zu berichten, der Pferdezüchter habe vor, ihr in größtem Stile aufzulauern, und habe zu diesem Zweck nicht weniger als vierzig Mann über ein weites Gebiet verteilt. Er habe den Männern befohlen, nicht zurückzukehren, ehe sie sie gefaßt hätten, und demjenigen zwei seiner besten Hengste versprochen, der ihr schließlich seine Boleadoras um die Beine schlingen oder ihr sein Lasso über den Kopf werfe.

»Jetzt gibt es für sie kein Entkommen mehr«, meinte einer der Gauchos, und es war, als spräche aus seinen Worten ein leises Bedauern.

»Und doch muß sie entkommen!« entgegnete ihm Angel glühend vor Erregung. »Es darf einfach nicht sein, daß sie gefangen wird! Wann reiten denn die Leute los?«

»Morgen in aller Frühe. Sie wissen ungefähr, wo sie sich aufhält, und rechnen damit, daß sie sie spätestens bei Einbruch der Dunkelheit in Händen haben werden. Ob lebendig oder tot, wer könnte das sagen? Aber wie es auch kommen mag, morgen schlägt ihr die letzte Stunde der Freiheit.«

Als die Gauchos fort waren, fühlte sich Angel sehr einsam. Ihm war, als sei die letzte Hoffnung seines Lebens zunichte geworden, seine Angst um die einsame Stute war so groß, als wäre sie seit Jahren sein eigen gewesen und als hätte ihr stets seine große Liebe gehört.

Pater Orlando konnte seine Verzweiflung nicht übersehen und legte ihm voll Mitleid den Arm um die Schultern.

»Gib die Hoffnung nicht auf, Angelito«, sagte er, »sei überzeugt, daß deine Gebete Erhörung finden – ja, ich weiß, du hast für sie gebetet. Vielleicht erlebst du morgen, daß deine Bitten nicht vergeblich waren.«

Angel brachte den ganzen folgenden Tag im Freien zu. Wohl schien die Sonne, aber es war kalt, darum trug er über seiner Jacke einen von einem Stadtjungen abgelegten Poncho. Die meiste Zeit saß er auf der Umzäunung des Corrals, damit er etwas weiter sehen konnte.

Außer den Vögeln, die sich wie immer durch die Lüfte schwangen und einander mit fröhlichen Rufen begrüßten, war lange Zeit hindurch nichts zu sehen und nichts zu hören. Dicke weiße Wolkenballen zogen über den Himmel und drohten zuweilen, das strahlende Blau vollends zu verschlucken, das sich immer wieder zwischen ihnen auftat. Das Gras leuchtete frisch und grün bis zum fernen Horizont.

Angel ahnte nicht, daß La Bruja auf die Kirche zulaufen würde. Ebensogut hätte sie die entgegengesetzte Richtung einschlagen können, dann hätte er den ganzen Tag vergeblich auf sie gewartet. Während er auf der Umzäunung saß und den Horizont absuchte, bis ihn die Augen schmerzten, war Pater Orlando damit beschäftigt, seine kleine Kirche gründlich zu säubern. Er hatte die großen schwarzen Türflügel weit geöffnet und ließ sie auch noch offen, als er fertig war und das Mittagessen kochen ging, damit das Innere seines Gotteshauses gründlich durchgelüftet werde.

Dann rief er Angel zum Essen. Der Junge gab seinen Sitz auf dem Zaun nur ungern auf und humpelte voll ängstlicher Spannung gleich wieder zurück, als ihn Pater Orlando entließ, weil er fürchtete, er könnte etwas versäumt haben.

Aber er hatte noch lange Zeit, weiter zu warten. Erst als die Dämmerung ihre Schatten zu werfen begann, drangen plötzlich von weit her Laute an sein Ohr. Es waren, wie sich bald herausstellte, wild durcheinander schreiende Männerstimmen, vermischt mit dem müden Gebell abgehetzter Hunde. Das Herz klopfte Angel bis in den Hals, als er plötzlich an den Lauten erkannte, daß La Bruja geradewegs auf ihn zukam. Noch war nichts zu sehen, denn die Pampa lag in der Ferne bereits im Dunkeln, erst nach einer ganzen Weile, die ihm eine Ewigkeit zu währen schien, erblickte er die Schattengestalt eines dahinjagenden Pferdes und wußte sofort: das ist La Bruja.

Seine Erregung war mindestens ebensogroß wie seine Angst. Er konnte erkennen, wie erschöpft sie war. Sie hatte das Maul weit aufgerissen, und als sie näher herankam, konnte er sogar das schreckliche Gerassel ihrer ausgepumpten Lungen hören. In diesem Zustand war sie offenbar außerstande, die Flucht fortzusetzen; jeden Augenblick mochte sie die letzte Kraft verlassen, dann würde sie erschöpft zusammenbrechen. Angel wollte das Herz zerspringen, als er dieses Elend mit ansehen mußte.

In ihrer Erschöpfung rannte La Bruja blindlings drauflos, sonst hätte sie Angel auf seinem Zaun unbedingt sehen müssen. Der Junge folgte ihr so gespannt mit den Blicken, daß er im Augenblick überhaupt nicht an die Verfolger dachte, die ihr dicht auf den Fersen waren. Erst durch ihr lautes, erregtes Geschrei wurde er wieder auf sie aufmerksam und sah, wie einer den anderen zu überholen strebte, um sich das erste Anrecht auf die versprochene Belohnung zu sichern.

Angel starrte ihnen fassungslos entgegen. El Ciego hielt die Spitze, er erkannte ihn auf den ersten Blick, denn er ritt seinen Lieblings-Schimmelhengst, den herrlichen Eldorado, der in der ganzen Gegend berühmt war. Kein anderer Mann besaß ein Pferd, das diesem gleichkam. Zum erstenmal in seinem Leben fühlte Angel Haß in sich aufsteigen. Sosehr er La Bruja liebte, so schmerzlich er ihr Los empfand, ebensosehr haßte und verachtete er alle jene Menschen, die sie hetzten und jagten. Wie gelähmt saß er auf dem Zaun und starrte der Verfolgten und ihren Verfolgern nach. Nichts, nichts konnte er tun, der einen zu helfen und die anderen an ihrem Vorhaben zu hindern.

Jetzt geschah das Unglaubliche, das Angel nur ein Wunder nennen konnte.

La Bruja war mit blutunterlaufenen Augen so dicht an ihm vorbeigerast, daß ihn der Schaum aus ihrem keuchenden Maul bespritzte. Dann verschwand sie geradewegs in der offenen Kirche. Er konnte deutlich hören, wie ihre Hufe auf den Fliesen klapperten, als sie dort in der Dunkelheit ratlos umhertappte. Vielleicht hatte sie gar nicht die Absicht gehabt, sich hier zu verstecken, vielleicht hatte sie die offene Tür nicht einmal gesehen, sondern war blindlings hindurchgerannt, weil die Kirche in ihrem Weg stand. Wie immer es dazu gekommen war, Angel handelte unverzüglich. Er sprang vom Zaun herab, griff nach seiner Krücke und humpelte schneller denn je im Leben zur Kirche hin, um die Tür zu schließen, ehe La Bruja wieder herauskam und ehe El Ciego hineingelangen konnte.

Gerade noch zur rechten Zeit knallte er die beiden Türflügel zu. Der Pferdezüchter riß seinen keuchenden Hengst vor der Tür zusammen, daß er sich auf die Hinterhand setzte, und befahl Angel, sofort wieder aufzumachen.

»Nein.«

»Was soll das heißen?« fuhr ihn El Ciego zornig an. »Das Pferd da drinnen gehört mir, ich will es herausholen.«

»Nein«, erwiderte Angel tapfer, »die Stute gehört Ihnen nicht. Sie gehört niemand und hat aus freiem Entschluß hier in der Kirche Schutz gesucht. Sie dürfen sie nicht herausholen, und ich will es nicht tun.«

»Was soll das heißen, du . . .«

Nun kam Pater Orlando herbeigeeilt. Er hatte den Wortwechsel gehört und wollte wissen, was geschehen sei. Jetzt sah er alle die schnaubenden, schwitzenden Pferde vor sich und dazu den wütenden Pferdezüchter. Dieses ganze Aufgebot wurde von seinem kleinen zornbebenden Jungen in Schach gehalten, der vor der geschnitzten Kirchentür stand.

»Was ist denn hier los?« rief er. »Was wollt ihr Leute alle?«

El Ciego wandte sein Pferd und ritt auf den Priester zu.

»Pater Orlando, ich freue mich, Sie begrüßen zu dürfen«, sagte er mit einer Verbeugung zu dem alten Mann. »Vielleicht werden Sie tun, was uns dieser Bursche da verweigert. Eine Stute, die wir jagten, hat in der Kirche hier Zuflucht gesucht. Ich wäre Ihnen dankbar, wenn Sie die Tür öffnen würden, um sie herauszulassen.«

Pater Orlando hatte sofort begriffen, worum es ging. Er sah Angels aufgeregte Miene, seine glühenden Wangen, er sah, wie seine Augen voller Hoffnung strahlten. So stand der tapfere Junge seinem Gegenspieler gegenüber, diesem eingebildeten, hochmütigen Pferdezüchter, der sich das Recht anmaßte, alles in Besitz zu nehmen, was er sich wünschte.

Seelenruhig hob der Priester den Blick zu dem wütenden Mann und gab ihm zur Antwort: »Mein Freund, wie Sie selbst sagten, hat das Pferd in der Kirche Zuflucht gesucht. Ich darf ihm daher meinen Schutz nicht verweigern und sehe mich nicht in der Lage, es herauszutreiben.«

El Ciego schnaubte ärgerlich.

»Ein Pferd weiß doch nicht, was eine Kirche ist. Nur ein Mensch könnte da Zuflucht suchen.«

»Meine Kirche bietet jedem Geschöpf Gottes Zuflucht, das sie sucht.«

»Woher wissen Sie überhaupt, daß die Stute Ihre Kirche aufsuchen wollte?« fragte El Ciego, um es auf andere Weise zu versuchen. »Die Stute ist auf der Flucht zufällig hineingeraten, und der Junge schloß hinter ihr die Tür, so daß sie nicht mehr herauskonnte. Machen Sie doch einfach wieder auf. Wenn sie herauskommt, gehört sie mir.«

»Und wenn sie drinnen bleibt?« fragte Pater Orlando.

»Ich sage Ihnen, sie bleibt nicht«, gab er zur Antwort. »Sie weiß doch nicht, was eine Kirche ist.«

Pater Orlando erwiderte nichts. Er ließ vielmehr den Blick ruhig auf Angel ruhen und sagte zu ihm: »Mach auf, Angel. Wir wollen sehen, was sie tut.«

Angel zögerte, er hatte Angst, dem Befehl des Paters zu gehorchen, weil es immerhin möglich war, daß La Bruja wieder herausstürmte. Er erwiderte den Blick des alten Mannes und erkannte, daß dieser seine Befürchtung wohl verstand. Aber der Priester stand offenbar fester im Glauben als er selbst. Entschlossen drehte er sich um, griff nach dem mächtigen Drücker und zog die Tür auf.

In der Kirche blieb alles still. Angel wartete atemlos, El Ciego voll Ungeduld auf das, was seiner Meinung nach kommen mußte. Nur Pater Orlando blieb seelenruhig. Es schien, als wüßte er im voraus, wie der Versuch ausgehen würde.

La Bruja lag in der kleinen dunklen Kirche keuchend auf den kalten weißen Fliesen. Auch als das schwindende Tageslicht durch die geöffnete Tür hereinfiel, rührte sie kein Glied. Es machte ihr nichts aus, wo sie sich befand. Hier war es still und friedlich, ihr Instinkt verriet ihr, daß sie an diesem Ort von jeder Beunruhigung verschont bleiben würde.

Eine Legende stirbt

El Ciego gab sich nicht so leicht geschlagen, besonders dann nicht, wenn er sich in seinem Stolz verletzt fühlte. Er hatte jedermann erzählt, daß er La Bruja in seinen Besitz bringen wolle. Wenn jetzt in der Stadt bekannt wurde, daß ihm ein hinkender Mesnerjunge verweigert hatte, mit ihr abzuziehen, würde er zum Gespött aller Leute werden. Darum kehrte er nach kurzer Zeit wieder zu der Kirche zurück und nahm die beiden Hengste mit, die er dem versprochen hatte, der ihm La Bruja fangen würde. Er trennte sich nur ungern von den schönen Tieren, aber wenn er dafür La Bruja eintauschen konnte, war ihm der Preis nicht zu hoch.

Zwei Tage waren erst vergangen, da fand er sich wieder bei der Kirche ein. Angel und Pater Orlando hatten inzwischen mit Hilfe eines befreundeten Gauchos das Kunststück fertiggebracht, La Bruja in den Corral zu schaffen. Ohne Kampf war das natürlich nicht gelungen, denn die Stute war vor Angst halb wahnsinnig und ließ niemand an sich heran. Pater Orlando hatte Angel gar nicht erlaubt, sich ihr zu nähern, obwohl dieser überhaupt keine Angst vor ihr hatte und ihr in der ersten Nacht Futter in die Kirche bringen wollte.

»Sie ist eine Mörderin, Angelito, und könnte dich angreifen, wenn du dich in ihre Nähe wagst. Wir müssen sie die Nacht über in der Kirche lassen, morgen können wir dann sehen, was wir mit ihr machen.«

»Aber sie wird hungrig sein«, gab der Junge zu bedenken.

»Daran wird sie nicht gleich sterben.«

Pater Orlando, der sonst stets heiter und gelassen war, zeigte ungewohnte Sorgenfalten. Es war doch unmöglich, La Bruja für unbestimmte Zeit weiter in der Kirche zu lassen, ja, er zweifelte sehr, ob er er überhaupt zulassen durfte, daß sie auch nur einstweilen dort blieb. Wie sollte es ihm aber gelingen, das Tier hinauszuschaffen, ohne daß es ihm und Angel verlorenging? Wenn er La Bruja freiließ, fiel sie bestimmt in die Hände El Ciegos.

Während ihm das alles durch den Kopf ging, sagte er mit ernstem Ausdruck zu Angel: »Du weißt doch, daß wir sie unmöglich behalten können, nicht wahr?«

»Aber warum denn nicht, Vater? Ich werde mich um sie kümmern.«

»Wie willst du das anfangen, mein Junge? Um sie hier halten zu können, müßtest du sie zunächst einmal zähmen.«

»Das werde ich auch zuwege bringen. Ich zähme sie, indem ich gut zu ihr bin. Damit gewinne ich ihr Vertrauen.«

»Nun, wir werden ja sehen«, bemerkte Pater Orlando auf Angels zuversichtliche Worte hin. »Zunächst muß sie schleunigst aus der Kirche hinaus, das geht allem anderen vor.«

Dieses Problem wurde durch Alfredo, einen jungen Gaucho, gelöst, der ganz in der Nähe wohnte. Er war herbeigeeilt, um sich La Bruja anzuschauen, als er hörte, daß sie in der Kirche Zuflucht gesucht und gefunden hatte. Dieser Mann verehrte den alten Priester, den er schon seit frühester Jugend kannte und der seinen drei Kindern die Taufe gespendet hatte. Er lebte mit seiner Familie in einem kleinen Lehmhaus, das keine zehn Meilen von der Kirche entfernt war, und gehörte zu den ständigen Besuchern Pater Orlandos.

Der Priester setzte ihm auseinander, wie die Dinge lagen. Daß ausgerechnet dem Pferdezüchter die Möglichkeit geboten werden sollte, seine Sammlung um ein weiteres ungewöhnliches Pferd zu bereichern, wollte Alfredo nicht in den Kopf, darum sagte er: »Ich werde sie mit dem Lasso fangen und damit in den Corral ziehen. Das dürfte nicht allzu schwierig sein. Bitte öffnen Sie jetzt die Kirchentür. Wenn sie herauskommt, werfe ich ihr die Schlinge über den Kopf.«

»Bist du auch sicher, daß du sie triffst?« fragte Angel mißtrauisch.

»Darüber mach dir nur keine Sorgen. Ich fange seit Jahren Rinder und Pferde mit meinem Lasso.«

Es geschah, wie Alfredo vorgeschlagen hatte. Sie öffneten nur den einen Flügel der Tür und hörten sofort das Geklapper von La Brujas Hufen auf den Fliesen, als sie nach so langer Gefangenschaft in der Kirche dem Licht und der Freiheit zustrebte. Sie hatte sich gut erholt und zum mindesten so viel von ihrer Kraft zurückgewonnen, daß sie wieder in zornige Abwehr verfallen konnte, wie es so ihre Art war. Den ganzen Vormittag hatten sie schon gehört, wie sie wiehernd herumklapperte, um auf eigene Faust einen Ausgang zu suchen, und dabei allerlei Schaden anrichtete. Als das Licht des Tages plötzlich durch die Tür hereinflutete, schrak sie zuerst zusammen, hatte aber binnen einer Sekunde begriffen, daß hinter der offenen Kirchentür die Freiheit winkte.

Im nächsten Augenblick kam sie herausgeschossen, nach dem Halbdunkel in der Kirche, wo die Kerzen über Nacht heruntergebrannt waren, blendete sie zunächst das helle Licht des Tages. Da fühlte sie auch schon, daß sich die Lassoschlinge um ihren Hals legte. Mit einem Wutschrei bäumte sie sich auf und versuchte, sich dieser Fessel mit den Vorderhufen zu erwehren. Ihr

Gebaren bestürzte den jungen Angel, der nie gedacht hätte, daß sie so wild sein könnte.

Alfredo zog das Lasso mit einem Ruck zusammen. Er saß schon auf seinem Pony, als er La Bruja fing, und es dauerte jetzt nur noch ein paar Minuten, bis er mit ihr trotz ihrer rasenden Gegenwehr in den Corral gelangte, wo Pater Orlando wartend am offenen Tor stand. Der Gaucho zerrte sie vollends hinein, obwohl sie sich so heftig dagegen stemmte, daß sie fast erstickt wäre; dann ließ er die Leine los und trat mit seinem Pony schleunigst den Rückzug an.

Als La Bruja merkte, daß die Leine lose herabhing, gebärdete sie sich wie toll, schüttelte sich voll Widerwillen und trat mit den Hufen nach dem Ding, bis es ihr am Ende wirklich gelang, sich davon zu befreien. Dann warf sie einen haßerfüllten Blick nach den drei Männern, die sie so aufmerksam beobachteten. Sie konnte natürlich nicht ahnen, wie gut sie es mit ihr meinten. Mit einem raschen Rundblick nahm sie den Corral in Augenschein, ohne auch nur im geringsten auf dessen andere Insassen zu achten, die sie von ferne neugierig musterten, aber nicht wagten, sich an sie heranzumachen. Sie schnupperte an der Umzäunung und schnaubte vor Zorn und Ungeduld. Ihre Ohren spielten unausgesetzt, hochgradige Erregung kennzeichnete ihr ganzes Verhalten. Sie rollte die Augen, schlug mit dem Schweif und hielt keine Sekunde still.

»Wir wollen sie jetzt in Frieden lassen, Angel«, meinte Pater Orlando. »Geben wir ihr Zeit, sich zu beruhigen, ehe wir versuchen, ihre Feindschaft gegen uns zu überwinden.«

»Soll ich sie für dich brechen?« fragte Alfredo zu Angel gewandt.

»Nein, o nein, ich möchte nicht, daß sie gebrochen wird«, gab der Junge hastig zur Antwort. »Lasse sie bitte ganz in Ruhe, ich möchte sie auf meine eigene Weise zähmen.«

Sie ließen La Bruja allein. Als sie herausfand, daß sie nicht aus dem Corral entweichen konnte, stellte sie sich in eine Ecke und stampfte rastlos mit einem Huf den Boden, bis sie innewurde, daß sie hungrig war. Da begann sie das Gras zu fressen, das am Rande des Corrals stellenweise gedieh. Alle paar Augenblicke hob sie lauschend den Kopf, damit ihr kein Zeichen nahender Gefahr entging. Da sie nichts dergleichen hörte, wurde sie allmählich ruhiger.

So entdeckte sie El Ciego, als er eines Tages mit den beiden Hengsten an der Leine zur Kirche geritten kam. Angel sah ihn kommen und rief sogleich Pater Orlando herbei. So erwarteten sie ihn gemeinsam, keiner von ihnen traute ihm über den Weg.

»Na, Pater, jetzt können Sie gewiß nicht mehr sagen, die Stute habe sich in Ihre Kirche geflüchtet«, rief er schon von weitem, als er näher kam.

»Der Corral ist Eigentum der Kirche. Wenn Sie sie daraus entfernen, versündigen Sie sich gegen das achte Gebot.«

»Ich bin nicht gekommen, sie zu stehlen, Pater. Schauen Sie nur, hier habe ich zwei herrliche Hengste mitgebracht, die sind für den Jungen da bestimmt. Ich hatte sie dem versprochen, der mir die Stute fängt.«

Angel starrte nach den beiden Hengsten. Sie waren kastanienbraun und paßten in jeder Hinsicht wunderbar zusammen. Der eine hatte einen weißen Stern auf der Stirne, der andere eine weiße Blesse. Sie schnaubten und traten vor und zurück, es waren zweifellos feurige Tiere; halb im Scherz, halb im Ernst bearbeiteten sie einander mit den Zähnen.

»Na, wie gefallen dir die beiden, mein Junge?« fragte El Ciego, dem Angels Bewunderung nicht entgangen war.

»Sie sind wunderschön.«

»Möchtest du sie nicht haben?«

»Was sollte ich mit ihnen anfangen?«

»Was fängst du denn mit La Bruja an?«

»Ich weiß es noch nicht, ich weiß nur, daß ich sie nicht gegen die Hengste tauschen werde.«

El Ciego beherrschte nur mit Mühe seinen aufsteigenden Ärger. Der Junge war ihm zu schlagfertig, er verstand es, die unverschämtesten Antworten mit höflichen Floskeln zu tarnen.

»Wofür würdest du sie denn tauschen?«

Angel überlegte, dann blickte er grinsend zu dem Pferdezüchter auf, der sein Lieblingspferd, den ungeduldigen Palominohengst, mit kurzem Zügel auf der Stelle hielt.

»Für Eldorado«, gab er schließlich kurz und bündig zur Antwort.

Daraufhin starrte ihn El Ciego ungläubig an und war nun nicht mehr imstande, seine Wut zu beherrschen.

»Du bist närrisch, Junge! Weißt du nicht, daß ich mich von diesem Pferd nie trennen werde?«

»Genauso geht es mir mit La Bruja«, sagte Angel, »ich werde sie um keinen Preis der Welt verkaufen oder vertauschen.«

Alfredo war nicht der einzige, der zur Kirche kam, um La Bruja zu sehen. Sehr bald lockte die Neugier einen Strom von Gauchos und Städtern an, die alle so taten, als ginge es ihnen nur um einen Kirchenbesuch. Dabei machten sie immer zuerst am Corral halt und wären dann bestimmt wieder weggeritten, wenn Pater Orlando nicht herausgekommen wäre, um sie zu begrüßen. Sogar der dicke Barbier ließ sich einmal sehen, obwohl seine Erzählung viel von ihrer früheren Wirkung auf die Zuhörer eingebüßt hatte. La Bruja war nicht das Fabeltier, zu dem er sie gestempelt hatte, sondern nichts als eine häßliche, bösartige Stute. Wer nicht gesehen hatte, wie sie über die Pampa hinflog, wußte rein gar nichts zu ihrem Lob zu sagen. Jetzt, da sie gefangen war und jeder sie aus der Nähe betrachten konnte, geriet auch die Kunde von ihrer sagenhaften Kraft und Schnelligkeit immer mehr in Vergessenheit, bis am Ende niemand mehr davon wußte.

Pater Orlando machte sich das Interesse seiner Besucher zunutze, indem er sie in aller Unschuld in seinem Kirchlein willkommen hieß, als wüßte er nicht genau, daß sie nur erschienen waren, um sich La Bruja anzuschauen. Er war sich darüber im klaren, daß sie bestimmt kein zweites Mal kommen würden, darum ergriff er wenigstens diese einmal gebotene Gelegenheit, ihr Gewissen aufzurütteln.

El Ciego ließ sich nicht mehr sehen, weil er nur zu genau wußte, daß mit Angel nicht zu reden war. Aber er legte seinen Männern ans Herz, das Pferd im Auge zu behalten und ihm zu berichten, wie Angel mit ihm fertig wurde. Womöglich ging sie ihm eines Tages durch, wenn er sie zu reiten versuchte; dann wollte er auf jeden Fall vermeiden, daß sie ihm ein zweites Mal verlorenging.

Pater Orlando freute sich über all die unerwarteten Besucher, zumal er einigen von ihnen sogar das Versprechen abgewann, in Zukunft öfter in seine Kirche zu kommen. Angel dagegen war verzweifelt über diesen Ansturm, weil La Bruja in ihrem Corral keinen Augenblick Ruhe fand. Fast jeden Tag erschienen Leute, die sie betrachten wollten, und an den Sonntagen steigerte sich ihre Wut über die Menschen förmlich zur Raserei.

Angel hätte das alles nicht so schlimm gefunden, wenn sich die Leute damit begnügt hätten, sie zu betrachten, und dann wieder gegangen wären. Aber nein, eines Tages versuchte es ein junger Bursche sogar, auf ihr zu reiten. Während ein anderer ihre Aufmerksamkeit auf sich zog, sprang er von der Umzäunung aus mit einem Satz auf ihren Rücken. Sie drehte sich augenblicklich wie ein Wirbelwind im Kreis, warf ihn in hohem Bogen ab und zertrampelte in mörderischer Absicht dicht neben seinem Kopf den Boden.

Unter diesen Umständen fand Angel selbst nur selten die Möglichkeit, allein mit La Bruja zusammenzusein. Er hatte sich ausgedacht, daß sie von sich aus zu ihm kommen sollte. Dazu wollte er nur auf dem Zaun des Corrals sitzen und sie geduldig im Auge behalten, bis sie keinen Feind mehr in ihm sah. Aber alle die Menschen, die sie fortgesetzt anstarrten, die ihr zuriefen und sie zu berühren suchten, jagten ihr immer aufs neue solche Angst ein und versetzten sie in eine so sinnlose Wut, daß Angels Bestreben zum Scheitern verdammt war. In der Abenddämmerung, lange nachdem der letzte Besucher verschwunden war, suchte er sie auf. Aber die Erlebnisse des Tages hatten La Bruja so verärgert und in eine so hochgradige Erregung versetzt, daß sie in ihm nur einen neuen Quälgeist erblickte. Entweder floh sie dann bis an das entgegengesetzte Ende des Corrals, oder sie versuchte, ihn wütend anzugreifen.

Angel erwartete keineswegs, daß er den Weg zu La Brujas Herz leicht und mühelos finden werde, er wußte vielmehr, daß er unendliche Geduld werde aufbringen müssen, um ihr Vertrauen zu gewinnen. Aber seine beste Absicht konnte keine Bestätigung finden, weil er nie mit La Bruja allein sein durfte. Auch Pater Orlando bot ihm nur schwachen Trost, wenn er sich bei ihm beklagte. Der Pater meinte, man werde La Bruja ja doch bald vergessen, und dann würden auch keine Leute mehr kommen, um sie anzuschauen. Aber sie wurde ja gerade jetzt vollends verdorben, jetzt, da es so wichtig gewesen wäre, daß sie endlich Vertrauen zu den Menschen gewonnen hätte. Für Angel war es eine Marter, die unnötigen Leiden mit ansehen zu müssen, die sie Tag für Tag zu ertragen hatte. Es war kein Wunder, wenn sie bösartig war und die Menschen haßte.

Pater Orlandos Voraussage traf ein, zumal ihm das Wetter dabei zu Hilfe kam. In der Folge gab es heftige, anhaltende Regenfälle, so daß sich kein Mensch in die Pampa hinauswagte, wenn ihn nicht ein wichtiger Grund dazu zwang. Als dann der Regen versiegte und die Sonne wieder vom Himmel schien, sah es so aus, als wäre La Bruja wirklich vergessen, weil niemand mehr erschien, um sie anzuschauen. Angel war überglücklich. Er hatte es in letzter Zeit selbst vermieden, ihr nahe zu kommen, es sei denn, um ihr Gras zum Fressen zu bringen. So war sie nun schon seit vierzehn Tagen ohne lästigen Besuch geblieben, wenn man von ihren drei vierbeinigen Gefährten im Corral absah. Aber von denen nahm sie immer noch keine Notiz.

Als der Regen aufhörte, versuchte Angel von neuem, seinen Plan zu verwirklichen. Er hatte ja Zeit in Fülle und brauchte nicht gleich die Hoffnung aufzugeben, wenn sie von seiner Gegenwart nicht sofort beglückt Kenntnis nahm. Sobald er seinen Unterricht hinter sich hatte und die Arbeit des Tages getan war, humpelte er zum Corral und setzte sich dort auf den Zaun. In schmeichelndem Ton redete er auf die Stute ein, vermied es aber, sich ihr zu nähern, weil ihm dies sowohl die eigene Vorsicht als auch die strenge Anweisung Pater Orlandos verbot, der La Bruja nicht traute.

Mit der Zeit nahm er ihre Häßlichkeit überhaupt nicht mehr wahr, denn er liebte sie innig und war es zufrieden, ihr so nahe zu sein, daß er sie jeden Tag besuchen konnte. Er war sich wohl bewußt, daß sie ihm wegen all der früher erlittenen Grausamkeiten noch mißtraute, glaubte jedoch fest daran, daß sie ihn in naher Zukunft als echten Freund erkennen werde. Da er sie liebte, wünschte er brennend, daß sie seine Gefühle für sie erwidern möchte, und es hätte ihm die höchste Erfüllung bedeutet, wenn sie mit ihrer feuchten rosa Schnauze von sich aus seine Hand berührt und ihm erlaubt hätte, ihren häßlichen Kopf zu streicheln. Es fiel ihm schwer, im Unterricht bei der Sache zu bleiben, aber Pater Orlando hatte Verständnis für seine Unaufmerksamkeit und tadelte ihn nur milde. Zuweilen erlaubte er ihm sogar, hinauszugehen und mit La Bruja zu reden, bis er sich wieder imstande fühlte, zu den Büchern zurückzukehren.

Die Tage und Wochen vergingen, ohne daß es Angel gelungen wäre, die Zuneigung La Brujas zu gewinnen. Der einzige Fortschritt war, daß sie allmählich ihre Angst vor ihm verlor und nicht mehr in die andere Ecke des Corrals floh, wenn er näher kam. Nie versuchte er, sie zu berühren; er gab sich darin nicht nach, sooft ihn auch die Lust dazu überkam, weil er wollte, daß sie den ersten Schritt zur Annäherung tat.

Er wartete umsonst. Sie starrte ihn zwar an, aber seine Stimme schien sie gleichgültig zu lassen. Sie warf einen Blick auf seine Hände, die er ihr entgegenstreckte, und sah dann unbeteiligt weg. Wenn sie nicht fraß, stand sie die meiste Zeit an der Umzäunung des Corrals und schaute ins Land hinaus, ihr Kinn ruhte dabei auf dem obersten Geländerbalken. Wenn die Vögel zwitschernd über sie hinwegflogen, spitzte sie wohl die Ohren, sonst aber machte sie einen gleichgültigen, teilnahmslosen Eindruck.

Manchmal sah sie einen Gaucho im Galopp vorüberreiten. Dann bebte sie am ganzen Körper, als ob sie im nächsten Augenblick auf und davon jagen müßte. Erst wenn der Mann vorüber war, wurde sie wieder ruhig. Sonntags war sie immer besonders aufgeregt, denn da kamen die Menschen, die die Kirche besuchten. Es waren ihrer nicht viele, aber die, welche kamen, warfen auch einen Blick auf La Bruja und unterhielten sich über sie. Die Buben stachelten sie auf, herumzurennen und um sich zu schlagen, indem sie sie, zu Angels immer neuem Ärger, mit allerlei Geräuschen erschreckten.

Angel mußte das mit ansehen, während er die Glocke läutete. Er hätte es den Burschen am liebsten schreiend verwiesen, aber er wußte, daß Pater Orlando so etwas nicht duldete. Wenn der Gottesdienst dann zu Ende war und die Leute den Heimweg angetreten hatten, eilte er sofort zum Corral und redete in beruhigendem Tonfall auf La Bruja ein. Wenn sie nur merken wollte, dachte er, daß er einzig den Wunsch hatte, ihr zu helfen, wenn sie nur ein wenig spüren wollte, daß er sie liebte! Vielleicht ahnte sie wohl etwas davon, jedenfalls verriet sie es nicht. Er durfte höchstens erwarten, daß sie sich nicht scheu vor ihm zurückzog.

Angel fragte sich oft, was der Halfter zu bedeuten hatte, den sie um den Kopf trug. War er ihr von jenem jungen Mann angelegt worden, von dem der Barbier so viel erzählte, oder kündete er von einem anderen Besitzer? Er hätte ihn gerne gelöst, weil er wußte, daß La Bruja fortan völlig frei sei und daher auch kein Geschirr von Menschenhand mehr tragen sollte. Der Junge litt unter einem merkwürdigen inneren Zwiespalt. Einerseits war er glücklich, La Bruja in seiner Gewalt zu haben, andererseits war sie für ihn geradezu ein Sinnbild schrankenloser Freiheit, wie sie sonst nur den Vögeln geschenkt ist. Auch als Gefangene verkörperte sie für ihn noch die wunderbare Gabe der Schnelligkeit, die ihm selbst vom Schicksal versagt war.

Er liebte die Vorstellung, daß sie auch jetzt noch jederzeit wie der Wind über die Pampa fegen konnte, aber es sollte nicht auf den Befehl irgendeines Herrn hin geschehen. Er wollte sie zahm, aber er wollte sie zugleich auch wild. Dabei wußte er wohl, daß er beides nicht haben konnte.

DIE LÖSUNG

Wieder einmal kehrte in der Pampa der Frühling ein. Die Sommervögel zogen in Scharen über das Land, daß die Schatten ihrer Schwingen über das weite Grün huschten, und La Bruja bebte vor innerer Unruhe an allen Gliedern, wenn sie ihren Corral überflogen. Dort war sie noch immer gefangen und litt in diesen Tagen des erwachenden Lebens doppelt unter ihrer verlorenen Freiheit.

Angel begriff, was sie jetzt bewegte, und hatte volles Verständnis dafür. Sie hatte sich endlich dazu bereit gefunden, ihn als ihren Freund zu betrachten, sie ließ sich von ihm streicheln und pflegen, wobei vielleicht in ihrer Erinnerung der Indianer auftauchte, der zuletzt ihr Herr gewesen war. Sie selbst gab ihre Zuneigung kaum zu erkennen. Wohl hatte sie aufgehört, die Zähne zu fletschen, die Ohren zurückzulegen und scheu zur Seite zu springen, aber es fiel ihr niemals ein, sich ihm freiwillig zu nähern. Sie suchte seine Freundschaft nicht, sie ließ sich seine Liebesdienste nur gefallen, weil ihr wohl klargeworden war, daß er nichts Böses gegen sie im Schilde führte.

Als Gefangene war sie todunglücklich. Schon unter Onak war das Leben schlimm genug gewesen, aber da hatte sie wenigstens dann und wann Gelegenheit gehabt, ihren Bewegungsdrang auszutoben. Angel dagegen hatte nie versucht, sie zu reiten, bei ihm stand sie nur müßig im Corral herum, oder sie wanderte rastlos an der Umzäunung entlang im Kreis, wenn ihr nicht gerade einfiel, ihre Mitgefangenen zu beschnuppern. Die meiste Zeit starrte sie beobachtend, lauschend und witternd über den Zaun hinweg ins Weite. Als es jetzt gar wieder Frühling wurde, floß auch ihr das ermattete Blut wieder rascher durch die Adern. Vergessene Instinkte wurden wach, und die über sie hinziehenden Vögel lockten sie mit schmerzender Beharrlichkeit. »Komm mit! Komm mit!« riefen sie ihr immerfort zu, aber der dumme Zaun hinderte sie daran, ihrem Ruf zu folgen.

Angel war Zeuge ihrer Unruhe und konnte sie ihr nachfühlen. Während all der Monate, die sie nun in seinem Gewahrsam war, hatte er sie mit liebevollem Herzen eingehend studiert, darum kannte er sie jetzt durch und durch. Er wußte genau, wie sie scharrte und den Kopf hochwarf, wenn sie voll Ungeduld auf ihr Futter wartete, das er ihr brachte; er merkte auch sofort, wenn sie gereizt oder müde war, und natürlich erst recht, wenn sie plötzlich irgend etwas interessierte. Selbstverständlich war ihm auch nicht entgangen, daß sie ihn nicht liebte, weil ihr das Blut viel zu wild durch die Adern strömte, als daß sie die Herrschaft irgendeines Menschen ertragen hätte, ganz gleich, ob er nun gütig oder grausam zu ihr war. Darum gab es für Angel auch keinen Zweifel, daß sie als Gefangene todunglücklich war. Oft war er drauf und dran, sie einfach freizulassen, aber jedesmal scheute er davor zurück, weil er wußte, daß El Ciego nach wie vor auf sie lauerte. Er nahm ihr den Halfter ab, aber die Freiheit wagte er ihr nicht zu schenken.

Je besser er La Bruja verstehen lernte, desto deutlicher erkannte er, daß sie auf keinen Fall von Natur ein Töter war. Gewiß, sie war wild, sie benahm sich wohl auch ungebärdig, aber als es ihm erst gelungen war, ihre Ängste zu zerstreuen, als sie erst begriffen hatte, daß er ihr nichts Böses antun wollte, benahm sie sich ruhig und zutraulich. Sie spielte ihm auch keinen üblen Streich, ihr Blick verlor seinen bösen Ausdruck, nur selten legte sie noch drohend die Ohren zurück. Einzig die Angst konnte sie damals dazu verleitet haben, den Mann zu töten. Das erzählte Angel jedem Gaucho, denn es gab immer noch Leute, die der Meinung waren, daß man La Bruja zur Strafe für ihre Untat umbringen sollte.

Diese Menschen waren erstaunt, zu erfahren, daß Angel die

Stute gezähmt hatte. Pater Orlando bestätigte es ihnen, wenn sie nicht daran glauben wollten. Er versicherte ihnen, daß es damit seine Richtigkeit habe, obschon sie offenbar immer noch ängstlich und ungehalten war, wenn Fremde einen Blick auf sie werfen wollten. Dieser oder jener wußte sogar zu berichten, daß Gregorio mit Pferden nie Geduld gehabt hatte, und gab am Ende zu, daß er La Bruja allem Anschein nach nur gereizt und überfordert hatte. Angel tat sein Bestes, um ihr einen guten Namen zu machen, und der dicke Barbier kam dabei unversehens um den Lieblingsstoff für seine Erzählung.

Angel versuchte, von La Brujas Unruhe keine Notiz zu nehmen. Er wußte, daß er sie nicht freilassen durfte, sosehr er sich auch danach sehnte, sie wahrhaftig glücklich zu machen. Seine Liebe kannte keine Selbstsucht, darum wollte er sie auf keinen Fall gegen ihren Willen bei sich behalten. Wie sehr hoffte er, sie möchte diese Liebe eines Tages doch noch erwidern, wie oft träumte er davon, daß er dann das Tor des Corrals weit auftun könnte, ohne daß sie sofort das Weite suchte! Aber sooft er aus diesem schönen Traum erwachte, mußte er sich eingestehen, daß sie ohne Zögern auf und davon jagen würde, wenn er ihr wirklich den Weg freigäbe.

»Vater Orlando, was soll ich nur tun?« fragte Angel eines Tages ganz unglücklich. »Ich möchte sie so gerne freilassen, aber ich weiß, daß ich es nicht darf.«

»Du hast die Wahl, Angelito. Entweder schenkst du ihr die Freiheit, dann läuft sie weg und ist glücklich, bis sie – sagen wir, nach acht bis zehn Tagen – wieder eingefangen wird. Oder aber, du hältst sie in Gefangenschaft, bis sie ein alter Klepper ist und einen grauen Schnurrbart hat wie die anderen. Dann ist von Glücklichsein nicht mehr die Rede, aber du weißt doch wenigstens, daß sie bis an ihr Ende gut versorgt ist.«

»Acht Tage Glück oder ein ganzes langes Leben in Sehnsucht und Elend? Wie würde ich mich entscheiden, wenn ich selbst dazwischen wählen müßte?« meinte Angel. »Wenn die schönen acht Tage um sind, bleibt sie bis ans Ende ihres Lebens in der

Sklaverei jenes El Ciego, vor dem wir sie schon einmal bewahrt haben, oder sie fällt einem anderen in die Hände, den sie ebenso hassen wird.«

»Vielleicht, vielleicht auch nicht«, gab der Priester zur Antwort. »Das Pferd gehört dir, mein lieber Angel, darum ist es deine Aufgabe, mit diesem Problem fertig zu werden. Du hast es in der Hand, die Wahl für sie zu treffen. Kennst du sie nicht so gut, daß du weißt, welche Wahl sie selbst treffen würde?«

Angel gab keine Antwort. O ja, er wußte nur zu genau, wie sich La Bruja entscheiden würde, aber er konnte den Gedanken nicht ertragen, sie in den Händen eines anderen zu wissen. In diesem Punkt war seine Liebe zu ihr eben noch nicht ganz selbstlos. Wenn er sie nicht besitzen durfte, dann sollte sie ganz und gar frei sein. Daß er sie einem anderen überließ, kam für ihn nicht in Frage.

Wie immer saß Angel auf der Umzäunung des Corrals und folgte La Bruja mit dem Blick. Zum erstenmal in seinem jungen Leben sah er sich vor ein Problem gestellt, für das es allem Anschein nach keine Lösung gab. Er rief sich ins Gedächtnis, wie er sie zum erstenmal zu Gesicht bekommen hatte: als armes, geschlagenes, völlig ausgepumptes Geschöpf mit blutunterlaufenen Augen und keuchendem Atem. Dann fiel ihm ein, wie er sie stets in seiner Vorstellung gesehen hatte: das Pferd, das mit weit ausgreifenden Beinen und windzerzaustem Schweif einhergaloppierte und dessen Augen im Überschwang der Lebensfreude blitzten. Und jetzt stand sie mit gesenktem Kopf und stumpfem Blick hier vor ihm im Corral. Wirklich froh konnte ihn nur die Vorstellung machen, die sie ihm in Freiheit zeigte.

Angel sah den Payador von weitem kommen, er erkannte ihn an der Gitarre, die ihm quer über die Schultern hing, und an dem Pferd, das er ritt. Sogleich eilte er zu Pater Orlando, um ihm sein Kommen zu melden. Die Aussicht auf den Besuch des alten Mannes beruhigte sein erregtes Gemüt und machte ihn wieder froh, denn der Payador kannte eine Menge spannender Geschichten, die Angel in seinen Religionsbüchern vergeblich suchte, und Lieder, die viel aufregender waren als jene, die sie in der Kirche zu singen pflegten.

Der Payador ritt ein Pferd, um das ihn El Ciego schon lange beneidete. Es war eine bronzebraune Stute mit schwarzen Beinen, und der Pferdezüchter war überzeugt, daß sie mit Eldorado ein herrliches Palominofohlen würde zeugen können. Wie oft hatte er dem alten Mann schon Geld oder andere Pferde für diese Stute geboten, aber der Payador wollte sich um keinen Preis von seiner Thamár trennen. Schließlich verriet er dem anderen, daß die wilde La Bruja die Mutter Thamárs sei, weil er wußte, daß sie El Ciego dann um so heftiger begehren würde. Wie so viele Männer hatte auch er seinen Spaß daran, dem Pferdezüchter den Mund wäßrig zu machen, um ihm dann ein unverblümtes Nein zu sagen.

Der Payador war aus zwei Gründen zur Kirche gekommen. Einmal hatte er seine religiösen Pflichten lange vernachlässigt und wollte darum mit Pater Orlando Zwiesprache halten; der zweite Anlaß aber war, daß auch er von La Brujas Anwesenheit hier gehört hatte und die häßliche Mutter seiner bildschönen Thamár einmal wiederzusehen wünschte.

La Bruja erkannte ihre Tochter nicht. Thamár lief ohne Sattel frei im Corral herum, die Mutter beschnupperte sie neugierig und ließ sie weiters unbeachtet. Sie hatte längst vergessen, daß sie einst dieses Fohlen auf der Pampa ausgetragen hatte, sie wußte auch nichts mehr von dem grausamen Schmerz über seinen Verlust. Angel musterte das herrliche Geschöpf mit bewundernden Blicken und war stolz in dem Bewußtsein, daß dies eine Tochter seiner geliebten La Bruja war. Aber das Herz wurde ihm dann um so schwerer, als er vom Payador erfahren mußte, daß El Ciego seine Stute immer noch zu erlangen trachte. Auf diese Kunde hin schwand jeder Ausdruck der Freude aus seinem braunen Gesicht.

»Was ist denn mit dir, Ranito?« fragte der Payador. »Hast du etwa Angst, er könnte sie dir stehlen?«

»Nein, so etwas tut er nicht. Mir wenigstens nimmt er sie nicht weg. Aber aus der Pampa stiehlt er sie weg, und dort gehört sie doch hin. Auch mir gehört sie ja im Grunde nicht.«

»Erzähl mir doch von ihr«, drängte der Payador, denn er hörte ebenso gern Geschichten, wie er sie anderen erzählte. Angel begegnete seinem gütigen, verständnisvollen Blick und wußte sofort, daß er einen echten Freund vor sich hatte.

Glücklich schüttete er dem Gauchodichter sein Herz aus und befreite sich so von dem Druck, der auf ihm lastete. Er hatte das sichere Gefühl, daß ihm der Payador helfen werde. Daran konnte er nicht zweifeln, wenn er nur sah, wie Thamár ihren Herrn liebte, wie liebevoll er sie behandelte, wie er sie bald schalt, bald freundschaftlich mit ihr sprach. Ja, er ließ sich sogar durch den Kopf gehen, ob er La Bruja nicht ihm zum Geschenk machen sollte, aber am Ende meinte er doch: »Sie soll frei sein.«

Sie lehnten nebeneinander am Zaun des Corrals, die warme Frühlingssonne brannte vom azurblauen Himmel auf sie herab. Pater Orlando trat zu ihnen, ohne ein Wort zu sprechen, er lauschte nur auf das, was sein Junge sagte, und wurde erst in diesem Augenblick gewahr, wie sehr Angels Ängste und Hoffnungen an La Bruja hingen. Auch der Payador sagte nichts, er nickte nur ab und zu mit dem Kopf, bis der Junge mit seiner Erzählung zu Ende war und schwieg.

Dann sagte er: »Für dein Problem gibt es nur eine Lösung, kleiner Ranito. Du kannst eines tun, und dazu bist du nur imstande, wenn du sie wirklich liebst, denn es ist eine harte Aufgabe, die du damit übernimmst.«

»Ich liebe sie doch – und wie ich sie liebe! Alles, alles will ich für sie tun«, gelobte Angel. »Sage mir nur, was ich tun muß.«

»Wenn du sie freilassen willst, mußt du ihr das nehmen, was sie den Menschen so begehrenswert macht.«

Darauf wußte Angel zunächst nichts zu sagen, denn er hatte den alten Mann nicht verstanden. Er runzelte die Stirn und dachte angestrengt nach. Der Payador überließ ihn seinem Sinnen, weil er wohl wußte, daß er sehr bald begreifen würde, was er ihm sagen wollte. Plötzlich hob der Junge den Kopf und starrte den alten Gaucho mit seinen schwarzen Augen ungläubig an. Jetzt hatte er offenbar verstanden.

»Du meinst, ich soll ihr die Schnelligkeit nehmen? Ich soll sie lähmen, zum Krüppel machen?«

Der Payador nickte und erwiderte Angels Blick.

»Aber das wäre doch roh und grausam. Wie könnte ich das tun, ohne sie zu verletzen? Wie sollte sie mir dann je wieder ihr Vertrauen schenken?«

»Verletzen mußt du sie natürlich, anders geht es nicht, aber wenn du sie dann freigelassen hast, ist es ja nicht mehr nötig, daß sie dir Vertrauen schenkt. Manchmal zwingt einen die Liebe, grausam zu sein. Ich bin sicher, daß du das verstehst.«

Angel gab darauf keine Antwort. Er rang damit, diese ganz neue Vorstellung mit all dem in Einklang zu bringen, was ihn sonst bewegte. Nie im Leben wäre er auf den Gedanken verfallen, La Bruja zu verletzen. Und jetzt meinte der Payador, ausgerechnet dies müsse er tun, grausam müsse er sie behandeln, wenn er seine Liebe zu ihr bewähren wolle. Er wußte, was es hieß, gelähmt zu sein und auf alles verzichten zu müssen, was man sich glühend ersehnte. Und nun sollte er, ausgerechnet er seine La Bruja in das gleiche lebenslange Elend stürzen?

»Gibt es denn wirklich keine andere Möglichkeit?« stieß er endlich hervor und blickte fragend von einem der Männer zum anderen. Die Antwort auf seine Frage war ihnen von den Augen abzulesen.

»Der Payador ist ein weiser Mann«, sagte Pater Orlando, »du solltest auf seinen Rat hören.«

»Entweder du tust, was ich dir vorschlage, oder du hältst sie bis an ihr Ende gefangen, ein Drittes gibt es nicht«, fügte der Payador hinzu, und Angel mußte sich sagen, daß er recht hatte.

Seufzend warf er einen Blick auf La Bruja. Er wußte nur zu genau, daß sie in ihrem Freiheitsdrang am ganzen Leib fieberte. Dann fragte er sich, ob ihr wirklich die Freiheit selbst so über alles ging oder ob nicht etwa doch ihre Lust am wilden Dahinjagen noch größer war. Wahrscheinlich, so vermutete er, begehrte sie beides mit gleicher Leidenschaft, er aber durfte ihr nur eines dieser beiden Geschenke oder keines gewähren. So bitter weh es ihm tat, das zweite mußte er ihr versagen.

»Gut«, sagte er nach einer Weile zum Payador, »aber Sie müssen es selbst tun, Señor. Ich bringe es nicht über mich, ich liebe sie so, daß ich ihr unmöglich weh tun kann.«

»Aber Ranito, du weißt doch, daß sie mich nicht heranläßt. Du mußt es schon auf dich nehmen, weil sie nur zu dir Vertrauen hat. Sonst brauchten wir Stricke und Männer, die uns helfen. Dann würde sie erst recht toben.«

Angel nickte. Er war ganz blaß, und sein Blick verriet, daß ihm bitter weh ums Herz war. Die Angst vor dem, was ihm bevorstand, schnürte ihm die Kehle zu, als ihm der Payador sein langes, silberbeschlagenes Messer reichte. Zögernd nahm er es entgegen und betrachtete es mit einem Blick voller Grausen. Dann barg er es in seinem breiten Gürtel, weil er fürchtete, daß La Bruja erschrecken könnte,wenn sie es sah.

»Du mußt ihr an der Fessel, knapp über dem Huf, eine hintere Sehne durchschneiden«, wies ihn der Payador an. »Ein schneller Stich, und alles ist vorbei, aber du mußt kräftig zustechen, denn ein zweites Mal läßt sie dich nicht heran.«

Angel gab ihm keine Antwort. Langsam humpelte er zum Tor des Corrals. Dort blieb er mit dem Rücken zu den beiden Männern eine Weile stehen, seine Bewegungen verrieten ihnen, daß er die Tränen abwischte, die ihm über die Wangen liefen.

Schweren Herzens trat er dann zu La Bruja und streichelte sie zärtlich wie immer. Nur sprechen konnte er nicht mit ihr, er brachte beim besten Willen keinen Laut über die Lippen. Wie hoffte er, daß sie etwas von seiner Liebe zu ihr spürte. Was hätte er darum gegeben, wenn sie begriffe, warum er ihr das antun wollte! Lange stand er so bei ihr, immer wieder schob er den schrecklichen Augenblick hinaus und versuchte sich klarzumachen, daß sie fortan nie mehr galoppieren konnte, wenn es erst

geschehen war, und daß sie dann kein Mensch mehr für sich begehren würde.

»O La Bruja!« kam es ihm zuletzt über die Lippen. »Warum geht dir die Freiheit über alles? Warum ist dein Herz so wild? Wir beide, du und ich, könnten die besten Freunde sein. Stattdessen bist du fortan ein elender Krüppel wie ich. Werde glücklich in deiner Pampa, mein häßlicher Krüppel, du kannst sicher sein, daß dir niemand mehr nachstellen wird.«

Er lehnte sich an die Stute und suchte in seiner Tasche. Dabei fiel ihm der Rosenkranz aus schwarzen hölzernen Perlen ein, den er immer bei sich trug. Er zog ihn heraus, griff nach einer Strähne von La Brujas langer, schwarzer Mähne und flocht seinen Rosenkranz fest in die starken, drahtigen Haare. Es war das einzige Besitztum, das er ihr zum Abschied schenken konnte. La Bruja schüttelte sich, schnaubte und stand dann wieder still. Sie fühlte, daß Angel heute anders war als sonst, aber sie begriff nicht, was dies zu bedeuten hatte.

Endlich zog er das Messer aus dem Gürtel und tastete an einem ihrer Hinterbeine entlang nach unten. Er bewegte die Hand so langsam, daß sie nicht erschrak. Seine Aufgabe war deshalb nicht ganz einfach, weil ihn die Krücke behinderte, darum warf er das Ding zur Seite und kniete sich neben la Bruja auf die Erde. Er hatte nicht die geringste Angst, er dachte nicht einmal daran, daß sie nach ihm ausschlagen könnte. Er vergaß, daß der Payador und Pater Orlando sein Tun verfolgten, ja, er vergaß alles, alles, nur nicht die Tat, die ihm bevorstand. Dann, im nächsten Augenblick, raffte er all seinen Mut zusammen und stieß die Spitze des Messers tief in die Fessel der Stute, so wie es ihm der Payador gewiesen hatte.

La Bruja sprang mit einem wilden Schmerzensschrei in die Luft und schlug wütend aus. Angel ließ sich flach auf den Rükken fallen, um ihren tödlichen Hufen zu entgehen, halb blind von Staub und Tränen sah er kaum noch, wie sie quer durch den Corral und zum offenen Tor hinausraste.

Dann erhob er sich auf die Knie und blickte ihr nach. Da sie so rasch davonjagte und keine Behinderung erkennen ließ, war er im Zweifel, ob er sie wirklich gelähmt hatte. Dann sah er aber, daß ihr Blut im staubigen Boden feuchte Flecken hinterlassen hatte. Jetzt hielt sie auch in ihrem Lauf inne und berührte die verwundete Fessel mit der Schnauze. Offenbar war sie nicht mehr imstande, den Huf auf die Erde zu setzen.

Er hatte also nicht versagt. Die lang zurückgehaltenen Tränen füllten ihm plötzlich die Augen, so daß er nicht mehr sah, wie sie humpelnd in die Freiheit strebte. Jetzt begann er zu schluchzen, als ob ihm das Herz brechen wollte.

Angel sollte La Bruja nie wiedersehen. Als sich der Payador von den Bewohnern der kleinen Kirche verabschiedet hatte, ritt er nach der Ranch El Ciegos und berichtete ihm, was Angel getan hatte. Wenn man ihn späterhin bat, ein Lied von der Pampa zum besten zu geben, dann sang er oft von der Stute La Bruja.

Ab und zu kaum ein Gaucho zur Kirche und erzählte Angel, er habe La Bruja von weitem gesehen. So erfuhr der Junge doch wenigstens, wie es ihr ging. Der Frühling mit seinem Sturm und Drang ging vorüber, auch die heißen Sommertage, in denen die Disteln wuchsen, blühten und ihre Samen streuten, waren im Fluge vorbei, die Vögel nisteten und warteten ihre junge Brut, Wind und Regen zauberten Blumen und frisches Grün aus dem dürren Boden. Wieder kam und ging ein Winter, und schon war ein volles Jahr ins Land gegangen, seit Angel La Bruja im Corral gefangengehalten hatte.

Wieder erschien ein Gaucho und berichtete, er habe die Stute mit einem schönen, schwarzen Fohlen gesehen. Sie folgte den Spuren einer zahlreichen Herde, die von einem schwarzbraunen Hengst angeführt werde. Dann hörte man nichts mehr von ihr, denn die Herde war in eine andere Gegend gezogen. Seither blieb La Bruja verschwunden.

Angel konnte sie sein Leben lang nicht vergessen. Oft, wenn er an sie dachte, blickte er nach dem Corral, der jetzt leerstand, und fragte sich, ob sie wohl ihren Weg in den Pferdehimmel Trapalanda gefunden hatte. Er glaubte das, denn La Bruja hatte es wahrlich verdient, in Trapalanda glücklich zu sein. Auch als er Mann und Priester geworden war und nach dem Tode Pater Orlandos die kleine Pampakirche übernommen hatte, erinnerte er sich immer wieder an das wilde Pferd, das einst sein Freund gewesen war und das er am Ende gerettet hatte.

Inhalt

Werner J. Egli

Bis ans Ende der Fährte

Es schien, als wollte der Blizzard die Welt verschlingen. Er kam plötzlich. Wie ein wütendes Ungeheuer fiel er über diejenigen her, die sich nicht rechtzeitig in Sicherheit bringen konnten...
Vier Menschen sind in der schneeigen Wildnis Kanadas unterwegs. Vier Menschen – und ein verletzter Grizzly. Lukes Vater hat ihn angeschossen – aber nicht getötet. Ein angeschossener Grizzly aber wird zur reißenden Bestie.
Während Luke und sein Vater versuchen, es mit der Wildnis und dem Grizzly aufzunehmen, kommen zwei Männer ihnen immer näher.
Einer der beiden verfolgt Lukes Vater mit tödlichem Haß...

192 Seiten

UEBERREUTER